세상의 모든 나들

세상의 모든 **나**들

이야기의 **중심**과 그 중심으로서의 **나**

초판 1쇄 펴낸날 | 2020년 12월 10일

지은이 | 김남석
펴낸이 | 류수노
펴낸곳 | (사)한국방송통신대학교출판문화원
　　　　03088 서울특별시 종로구 이화장길 54
　　　　전화 1644-1232
　　　　팩스 02-741-4570
　　　　홈페이지 http://press.knou.ac.kr
　　　　출판등록 1982년 6월 7일 제1-491호

출판위원장 | 이기재
편집 | 이두희·심성미
본문 디자인 | (주)동국문화
표지 디자인 | 플러스

© 김남석, 2020

ISBN 978-89-20-03796-2 03810
값 18,000원

세상의 모든 나들

김남석 지음

이야기의 **중심**과 그 중심으로서의 **나**

지식의날개

프롤로그

이야기를 먹고 사는 이야기

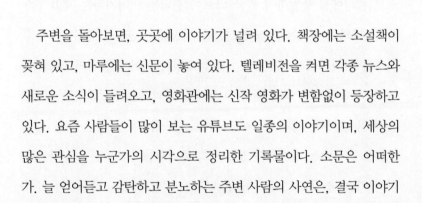

주변을 돌아보면, 곳곳에 이야기가 널려 있다. 책장에는 소설책이 꽂혀 있고, 마루에는 신문이 놓여 있다. 텔레비전을 켜면 각종 뉴스와 새로운 소식이 들려오고, 영화관에는 신작 영화가 변함없이 등장하고 있다. 요즘 사람들이 많이 보는 유튜브도 일종의 이야기이며, 세상의 많은 관심을 누군가의 시각으로 정리한 기록물이다. 소문은 어떠한가. 늘 얻어듣고 감탄하고 분노하는 주변 사람의 사연은, 결국 이야기로 만들어졌을 때 더 그럴듯하지 않던가.

우리는 늘 이야기를 읽거나 보거나 듣고 있으며, 심지어는 그것을 먹고 살아간다고 해도 좋을 정도로 생활 속에 가까이 두고 있다. 그런데도 막상 그 이야기가 만들어지고 전달되고 소화되는 비밀에 대해서는 애써 둔감한 편이다. 누군가의 이야기, 다른 사람의 사연, 타자의 목소리 정도로 취급하고 있으며, 그 이야기가 사실은 나와 어떻게 관련되는지에 대해서는 눈감고 있다고나 할까.

그러한 우리들에게 이러한 제안은 어떨까. 이야기는 어떠한 방식으로든 나에서 출발하여 결국 나로 귀결되는 이야기라는 제안 말이다. 하나의 이야기는 본명과 신분을 어떻게든 변형시키려는 나가 들려주는 말하기에서 출발하며, 결국 그러한 이야기를 읽거나 보거나 들어 그 속의 숨은 나를 찾아 그 정체를 파악하는 결말로 마무리된다는 제안 말이다. 셜록 홈스Sherlock Holmes를 들려주는 왓슨이 있고, 그 왓슨을 움직이는 매개자가 있으며 그 매개자를 창조하는 누군가가 숨어 있지만, 결국 그 모든 이들은 나라는 전달자의 또 다른 가감일 따름이라는. 그래서 그들 모두도 중요하지만, 더 근본적인 것은 그들 속에 들어 있는 나라는 제안 말이다. 이 나의 입장이 온전히 청취되고 감상되고 파악될 때, 이야기는 비로소 완성될 수 있다.

세상의 모든 **나**들

그래서 이야기를 선택하는 순간, 우리는 이야기 속에서 그 나라는 입장을 찾아야 한다는 본질적인 숙명을 부여받고 있는지도 모른다. 하지만 이 숙명은 때로는 버겁다. 우리는 이야기 내에서 나를 찾아 그 정체를 확인하고 싶지 않을 때도 많고, 궁극적으로 찾아낼 수 없을 때도 적지 않다. 그럼에도 이 독서와 감상 작업을 어떠한 방식으로든 중단하는 일도 쉽지는 않다. 왜냐하면 우리는 나가 없는 상태로는 어떠한 이야기도 쉽게 납득하기 어려우며, 이러한 과정을 착실하게 밟지 않은 독서나 감상은 처리 불능의 상태로 폐기되는 경우도 흔하기 때문이다.

　이 책은 이러한 나의 존재 가능성과 그 탐색/실패 가능성을 여러 장르에서 찾고자 하는 일종의 시도이다. 소설과 영화 그리고 연극은 가장 우선적으로 살펴보고자 한 문학과 예술의 장르였다. 하지만 시와 같은 별도의 장르에서도 이러한 나를 만날 수 있다고 생각했기에 이 책에서 함께 도전해 보기로 했다. 넓은 의미에서 신화도 동일했다. 결국 우리가 이러한 이야기(반드시 서사체만이 아니더라도)를 온전히 수용하기 위해서는, 나를 찾지 않을 도리가 없어 보였기 때문이다.

사람들은 문학은 허구이고, 예술은 창작이라고 믿어왔고, 또 그렇게 의심 없이 가르쳐왔다. 고등학교 문학 수업도 그러했고, 대학의 '문학의 이해' 강의실도 그러했다. 전문적인 창작의 영역에서도 그렇게 철석같이 믿고 있는 듯하며, 당연하다는 듯 지금도 소리 높여 가르치고 있다.

하지만 늘 이러한 가르침에 의구심이 드는 것마저 피할 수는 없었다. 변형과 가감의 의미에서는 허구일 수 있고, 어떠한 전언傳言(메시지)을 효과적으로 전달한다는 측면에서는 창작일 수 있겠지만, 이야기나 작품(서사체)의 본질과 연관한다면, 과연 허구와 창작이 온당한 평가일 수 있을까. 문학과 예술에서 일정한 결론을 확보하기 위한 방편으로서 허구와 창작은 일정 부분 그 존재 가능성을 인정해 줄 수밖에 없겠지만, 이야기 자체의 위의威儀나 진정성을 발견하는 과정에서 이러한 가감변형을 강조하는 행위는 오히려 거추장스러운 절차에 불과할 수밖에 없다. 가감변형과 허구창작을 강조하면 강조할수록, 마땅히 그 안에 있어야 할 나가 변질되고 왜곡될 것이기 때문이다. 우리는 어떠한 이야기이든 나의 이야기로만 수용할 수밖에 없다. 그 나만

세상의 모든 **나**들

이 변하지 않는 '무엇', 그러니까 자신으로서의 나 안에 있어야 하는 그 '무엇' 같은 진실에만 반응할 것이기 때문이다. 모든 이야기에 나가 존재할 수밖에 없고 그 이야기를 나가 받아들일 수밖에 없는 것도 이 때문이다. 이러한 이야기를 해보고 싶었다. 소박하게나마. 그래서 이 책은 세상의 나를 찾아 떠나는 모험의 성격을 띨 수밖에 없을 것 같다.

이 책을 출간하기까지 많은 이들의 도움을 받았다. 먼저 이 책이 세상의 빛을 볼 수 있도록 낡은 원고를 기꺼이 선택해 준 한국방송통신대학교출판문화원과 성심성의껏 이 책의 출간을 돌봐준 이두희 선생님께 감사한다. 옛 친구이자 후배인 장청옥과, 문하생을 자처하는 선선미 선생님께서는 어려운 교정을 담당해 주었다. 마음으로 감사한다. 그리고 김영사 심성미 팀장님은 오래된 인연으로 이 원고를 읽고 조언해 주었다. 오래된 인연이 이 책을 만들 듯, 항상 나에게 내가 누구인지를 오래도록 묻도록 성원한 이들에게 감사한다. 어쩌면 이 책은 어머니가 읽을 수 있을지도 모른다는 생각을 해본다. 나 대신 나를 지켜준 어머니께, 미안함과 감사함을 담아 이 책을 드린다.

차례

제1부

본질과 '나'

01

아버지를 살해하고 어머니와 결혼한 '나'는 누구인가?

1. 숙명 앞에서

테베의 라이오스는 늘 두려움에 시달렸을 것이다. 늘 당당하고 현명한 그였지만, 신들이 작정하고 내린 형벌을 피해갈 수 없을지도 모른다는 두려움까지 무시할 수 있었던 것은 아니었기 때문이다. 그래서 그–라이오스는 조심스럽게, 아들을 죽이기로 결정한다.

오이디푸스는 가혹한 저주와 라이오스의 결행 사이에서 살아남는다. 어쩌면 오이디푸스는 그–오이디푸스의 많은 형들이 죽고 난 후에 살아남은 마지막 생존자였을 지도 모른다.

오이디푸스 역시 성인이 되고, 자신이 코린토스의 양자일 수 있다는 생각을 하게 된 순간, 그 저주와 직면해야 했다. 그–오이디푸스 역

세상의 모든 **나들**

시 결단을 내려야 했고, 이번에는 자식인 **그-오이디푸스**가 아버지 곁을 떠나기로 했다.

라이오스가 아들을 버리면서 인간에게 주어졌던 숙명을 피하려 했다면, 먼 시간을 건너 그의 아들 오이디푸스는 아버지(양아버지)의 곁을 떠남으로써 인간의 숙명을 벗어나려 했다.

하지만 이러한 두 사람의 선택은 결국 두 사람을 한곳에 몰아넣었고, 그들은 서로를 모른 채 인간의 숙명을 걸고 결투를 벌일 수밖에 없었다. 그렇게 그들은 서로에게 칼을 겨누었고, 인간 세사의 규칙대로 아버지는 물러가고 아들이 그 뒤를 이었다.

아들 역시 늘 인간의 숙명, 즉 저주받은 인생을 걱정하지 않을 수 없었다. 피해가거나 모면할 수 있다고 낙관하거나 자위한 적도 있을 것이다. 하지만 인간의 운명은 그렇게 간단하지 않고, 수백 세대를 넘어 내려온 그 질문은 잔인하고 집요했다.

오이디푸스 역시 결국 그 질문 앞에서, 또 모든 것을 잃어야 했다. 아내를 떠나보내야 했고 자식들과 헤어져야 했다. 자신이 소유했던 모든 것을 잃고, 아무것도 갖지 않은 인간 본연의 모습으로 돌아가야 했다.

그 대신 얻은 것도 있었다. 육신의 눈을 잃은 대신, 마음의 눈을 얻었다. 그는 육체와 사물을 분간할 수 없게 된 대신, 인간의 내면과 인간사의 비밀에 접근하게 되었다. 그래서 그는 떠날 수 있었다. 어찌 보면 **그-오이디푸스**는, 그의 아버지 라이오스와 동일한 운명을 걸었

으며, 그의 무수한 선조로서의 인간들과 결국 같은 길로 접어들었다
고 할 수 있다.

2. 아들과 결혼하는 여인

이오카스테는 라이오스에게 걸린 그 끔찍한 저주를 알고 있었을
까. 신화나 작품 속에서 이 대목은 늘 애매하다. 하지만 질문을 바꾸
면 관련 사실은 명확해질 수 있다. 이오카스테가 그 저주를 알고 있었
다고 해도, 자신의 운명을 거슬러 라이오스와 결혼하지 않을 수 있었
을까. 아니 오이디푸스를 낳지 않을 수 있었을까.

그녀는 세상에서 가장 잔인한 운명을 지닌 여인으로 기억된다. 어
느 날 남편을 잃었고, 새로운 남편을 얻었지만, 그 남편은 결혼해서는
안 될 유일한 남자였고, 아주 오랜 세월이 흘러서야 이 사실을 알게
된 여인이었다. 그리고 자살해야 했다.

이오카스테에 대한 동정은 세기를 건너 이어졌고, 그녀의 책임을
묻지 않는 목소리로 그러한 동정은 지금도 존속한다. 하지만 진실로
그녀에게 책임이 없다고는 할 수 없다.

그녀는 자기 운명을 똑바로 직시하려고 노력한 적이 없다. 그녀는
사라진 남편의 행방에 대해서도 구체적으로 알아보려고 하지 않았다.
더 거슬러 올라가면, 자기 자식의 죽음도 분명하게 따지려 하지 않았

다. 그만큼 세상의 소용돌이 속에 자신을 개입하려는 의사를 적극적으로 개진한 적이 없는 것이다. 그녀는 그저 평온하기를 바란 것일까.

이오카스테의 이러한 태도는 라이오스와 오이디푸스가 어떻게 해서든 자신의 운명으로부터, 인간이라는 굴레로부터 벗어나려고 애썼던 자세와는 사뭇 대조된다.

하지만 질문을 다시 바꾸면, 이것도 큰 문제가 되지 않을 수 있다. 자신에게 걸린 저주로서의 숙명을 벗어나려 했던 라이오스와 오이디푸스는 과연 그 굴레를 벗어나는 데에 성공했던가. 그들 역시 발버둥치면 칠수록 더욱 옥죄어 오는 그 굴레에 절망했고, 결과적으로는 결행하지 않는 것만 못한 결과에 맞딱뜨리고 말았다.

그렇다면 다시 물을 수 있다. 이오카스테가 아무것도 안 했다고, 즉 운명을 알려고도 하지 않았고 그것으로부터 도망치려 하지 않았다고 말할 수 있을까. 우리는 그녀의 행동을 비난할 수 있는 근거를 가지고 있는 것일까.

3. 이어지는 질문들

질문은 계속 이어질 수 있다. 라이오스와 오이디푸스 그리고 이오카스테가 마주해야 했던 운명은 그들의 죄인가. 실제로 그들은 어떠한 방식으로든 그들을 덮칠 운명을 용인하지 않았다.

한 사람은 아들을 죽이는 결단으로, 다른 한 사람은 회피의 방식으로, 또 어떤 여인은 그 운명 자체에 대해 무지한 대처로 운명 자체를 수용하지 않으려 했다. 그런데도 그 운명은 찾아왔고, 그들은 함께 파멸했다. 적어도 표면적으로는 그러했다.

이러한 상황은 동정을 낳기 마련이다. 그리고 인간의 운명에 대해 다른 접근을 시도하도록 만든다. 만일 그들에게 이 운명을 피할 능력이 없었다는 죄목만 허용된다면, 감히 그들을 비난해서는 안 된다는 뜻일까.

우리는 오이디푸스 신화를 통해 잔혹한 인간의 운명을 대신 경험한다. 피할 수 없는 절대적인 계산과, 그 안에 깔린 고도의 심리전, 그리고 아이러니한 세상의 이치를 엿볼 수도 있다. 그러니 인간에 대해, 즉 그러한 세상과 타인과 섭리를 수용해야 하는 나에 대해 묻지 않을 수 없다.

과연 우리는 어떠한 존재인가. 질문을 축약해서 이러한 운명을 뒤집어쓴 나는, 과연 누구인가.

만일 라이오스가 이 질문을 던졌다고 가정한다면, "너는 무언가를 이룰 존재이지만, 그 이룬 것으로 인해 다시 파멸해야 할 존재"라는 답을 얻었을 것이다. 자신의 자식이 자신을 죽이고 자신의 처이자 자식의 어미가 죽는 것을 목도하고 감수해야 하는 자의 운명은 결코 녹록하지 않을 것이다.

테베의 어귀에서 라이오스는 분명 자신을 죽이는 아들을 알아보았을 것이다. 자신을 덮쳐왔던 저주가 실현되는 그 순간을 인지하지 못한다면, 그의 운명은 더욱 아무것도 아닌 것이 될 것이기 때문이다.

〈오이디푸스〉를 다룬 신화와 연극 그리고 문학은 이 순간을 기억하도록 이 이야기를 인류사의 대표적인 이야기로 기록했다. 어떠한 방식으로든 라이오스는 자신이 던졌던 질문에 대한 대답을, 그의 인생에서, 그러니까 그의 인생이 허물어지는 그 마지막 순간에서 찾았을 것이다. "나는 누구인가"에 대한 대답 말이다.

4. 확대되는 질문들

오이디푸스 역시 마찬가지이다. 그 역시 인간이라면 자신에게 해야 했던 질문에 대한 대답을 인생의 끝에서 얻었을 것이다. 불타는 테베를 떠나면서, 불운한 두 아들과 여러 딸들에게 자신이 이룩한 모든 것을 내주면서, 그는 자신이 누구이고 또 누구여야 하는지에 대한 대답을 얻었다고 할 수 있다. 그 이후 그의 인생은 이러한 질문들에 대한 대답이 실재했음을 보여주는 사례이다.

언젠가 신탁에서 했던 예언은 그의 이후 인생을 감싸고돌았을 것이다. "너는 아버지를 죽이고 어머니와 결혼할 운명을 지닌 자"라는 말은 곧 그에게 인간으로서 정해진 운명에 맞설 용기를 내도록 했을 것이고, 그 결과가 궁극적으로 피할 수 없는 결말이라는 점에서는 인간에 대한 통찰을 존중하도록 만들었을 것이다. 그렇게 그는 어른이 되었고, 사회의 일부가 되었고, 완성된 지인至人이 되었다. 그 이후로도 더욱 완성시킬 내면과 성장의 단계가 있었을지는 모르겠으나, 인간으로서 물어야 할 질문에 대해 적어도 인정할 수밖에 없는 답변 하나를 얻었던 것은 분명해 보인다.

5. 〈오이디푸스〉를 통해 보는, '질문하는 인간들'

고대의 많은 신화들은 인간을 이해하기 위한 통로였다. 더 정확하게 말하면 그 숱한 이야기들 중에서 신화로 남은 이야기는 '나는 누구인가'에 대한 (어떠한 방식으로든) 명확한 답을 간직한 경우였다.

이러한 신화의 질문을 이해한 이들은 이 신화를 이야기(서사체)의 기원이자 요체로 삼았다. 서사시가, 연극이, 소설이, 영화가, 텔레비전 드라마가, 만화가, 광고가 이 요체를 어떠한 방식으로든 수용하려고 나섰다. 시대가 달라지면서, 자연스럽게 이야기의 겉모습은 달라졌다. 하지만 그 안에 내장된 질문은 한결같았다.

때로는 내가 네가 되기도 했고, 그가 되기도 했으며, 어떨 때에는 우리나 그들로 변모하기도 했다. 나의 외양이 백인이나 흑인으로, 말하는 자동차로, 외계인으로, 존재하지만 볼 수 없는 존재로, 기계로, 심지어는 규정할 수 없는 어떤 것으로 변했지만, 궁극적으로 질문은

세상의 모든 **나들**

이어졌다. 그들─모두는 세상의 모든 이야기들에서 묻고 있다.

　　나는 누구인가?

　　결국 나를 찾아 떠나는 모험으로서 서사의 운명은 기원부터 분명했다. 서사는 한 가지 질문, 그 질문에 이어지는 질문이거나 확대된 질문을 쫓아 시간을 건너 세대를 넘어 지금까지 이어졌고, 그래서 그토록 많은 세상의 나들로 하여금 그 이야기를 읽도록 만들었다. 신화이자 연극이었고 최초의 명작이자 이야기의 전범이었던 〈오이디푸스〉역시 결국 그 질문에 관한 이야기였고, 과장 섞어 이야기하지만, 그질문을 가장 명확하게 드러낸 최초의 서사였다.

　　이야기의 운명 역시 〈오이디푸스〉의 질문으로 이어질 수 있도록 만든 최초 서사의 DNA였던 셈이다.

02

과거의 '나'와 현재의 '나' 사이에서:
미치거나 죽지 않고 살 수 있겠니?

1. 과거의 '나'와 현재의 '나'

김승옥의 〈무진기행〉은 한국의 단편소설을 대표하는 명편으로 꼽힌다. 김승옥의 대표작일 뿐만 아니라, 1960년대 한국 소설의 신기원을 개척한 시대의 수작으로도 인정받고 있다. 하지만 이 작품의 실체와 본질에 대해서 정확하게 논하는 이는 많지 않다. 그 이유는 아무래도 〈무진기행〉이 지향하는 세계에 대한 이해가 충실하지 않기 때문으로 여겨진다.

소설 〈무진기행〉은 실제로는 시나리오 〈무진기행〉에 가깝다고 해야 한다. 과거의 이야기와 현재의 이야기가 평행 구조parallel action를 이루면서, 일종의 더블 플롯을 이루는 서사 구조를 표방하기 때문이다.

단순한 회상flash-back과 다른 것은 과거/현재를 넘나드는 속도감 때문이다. 시나리오 본연의 형식으로 쓰였다면—나중에 시나리오로 각색—과거의 플롯과 현재의 플롯은 신 넘버가 나누어진 두 개의 서로 다른 공간으로 분할되었겠지만, 소설의 양식에서는 현재에 끼어드는 단상과 그 단상을 따라간 일단의 기억만이 그 자리를 대체한다. 이로 인해 단상의 통로가 되는 과거-현재의 연결 고리는 종종 무시되거나 간과되곤 한다.

하지만 〈무진기행〉이 1960년대 소설 중에서, 나아가서 한국 단편소설에 가장 뛰어났던 분야는 과거와 현재를 잇고, 연결하고, 교차하는 구조에 있으며, 이러한 구조는 영화의 서사 구조를 소설의 문체로 치환했다는 평가로 이어질 수 있겠다.

소설 〈무진기행〉은 과거와 현재를 잇고 넘나들기 위해서 제약을 넘어야 했지만, 이를 근본적으로 감당할 수 없었다고 여긴 흔적도 있다. 그것은 소설 내에 등장하는 인물들의 배치에서 찾을 수 있다. 앞에서 언급한 대로, 한편에서는 과거/현재의 교차 기억을 가동했지만, 다른 한편으로는 아예 과거를 표상하는 인물과, 현재를 표상하는 인물을 중층적으로 설정, 배치한 것이다. 그러니까 〈무진기행〉에 등장하는 주요 등장인물인 윤희중과, 동창 조, 후배 박, 여자 하인숙은 어떠한 의미에서든 과거와 현재의 시간 구조를 나누어 지니고 있다.

윤희중의 현재 모습과 가장 가까운 이는 동창 조이다. 그는 고향인 무진에서는 윤만큼 출세한 인물로 알려져 있다. 실제로 그는 세무서

장이라는 직함을 달고 마을을 실질적으로 지배하는 권력자의 위치에 있다. 당연히 그러한 그를 향한 사람들의 연모도 발생한다. 음악교사 하인숙이 대표적인 인물이다.

윤희중은 고향에 내려가 동창 조를 만나면서, 현재 자신의 모습을 떠올린다. 윤은 과거의 순수를 잃고 현실의 때에 찌든 한 남자의 얼굴을 마주보며, 그 남자의 모습이 자신의 모습과 다르지 않다는 사실을 괴롭게 인정해야 했다.

실제로 조 역시 윤을 만났을 때, 자신들만 알 수 있는 세계의 언어로 이야기한다. '빽 좋고 돈 많은' 과부를 물은 윤에게 같은 세계에 동참한 사람으로서 허물없는 농담을 하고, 그들(윤과 조)의 바람과 아쉬움에 대해서도 털어놓는다. 조는 현재의 윤이며, 조의 야비한 웃음은 윤의 얼굴에도 떠나지 않는 비굴한 여유의 다른 이름이다.

이러한 조의 반대편에 서 있는 이가 후배 박이다. 후배 박은 아직도 순수함을 잃지 않고 있다. 가난한 교사의 봉급에 투정하지 않고, 자신만큼 가난한 여자를 사랑하는 용기를 지니고 있다. 그뿐만 아니라 조가 속한 세계의 비루함을 경계하고, 그 옛날의 윤을 기억하는 인물이다.

윤은 박을 만나러 학교에 가고, 그곳에서 잃어버린 나의 또 다른 한 축을 만난다. 과거의 나를 연상시키는 후배 박은 무진을 떠나기 전에 고향에 머물던 자신이었으며, 아직 속세의 화려한 불빛에 현혹되기 전의 순진함이기도 했다.

세상의 모든 **나**들

문제는 윤이 박처럼 살 수 없다는 점이다. 윤은 분명 영악한 조보다는 올곧은 박을 아끼지만, 아이러니하게도 박이 가는 길이나 사는 방식을 따라할 수는 없었다. 윤이 가진 자질 중에서 박과 그나마 유사한 마음의 척도는 부끄러움이었고, 과거에 대한 기억 정도였다. 하지만 박은 윤을 그 옛날의 윤희중으로 상기하며, 적어도 순수한 존재였던 기억을 버리지 않고 있다. 그래서 윤은 박을 만날 수 있고, 박은 윤을 형으로 부를 수 있었던 것이다. 박의 입장에서 보면, 윤은 분명 자신과 닮은 구석이 많은 인물이었다.

2. 과거와 '나'와 현재의 '나' 사이에서

윤희중이 무진에 온 것은 더 큰 도약을 위해서였다. 제약회사 전무이사로 승진하는 과정에서 윤희중이 잠시 자리를 피해야 할 상황이 발생했기 때문이다. 윤희중이 자리를 피해야만 승진할 수 있다는 사실은, 이 승진이 윤희중의 능력과는 거리가 있다는 뜻이 된다. 즉 윤희중은 누군가의 힘을 빌려 출세하고 있으며, 그 과정에서 누군가의 명령대로 그 자리를 떠나야 했다.

그 누군가는 그의 부인이고, 장인이다. 더 정확하게 말하면 장인의 회사에서 외동딸인 자신의 부인 덕분에 승승장구하고 있었던 것이다. 그리고 마지막 단계로, 일인지하 만인지상의 자리인 전무의 위치에 오르려 하는 시점이다.

흥미로운 사실은 왜 그 시점에서 윤희중이 고향으로 돌아왔는가이다. 표면적으로 윤희중의 고향행을 결정하는 이는 아내이다. 아내는 이참에 쉴 겸, 어머니 묘에 성묘도 할 겸 고향에 다녀오라고 결정했다. 자신은 남아서 해야 할 일이 있으니 홀로 다녀오라는 것이다.

윤희중은 이 말을 거부하지 못하고 무진으로 향한다. 그리고 앞에서 말한 두 사람을 만난다. 동창 조와, 후배 박. 그들은 평소 윤희중과 살갑게 지내던 사이는 아니였다. 하지만 그들은 윤희중의 내면에 잠들어 있는 또 다른 자아를 상징하는 인물이 되기에는 부족함이 없었다. 동창 조는 출세를 지향하고 현실의 이익을 영악하게 챙겨 온 윤희중의 면면을 대변할 수 있고, 반대로 후배 박은 순수(함)를 지키면서 도덕적 염결성廉潔性을 그래도 잊지 않았던 윤희중의 또 다른 면면을 대변할 수 있기 때문이다. 그래서 그들은 윤희중의 서로 다른 면면을 대변하는 존재로 등장할 수 있었다. 그러한 측면에서 그들은 윤희중의 또 다른 자아들이다.

하지만 그들보다 더 중요하고 문제적인 인물이 다가오는 전조로 기능하기도 한다. 그 전조는 한 여인의 형상으로 나타났다. 특이한 이름과 이력을 지닌 여인 하인숙, 이 여인은 동창 조나 후배 박과 관련이 깊은 인물이기도 했다.

하인숙은 후배 박의 동료 교사로, 윤희중은 학교에서 그녀를 만난다. 또한 하인숙은 동창 조의 손님으로 초청된 인물이기도 하다. 여기서도 윤희중은 그녀를 만난다. 하인숙은 박의 동료 교사로 박의 구애를 받고 있으며, 다른 한편에서는 동창 조와의 친교를 갈구하며 결혼 대상으로 자신을 올려놓으려는 희망을 갖고 있었다. 그녀는 동창 조와 후배 박 사이에 있으며, 그 사이에서 상대를 저울질하며 자신의 위치를 가늠하는 인물이었다.

윤희중은 이러한 하인숙을 한눈에 알아본다. 하인숙의 욕망과 그 지향점을 알고 있었을 뿐만 아니라, 어떻게 해야 그녀를 다룰 수 있는지도 알고 있었다. 하인숙은 윤희중과 다를 바 없는 욕망을 지니고 있고, 다를 바 없이 행동하고 있기 때문이다.

윤희중은 동창 조만큼 출세를 갈구하고 현실의 권력을 추구하면서도, 그 내면의 밑바닥에는 타락하지 않은 자신을 남겨두고 싶어한다. 아니 자연스럽게 순수의 자아를 짓밟고 일어서는 현실의 자아를 용납하지만, 다른 한편에서는 이러한 상태를 부끄러워할 줄 안다. 하인숙 역시 마찬가지이다. 그녀는 사랑으로는 박의 순수함을 원하지만, 현실에서는 조의 돈과 권력을 따를 수밖에 없다.

두 사람은 급속도로 가까워질 수밖에 없다. 그것은 윤희중이 동창 조 못지않은 현실의 권력을 가지고 있고, 그로 인해 하인숙의 관심을 끌었기 때문이기도 하지만, 두 사람 사이의 동질성을 서로 눈치챘기 때문이다. 두 사람은 더욱 가까워지기 위한 계기를 만들고, 간단한 피크닉으로 육체의 선을 넘는다. 하인숙이 누군가와 성교를 했고 누군가와 피크닉을 갔었는지는 분명하지 않지만, 하인숙은 이 피크닉을 계기로 자신의 바람을 밝힌다. 자신을 서울로 데려가 달라고.

윤희중에게 서울은 무진을 떠나 도달해야 했던 불야성의 목표였다. 화려한 불빛을 따라 몰려드는 날벌레들처럼 젊은 날의 그는 어떻게 해서든 그곳으로 가고 싶었다. 편지를 썼고 호소를 했고 자신을 버렸다. 그곳, 서울로의 입성은 누군가의 막강한 힘에 의해서 이루어졌지만, 최초의 바람만큼은 자신의 것이었다. 하인숙이 그 최초의 바람을 바탕으로, 힘 있는 누군가로 자신을 지명한 것이다. 윤희중은 생각하지 않을 수 없다. 그녀는 나였고, 나는 그녀를 통해 그 옛날의 나와 현재의 나 사이에서 미세하게 동요하는 실체를 바라볼 수 있게 되었다고.

하인숙은 후배 박의 순수함과, 동창 조의 탐욕이 요동치는 내면의 지점에서 두 세계를 기웃거리는 자신의 또 다른 측면이다. 현미경의 미세한 시야처럼 하인숙으로 인해 윤희중은 한층 분명하게 자신의 내면적 동요를 바라보고 설명할 수 있게 되었다.

자신은 지금 흔들리고 있고, 그 흔들림으로 인해 속세의 화려한 불빛으로 전진할 수도 있고, 과거의 순수한 지점으로 회귀할 수도 있는 가능성을 확보하고 있음을 알게 되었다. 윤희중의 고민은 가중된다. 그녀를 데리고 서울로 떠나느냐 떠나지 않느냐보다 중요한 결정은 자신이 어떻게 이러한 동요를 수용할 것인가였다. 하인숙도 그러한 측면에서 갈등하는 나였다.

김승옥은 세 사람의 나를 준비했다. 과거의 순수를 지닌 박, 현재의 탐욕을 동반한 조, 박과 조의 가치관에서 갈등하고 동요하는 하인

세상의 모든 **나**들

숙. 이 세 사람은 분신처럼, 고향 마을에서 자신을 기다리고 있었다. 그들을 만나는 과정은 당연히 또 다른 나를 만나는 여정이었으며, 마음속 깊이 안개처럼 가려져 있던 실체를 들추어내는 탐사였다. 무엇보다 나를 만나 비추어보는 과정은, 셋 중에서 어떤 것이 나인지를 확인하는 과정이었다.

3. 미치거나 죽지 않고 살 수 있겠니

그렇다면 〈무진기행〉에는 나와 세 사람의 분신으로서 나만 있는 것일까. 적어도 두 명의 나가 더 있다. 그 한 사람은 무진에 도착했을 때, 그러니까 무진의 초입인 역전驛前에서 발견된다.

#8. ○○시 역(이른 아침)

윤, 대합실을 나오다가 미친 여자를 본다. 나이롱 치마 저고리에 핸드백과 파라솔 등 제법 진한 화장의 멋쟁이다.

구두닦이들, 그리고 아이스케키 장수 아이들이 어울려 여자 뒤를 줄줄 따르고 있다.

소리 1ⓔ   공부를 많이 해서 돌아 버렸디야.

소리 2ⓔ   아녀, 남자한테서 채여서여.

소리 3ⓔ   저 여자 미국 말도 참 잘한다. 물어 볼끄나?

구두닦이, 찝적거리면 비명을 지르는 미친 여자.

#9. 바닷가집 방 안(밤)

(과거)

비명 지르며 악몽에서 깨어나는 윤.

식은땀을 흘린다. 방문을 열면 바닷가 파도들이 와서 밀려가고(시간이 공허하

게 흐른다)

#10. 이모집 건넌방(낮)

(과거)

곧 방문 벌컥 열리며 비명을 지르고 뛰어 나오는 윤. 어머니가 어이없는 얼굴

로 본다.

윤 더 이상 못 숨어 있겠어요! 미칠 것 같단 말예요. 미치드라도 일선에 나가

서 미치겠어요. 이대로 내가 미치거든 내 일기책 첫 장에 적어 놓은 이유

들 때문일 터이니 그걸 참고해서 치료해 보세요!

옷거름에 눈물 닦는 어머니.

돌아앉아 책상에 머리를 파묻고 흐느끼는 윤.●

　　인용한 대목은 〈무진기행〉을 각색한 시나리오 〈안개〉의 # 8~10이

다. 윤(시나리오에서는 윤기준)은 무진으로 향하는 도정에서 '미친 여자'

를 만나고 그녀를 놀리는 역전의 아이들을 목격한다. 그리고 목격은

곧 자신이 '미칠 것 같은' 심정으로 무진에서 살던 과거의 한때를 불러

● 김승옥 각색, 〈안개〉, 《한국시나리오선집》 4, 집문당, 1990, 206~207면.

일으킨다.

그러니까 미친 여자는 자신의 기억 속에서 미칠 것 같았던 한때를 연상시킨다. 시나리오는 이 두 지점을, '미침'이라는 정신적 상태로 매개하여, 서로 다른 두 시공간을 플롯의 다른 지점에서 불러내 하나로 연계하고 있다. 간단하게 말하면 플래시백이고, 구조적으로 말하면 평행 구조이며, 편집으로 따지면 교차편집이다. 이러한 미학적 장치는 두 시공간을 관류하는 '미칠 것 같은 심정'을 표현하기 위해서이다.

문제는 현재의 시공간, 미친 여자를 관찰하는 윤의 현재 역전에 또 다른 '미칠 것 같은 심정'이 투영되어 있다는 것이다. 윤희중이 그 숱한 광경 중에서 미친 여자를 주시했고, 김승옥이 다양한 묘사의 가능성에서도 미친 여자를 삽화로 끌어들인 이유는 한 가지이다. 그것은 이 여자가 윤의 내면 풍경을 이끄는 힘이 있었기 때문이다. 즉 윤 역시 미칠 것 같은 심정에 사로잡혀 있었던 것이다.

그 이유는 무엇일가. 거대 제약회사의 최고 간부 자리를 맡아 놓은 윤이 고향으로 향하는 길에서 미칠 것 같은 심정을 느껴야 했던 이유는 무엇일까.

다른 사례에서 이와 유사한 상황을 살펴보고, 연계된 해답을 구해 보자.

44. 산소

윤이 이쪽을 향해 엎드려 절한다.

(묘는 안 보인다) 일어서는 윤.

먼 곳에서 조촐한 상여 하나 가까워온다.

(과거)

윤과 이모가 상여 뒤를 붙들고 울며 온다.

구슬픈 상여꾼들의 소리.

(현재)

벌초하는 윤.

#45. 윤의 집(이른 아침)

호탕하게 웃는 장인 영감.

자가용 세단 차 문을 열어 주며

아내   틀림없는 거죠?

장인 영감   틀림 없대두⋯⋯. 오늘저녁 진이장에 굵은 주주는 다 모이도록 되

었으니까⋯⋯. (딸의 볼을 꼬집으며) 에이구! 제 사내 생각하듯이 애비

생각도 좀 해 보려마!

아내   그이야 다 아버지 덕이지요. 뭐 자기 힘으루야⋯⋯.

#46. 산소

벌초를 하는 윤, 부끄러워 숨고 싶은 표정이다.

멀리 냇가 방주 밑에 사람들이 모여 있는 것이 보인다.●

• 김승옥 각색, 〈안개〉, 《한국시나리오선집》 4, 집문당, 1990, 218~219면.

시나리오 〈안개〉는 소설 〈무진기행〉을 바탕으로 했지만, 사실 그 구조만을 놓고 본다면 소설에 선행하고 있다. 즉 김승옥은 시나리오 형식의 〈무진기행〉을 발상으로 하여, 소설 〈무진기행〉을 정리했다고 보아도 무방할 것이다. 그러한 측면에서 김승옥이 훗날 각색한 시나리오 〈안개〉는 시나리오 〈무진기행〉의 원형을 간직한 텍스트라고 추정할 수 있다.

위의 # 44에서 윤은 어머니의 묘지로 향한다. 벌초와 성묘를 하기 위해서였지만, 사실 이것은 아내의 강권에 의한 행동이기도 했다. 윤은 이제 어머니를 방문하는 일조차 아내의 허락과 제안 없이는 좀처럼 실행하기 힘든 처지라고 해야 한다.

그것은 윤에게 심한 부끄러움을 불러왔다. 이것은 1차적인 부끄러움이다. 자신의 삶을 누군가에게 의탁해야 하고 자신의 선택이 삶을 함께하는 부인의 생각과 같아야 한다는 사실은 심한 모순과 불균형을 불러일으킬 수밖에 없었다.

하지만 더욱 중요한 부끄러움은 그러한 아내의 말을 들을 수밖에 없는 자신의 처지이다. 윤이 아내의 말에 복종하는 것은 비단 아내에 대한 우월권을 인정했기 때문만은 아니다. 윤은 아내에 대한 복종을 통해 현실에서의 더 큰 권력과 이익을 노리고 있었다. 아내가 주는 것으로 나와 있지만, 넓은 의미에서 이것은 자신이 추구하는 바였다. 그것이 짧게는 제약회사 전무 위치였고, 길게는 제약회사의 최고 경영자였다. 장인의 자리를 물려받기 위한 불가피한 선택이었던 것이다.

심한 부끄러움은 어머니 묘소에서 촉발된다. 그리고 죽음이라는 마지막 테제를 떠올리도록 만든다. 장소도 마침 묘지였기 때문에, 이러한 연상은 자연스럽다고 해야 한다. 하지만 더 큰 모티프가 잠재되어 있다. 그것은 한 여인의 자살이었다. 전날 잠을 이루지 못하고 뒤척거릴 때, 그토록 질긴 생을 이어가던 늙은 작부가 자살한 것이다. 작부의 면면조차 알지 못하는 윤에게, 그녀의 죽음은 별개의 것일 수 있었지만, 기묘하게도 윤은 그녀의 죽음을 남다른 죽음으로 치부하지 않는다. 그녀의 죽음에 이유가 있으며, 그 이유는 시간을 건너 자신의 사정으로 점차 스며든다고 믿었기 때문이다.

순수한 이상을 잃고 자신의 몸과 마음을 누군가에게 의탁해야 하는 처지는 정조를 잃은 이의 처지와 다를 바가 없다. 그러한 측면에서 윤은 정신의 정조를 이미 잃은 자였고, 육체의 정조를 잃은 작부와 다를 바 없다는 반성도 가능하다.

현실의 윤은 자신의 삶이 작부의 삶과 다르지 않다는 자괴감을 떨치기 어려웠으며, 또 다른 분신인 하인숙을 보면서 이 사실을 새삼스럽게 절감하고 있었다. 하인숙 역시 작부와 크게 다르지 않은 인생을 걸어가고 있으며, 그러한 그녀의 삶에 윤의 삶 또한 삼투되고 있었다. 심지어는 그들(윤과 하인숙)은 이러한 정조 잃은 삶을 계속하여 동반해야 할지도 모른다는 불안감에 휩싸여 있다. 하인숙이 처음에는 서울에 데려가 달라고 애원했다가, 다음에 그 부탁을 취소하겠다며 종잡을 수 없이 행동했던 까닭도 자신의 삶이 망가지는 것을 방관할 수 없었기 때문이었을 것이다. 결국 두 사람은 하인숙의 서울행으로 인해, 마지막 남은 삶을 지키는 생의 지조마저 잃어버리고 나락으로 떨어지는 일이 발생할 수 있다는 불안에 공감하고 있었던 셈이다.

하인숙만큼 윤희중도 불안한 상황이고, 자신의 앞날에 대한 전망으로 혼란스러운 상태이다. 결국 윤희중은 하인숙을 데리고 떠나지 못한다. 그 역시 아내의 부름을 받고 급히 상경해야 하는 처지이기는 했지만, 내면의 혼란을 다시 불러일으킬 수 있는 하인숙과의 동행을 위험하다고 경고하는 울림을 무시할 수 없었을 것이다.

아마 윤희중은 화려한 도시의 불빛 속으로 다시 들어갔을 것이며, 동창 조와 같은 인물이 운영하는 세계에 안착했을 것이다. 가끔 무진을 생각하거나 후배 박과 같은 인물을 만나면, 내면 속에 감추어진 또 다른 나를 꺼내어 볼 수 있게 될 것이고, 그러면 조와 박 사이의 흔들림처럼, 서울과 고향, 화려한 도시와 투박한 무진 사이에서 동요하는 자신을 만날 수 있을 것이다. 하지만 결과적으로 이러한 하인숙을 다시는 경험하지 않을 수 있도록 더욱 공고한 동창 조들을 옆에 둘 것이며, 그렇게 욕망과 탐욕으로 점철된 나를 앞세워 갈 것이다.

이러한 나들의 행진과 대면 속에서 괴로움, 갈등, 흔들림 등은 정신의 사치로 치부될 것이며, 무진이라는 내면의 영역은 점점 축소되어 나중에는 방문하는 것조차 어려운 면적만을 할당받게 될 것이다. 현실에서 미치거나 죽지 않고 살려면 말이다.

03

어제의 '나'와 오늘의 '나'는
과연 같은 '나'일까?

스스로의 삶을 곰곰이 되돌아보면,

우리는 자신의 자아가 여러 개의 자아로 이어져 왔고,

때로는 그것들 사이에

아무런 관련이 없다는 것을 깨닫게 될 것이다.

나는 어제의 나와 똑같지 않으며

누군가와 똑같은 사람도 아니다.●

— 장-미셸 우구를리앙

● 김진식 옮김, 《욕망의 탄생》, 문학과지성사, 2018, 72면.

세상의 모든 **나**들

1. 얼굴 바꾸는/바뀌는 남자

영화 〈뷰티 인사이드〉는 흥미로운 영화이다. 그 흥미는 일단 얼굴이 바뀐다는 설정에서 유래한다. 남자 주인공 김우진은 자고 나면 얼굴이 바뀌는 남자이다. 이러한 능력은 일반인을 뛰어넘는 초능력이 될 수 있는데, 영화에서 김우진의 바뀌는 얼굴은 축복이 아닌 재앙으로 묘사되고 있다.

그 이유는 의외로 깊은 생각을 이끌어낸다. 얼굴을 바꿀 수 있다면 이 세상을 한결 자유롭게 살 수 있을 것이라는 우리의 막연한 기대를 저버리기 때문이다. 실제로 이 영화의 오프닝은 바뀐 얼굴로 아름다운 여자와의 하룻밤을 보내고 일어서는 그다음 날 풍경에서 시작한다.

김우진은 그 전날에는 대단히 멋진 외모였을 것으로 기대되지만, 막상 여자를 침대에 홀로 두고 떠나야 하는 다음 날(오늘)의 외모는 형편없기 그지없다. 들어가지 않는 바지를 간신히 꿰어 입어야 할 정도로 그는 달라진 상태였다. 그리고 도망가듯 여자와 침대 그리고 전날의 기억에서 빠져나온다.

어떤 사람들은 김우진의 능력을 부러워할 수도 있다. 그는 바뀌는 외모 덕분에 일반인이 할 수 없는 많은 일들을 할 수 있다. 멋진 여자를 만날 수도 있고, 그날의 기억을 발뺌할 수도 있다. 이러한 생각을 넓히면, 그는 어디에도 갈 수 있고, 어떠한 일도 저지를 수 있다. 바뀌는 외모 덕분에 그는 책임에서도, 처벌에서도, 제약에서도 자유로울 수 있다. 물건을 훔친다고 해도 그를 잡을 수 없으며, 강간을 시도한다고 해도 그를 기억할 수 없다. 심지어는 죽지 않을지도 모르며(극중에서 이러한 질문을 하기도 한다), 서로 다른 성을 경험할 수도 있다.

하지만 〈뷰티 인사이드〉에서 이러한 능력과 효용 가치는 거의 부각되지 않는다. 김우진은 바뀌는 외모 덕분에 많은 일을 할 수 있을 것 같았지만, 실제로는 거의 아무 일도 할 수 없거나 하지 않아야 했다. 학교에 갈 수도 없고, 직장에 나갈 수도 없다. 친구나 동료를 만들기도 극도로 어렵고, 심지어는 자기 자신이 누구인지에 대한 대답도 구하기 어렵다. 김우진은 자기 동일성을 확신할 수 없기 때문에, 처음에는 타인들에게, 나중에는 자기 자신에게, 자신이 누구인지를 설명할 수 없었다. 그렇게 그는 살아갔다. 사실대로 말하면, 성장을 멈춘 채 말이다.

2. 다가오는 인연들

〈뷰티 인사이드〉의 원작은 동명의 광고(시리즈)였다. 컴퓨터를 파는 세계적인 대기업에서 매일 얼굴이 바뀌는 남자가 자기 동일성을 획득하기 위한 방안으로 컴퓨터에 쓰는 화상 일기를 보여주기 위해서 만든 광고였다. 물론 이러한 컴퓨터 일기는 궁극적으로 그 제품을 부각하는 역할을 할 것이다.

광고를 영화로 변경 확대한 것은 한국이었다. 한국의 영화 제작자 측은 김우진이라는 고립된 개인(개체)에게 친구와 가족을 먼저 선사했다. 즉 김우진이 알렉스라는 이름으로 활동하게 된 전사前史를 이어놓은 셈이다(원작 광고 시리즈물의 주인공 이름이 알렉스이다).

특히 친구의 존재는 주목된다. 매일 얼굴이 바뀌는 남자를 이해하고 친구가 되려는 이가 세상에는 분명 존재하지만, 그렇다고 김우진의 친구가 아무나로 설정될 수는 없었다. (한)상백으로 설정된 김우진의 친구는 자기 동일성을 증명할 수 없는 친구와, 평범한 세상을 연결하는 끈이 되어야 했다. 그러한 측면에서 상백은 단순 조력자를 넘어서는 인물이다. 그가 존재함으로써 김우진도 세상과의 접점을 찾을 수 있기 때문이다.

그런데 한상백과 가구 산업으로 탄탄한 성공을 거두고 있었던 김우진에게 세상과 자신을 잇는 또 하나의 끈이 나타났다. 홍이수라는 여인으로, 이 여인과의 만남은—다른 모든 연애들이 대개 그러하듯—환희와 고난의 교차 반복이었고, 즐거움과 실망의 줄기찬 연속이었다.

영화의 중심은 세상에 자신의 존재를 드러낼 수 없었던 김우진이, 세상의 일부로 살아가고 있던 홍이수를 만나는 과정과 그 이후의 결과에 맞추어져 있다. 이러한 측면에서 〈뷰티 인사이드〉는 멜로드라마이고, 로맨스영화이다.

하지만 홍이수가 자신을 돌아보고, 김우진이 자기 동일성을 만들어가는 과정을 보면 이 영화는 성장영화이기도 하고, 특정 장르를 넘어서는 영화이기도 하다. 특히 주목되는 점은 김우진이 자신이라는 존재를 증명하는 방식이다.

김우진은 처음에는 원하는 얼굴을 얻을 때까지 기다렸다. 내레이션으로 나오듯, 그는 근사한 외모를 갖춘 사람이 될 때를 기다렸다. 물론 남성이어야 했고, 홍이수와 비슷한 또래여야 했다. 그리고 그 시점이 되자 그는 홍이수를 찾아갔다. 그는 간절한 마음으로 홍이수에게 하루의 데이트를 청한다. 거절하는 그녀에게 '오늘이 아니어서는 안 된다'며 만남을 필사적으로 요청한다. 그 요청이 통한 것일까. 홍이수는 아슬아슬한 데이트를 승낙했고, 낯선 이를 따라 미지의 공간으로 들어간다.

여기서 홍이수의 마음을 들여다볼 필요가 있다. 김우진은 바뀌는 외모로 인해 마음 놓고 홍이수를 찾아갈 수 있었고 말을 걸 수 있었고 물건을 사고 흥정을 하면서 그녀를 관찰할 수 있었다. 그녀에 대해 상당한 지식을 쌓았고 친밀감과 목표 의식도 확보한 상태이다. 하지만 그녀에게 어느 날 다가온 김우진은 초면이었고, 근사한 얼굴에도 불구하고 두려울 수 있는 존재였다. 영화는 그녀의 두려움과 망설임을 꽤나 조심스럽게 짚고 있다.

하지만 그녀는 결국 근사한 김우진을 따랐고, 그들은 며칠간 행복한 시간을 보낼 수 있었다. 홍이수의 가족들이 그녀의 얼굴에 떠오른 행복을 감상할 때에, 그녀는 사랑에 빠져 있었다.

세상의 모든 **나**들

홍이수가 사랑에 빠지는 과정은 일반인들의 과정과 다를 바가 없다. 그녀는 낯설게 다가온 한 남자를 익숙하도록 만드는 일련의 과정을 남들과 똑같이 겪어야 했고, 이 과정을 통해 자신의 내부에서 미지의 남자에 대한 친숙감을 만들어갔다. 매일매일 다른 이미지를 풍기는 것에 대해 만족했지만, 그러한 이미지(데이트 장소나 방식)에도 불구하고 자신이 만나는 상대가 한 사람의 동일자라는 확신을 가지고 있었다.

인간들의 연애에서 이러한 동일성은 많은 것들을 뒷받침한다. 우리는 때로는 내 앞에 있는 상대가 과연 이전까지 내가 알던 사람일까를 의심할 정도로 심각한 변화를 인지하곤 한다. 이 사람이 내가 알던 친절했던 그 남자일까, 이 아이가 내가 알던 착했던 그녀일까, 하고 말이다. 하지만 엄밀하게 생각하면 우리는 상대를 완전히 같은 상대로 대하지는 않는다. 우리는 우리가 모르는 면이 상대에게 있을 수 있다는 가정을 놓고 있지 않으며, 심지어는 그러한 변화에 깊은 충격을 받은 뒤라도 상대를 동일자로 믿기 위해서 노력한다. 즉 우리는 확신할 수 없는 상대를 만나고 있고, 그 상대로부터 각기 다른 반응을 얻고 있지만, 언제나 상대가 나에게 동일한 의미와 위치일 수 있다는 점을 믿고 있다.

홍이수의 연애 과정은 평범할 수 있는 세상의 연애를 다시 돌아보게 만든다. 그리고 이러한 연애, 넓은 의미에서 친교나 사교 과정이 정말 신기한 과정일 수 있음을 깨닫게 한다. 우리는 정말 이 사람이 어제의 그라는 사실을, 혹은 이 사람이 내일의 그녀와 같은 사람일 수 있다는 사실을 막연하게 믿고 있는지도 모른다. 그렇지 않을 수도 있는데 말이다.

3. 헤어지는 수순들

〈뷰티 인사이드〉에서 사랑에 빠졌던 두 남녀는 곧 심각한 고통에 휩싸인다. 먼저 김우진은 바뀌는 외모를 붙들어 두기 위해서 잠을 잘 수 없는 시련에 직면한다. 연애를 하면 흔히 잠이 안 온다고 한다. 그/그녀를 기억하기 위해서 밤새 통화를 하고, 조조영화를 보고, 밤늦게까지 시간을 보내다가, 점차 혼자 깨어나는 아침을 두려워하게 된다. 김우진은 표면적으로는 일반인과는 다른 이유로 잠을 자지 못하는 것처럼 보이지만, 결과적으로는 동일한 이유로 잠을 잘 수 없게 된다.

일단 김우진은 외모가 변하지 않도록 하기 위해서 잠들지 않고자 한다. 하지만 영원히 잠을 자지 않을 수는 없었고, 김우진은 결국 지하철에서 잠이 들면서 자기 동일성을 증명할 방법을 상실하곤 한다. 동일성을 증명하지 못하는 존재는 상대와의 관계를 이어갈 수 없다고 판단한다.

이때 홍이수는 어이 없는 이별을 경험한다. 사랑하던, 아니 사랑하려던 남자가 소리 없이 사라진 것이다. 아침 먹자는 약속을 지킬 수 없다는 문자를 끝으로 그는 사라졌다. 연애의 과정에서 남녀의 이별은 끊임없이 반복된다. 그때마다 엄청나게 다른 이유가 생기기 마련이지만, 원론적으로는 과거의 나와 현재의 나가 달라지면서 생겨난 사정들이다. 연애의 열렬했던 시간이 지나면서 사랑은 조금 더 이기적인 방향으로 움직이고, 일상을 내팽개치고 매달렸던 연애에서 작은 단점을 발견하기 시작한다. 서로만을 바라보던 시선에서 헤어나야 하며, 상대의 작은 약점과 실수로 인해 다툼도 일어난다. 이 중에서 의견 차이나 성격 차이는 이별의 중요한 이유가 된다.

김우진과 홍이수는 특별한 커플이었지만, 헤어짐의 이유를 근본적으로 들여다보면 특별할 것이 없는 이별을 한다. 이 말은 김우진의 외모 변화만큼 중요한 이별의 사유가 세상에는 얼마든지 존재한다는 뜻이다. 김우진과 홍이수의 첫 번째 이별을 외모의 변화만으로 설명할 수 있다면, 얼마든지 극복 가능한 문제라는 뜻이기도 하다.

김우진은 용기를 내서 홍이수를 찾아갔고, 자신이 여자처럼 보이지만 사실은 그 전날의 김우진이라고 고백한다. 자신이 썼던 방을 공개하고, 물건을 보여주고, 일기를 보여주고, 내밀한 기억을 보여준다. 홍이수 역시 처음에는 부정하지만, 점차 김우진의 말을 믿기로 했고, 결국에는 그와의 하룻밤을 제안하고 이를 확인하기로 한다.

홍이수와 김우진은 그야말로 상대를 확인하기 위해서 하룻밤을 보낸다. 섹스 같은 육체적 관계를 맺기 위해서인 대부분의 연애와는 약간 다른 형식인 것은 분명하지만, 그 하룻밤이 끊어진 인연을 잇고 불가능하게 보였던 두 사람의 인연을 확고하게 만든다는 점에서는 여느 연애와 다르지 않다.

이후 그들은 적어도 변하는 외모로 인해 서로를 떠나야 하는 문제에서는 확실하게 벗어나는 듯했다. 실제 영화도 한동안 두 사람의 행복했던 시간을 따라간다. 그 안에는 김우진 어머니와의 만남도 포함되어 있다. 그들은 서로에 대한 기억과 정보를 더 넓게 공유하고자 한다. 이것은 일반적인 연애에서도 흔히 일어나는 일이다.

다만 연애에는 반드시 복병이 있고, 그 복병은 실제로 예측 가능한 문제로부터 출발한다. 가령 친구들에게 상대를 소개시키고 그 평가를 듣는다든지, 혹은 서로의 성격과 습관을 찾아내고 그에 대해 대처한다든지, 또는 결혼에 대한 꿈을 꾸면서 그 준비를 시작한다든지 하는 것들이다. 〈뷰티 인사이드〉 역시 이러한 과정을 겪으려고 한다.

홍이수는 김우진을 친구나 가족에게 소개시킬 수 없었고, 상대의 비밀을 알았지만 상대를 알아볼 수 있는 방법을 확신할 수 없었으며 (이로 인해 홍이수는 심각한 정신 장애를 앓게 된다), 결과적으로 결혼에 대한 어떠한 가능성도 생각할 수 없게 된다. 두 사람 사이는 점점 침울해지며 신경질이 늘어나고 상대에 대한 배려도 약해진다. 결과적으로 두 사람은 서로를 잘 안다고 믿었던 자신들의 최초 결정을 다시 돌아본다. 홍이수는 상대를 감당할 수 없다고 여기게 되었고, 김우진은 타인에게서 얻은 행복이 지속될 수 없다는 두려움을 확인해야 했다. 그리고 그들은 헤어졌다.

이 영화의 놀라운 점은 얼굴이 바뀐다는 설정만 빼고는 모든 것이 현실의 그것과 다를 바 없다는 점이다. 연애의 과정에서 '얼굴 변신'만 제외한다면 김우진-홍이수 커플은 여느 커플의 문제를 그대로 답습하고 있다. 많은 연인들이 연애를 하면 할수록 상대에 대해 둔감해지고 무감해지면서 정작 연애의 끝에서는 상대를 전혀 모르는 아이러니한 상황에 종종 처하고 만다. 정말 오늘의 네가 어제의 너와 같은 인물이니, 라고 말이다.

4. 상대만 달라지는 것일까

연애영화 혹을 로맨스영화에서 헤어지는 연인의 뒷모습은 자주 포착되는 장면이다. 홍이수 역시 멀어지는 김우진의 등을 보아야 했고, 그 등이 사라지자 다시는 만날 수 없을 것 같다는 심정에 빠져든다. 그때 아쉬움을 간직할 수도 있고, 속시원한 감정을 얻을 수도 있다. 홍이수는 다른 모든 헤어지는 커플들이 그러하듯, 두 가지 감정이 혼재하는 복잡한 상태로 빠져든다. 하지만 헤어진 다음 꽤 오랜 기간만큼은 홀가분하다는 생각에 침윤한다.

홍이수는 만성적으로 시달리던 불안감에서 벗어날 수 있었고, 그로 인해 신경안정제를 끊을 수 있었다. 정상적인 삶으로 복귀해서 유능한 직원이자 친절한 동료로 돌아올 수 있었으며, 결과적으로 일상과 현실로의 복귀를 이룰 수 있었다.

하지만 김우진과의 물리적 거리가 멀어지면 멀어질수록(그래서 이 영화는 김우진을 체코로 옮겨 살도록 만든다), 홍이수는 그 반대급부로서 그리움 역시 강해지는 것을 막을 수는 없었다. 멀리 가야 비로소 보이는 것들이 있는 것처럼, 김우진이 떠나고, 그것도 완전히 사라져 그 자취조차 찾을 수 없게 되자, 홍이수는 과거의 감정과 연애의 결말을 돌아볼 여유를 얻었다.

어떻게 결혼을 할 수 있느냐고 소리치고 다른 방법 자체를 묵살하던 태도에서 벗어나, 함께 있을 수 있다면 결혼이든 무엇이든 감수할 수 있다는 입장으로 변화한다. 무엇이 중요한지 자신이 놓친 것은 없을까를 생각하기 시작했고, 그 어떤 문제보다 사랑하는 상대가 없다는 것이 가장 큰 문제라는 사실을 인정하기 시작했다.

이것은 헤어진 남녀가 다시 만나야 하는 이유를 만든다. 더 정확하게 말하면 이러한 이유가 있다면, 그 남녀는 아직 헤어진 것이 아니라고 할 수 있다. 로맨스영화답게 홍이수는 헤어진 상대에 대한 그리움으로 사랑을 복원하기로 마음먹는다.

얼굴 바뀌는 남자가 가져온 변화는 비단 김우진의 변화만이 아니다. 홍이수 역시 한 남자를 만나고, 그 남자의 의심스러운 자기 동일성에도 불구하고, 그 남자의 동일성을 만들어 사랑하게 되었다. 또 그러한 노력에도 불구하고 타인의 자기 동일성에 대해 의심하고 결국에는 헤어지는 선택을 감행하기도 했다. 그렇다면 타자의 동일성 여부는 결국 타자에게 달려 있는 것이 아니라, 타자를 바라보는 자아의 내부에서 생성, 소멸, 교체, 대체되는 것이라고 할 수 있다.

타자의 동일성을 바라보는 시각만 그러한 것이 아니다. 김우진을 사귀면서 홍이수는 자신에게 자문하기 시작한다. '오늘의 나'는 과연, '어제의 나'와, 같은 '나'일까?' 이러한 질문은 평범하다. 하지만 평범한 것보다 더 중요한 사실은 얼굴이 바뀌지 않는 사람도 이 질문을 할 수 있다는 것이며, 이미 하고 있다는 것이며, 앞으로도 계속 하게 될 것이라는 점이다.

홍이수는 어쩌면 계속 묻고 있었는지도 모른다. 어제의 김우진을 만났던 내가 오늘의 김우진을 만나지 못할 이유가 무엇인가? 혹은 오늘의 김우진 옆에 있는 나는 과연 어제의 김우진 옆에 있었던 나와 같은 나일까? 이러한 질문들은 연쇄적으로 이동해서, '과연 나는 누구인가?'라는 질문으로 이어질 수밖에 없다.

어제의 나와 오늘의 나가 다르다면 과연 내가 누구라고 말할 수 있으며, 설령 어제의 나와 오늘의 나가 같다고 확신한다고 해도 그것이 나를 설명하는 데에 어떠한 도움을 줄 수 있을까. 우리는 물을 수 있다. 어제의 나, 혹은 과거의 나가 과연 지금의 나, 내지는 현재의 나와 같아야 하는가? 아니면 달라야 하는가? 과거의 자신을 버리고 싶은 이들에게는 과거의 나가 오늘의 나와 달라야 할 이유가 절실할 수밖에 없다. 일관된 나를 원하는 이는 당연하게도 과거부터 지금까지 진행된 모든 나가 동일한 나여야 할 까닭이 필요할 수밖에 없다.

우리는 계속 이러한 고민과 해답, 그리고 다시 이어지는 질문과 해답의 파기 사이에서 살아야 한다. 연애의 과정은 이러한 질문과 대답의 축소판이며, 연애 중에서도 특수한 연애를 하고 있다고 믿어졌던 김우진-홍이수 커플 또한 이러한 과정에서 한 치도 벗어나 있지 않다고 말이다. 그러니까 김우진-홍이수는 특수한 커플이 아니며, 그들의 문제로 떠올랐던 바뀌는 외모는 그렇게 심각한 병이나 문제가 아니다.

5. '나는 누구인가'에 대해 묻는 또 다른 방식

인간은 끊임없이 '나는 누구인가'를 묻는 존재이다. 그 대답을 이미 얻었다고 생각하는 순간에도 이 질문은 이어지며, 앞선 대답이 불만족스러워서라도 계속해서 질문을 던지곤 한다. 하지만 더욱 중요한 것은 이 질문이 삶의 심각한 위기에서 반드시 나타난다는 점이다.

〈뷰티 인사이드〉는 바뀌는 외모라는 특수한 소재를 이용한 것만 제외한다면 일반적인 로맨스영화의 문법과 규칙을 충실히 따르고 있다. 무엇보다 이러한 로맨스영화의 연애와 사랑에 삶의 철학적 질문을 내장할 줄 알았다. 그러니까 "연애란 무엇인가"라는 질문을 빌려 "연애하는 나는 어떠한 존재인가"라는 질문을 대신 수행하게 했으며, 얼굴이 바뀌는 존재를 통해 비유적으로 페르소나처럼 사회적 분신을 만들어내는 인간에 대해 생각하도록 종용한다.

우리는 매일매일 조금씩 조금씩 얼굴이 바뀌는 존재이고, 사회적으로는 수많은 **자기(나)**를 만들어 가면을 쓰고 살아야 하는 삶의 방식을 버릴 수 없는 존재이다. 그로 인해 대인 관계, 사회 관계에서 심각한 위험을 초래하기도 하고, 설령 그렇게 심각한 수준은 아니라고 해도 타인과의 관계에서 상처 입히고 상처 입는 일들을 반복할 수밖에 없는 존재이다. 〈뷰티 인사이드〉는 이러한 인간들의 크고 작은 다툼과 갈등보다 더욱 심각한 문제를 상정하고 있지 못하다는 점에서 그 모티프가 몽상적이라고 할 수 없으며, 결과적으로 인간의 정체성에 대한 근원적인 질문을 잊지 않는다는 점에서 현실적이라고 할 수 있다.

나아가서 인간이 문학과 예술과 문화를 통해 궁극적으로 묻고자하는 바가 **나는 누구인가, 우리는 누구인가, 나아가서 인간이란 어떤 존재여야 하는가**라는 점을 확인시켜 주었다. 얼굴 바뀌는 너를 진정으로 용인할 수 있다면, 나의 내외적 변화 역시 동일성을 근본적으로 침해하는 요소가 아닐 수 있다는 단순한 진리는 어제의 나와 오늘의 나를 그 숱한 차이에도 불구하고 동일하게 보아야 하는 이유를 마련해 줄 것이다. 거꾸로 말하면 어제의 너와, 내일의 나 역시 동일자가 될 수 있는 근거가 된다고 하겠다.

제2부

인간과 '나'

04

'나'는 기다린다.
고로, 인간일 수 있다

1. 기다리는 사람들

〈고도를 기다리며 En attendant Godot〉는 20세기 최고의 문학 작품으로까지 꼽히는 세계적인 명작이다. 제2차 세계 대전을 전후로 확산되었던 부조리극 창작 열기는 이 작품에서 정점을 이루었고, 혹자는 이 작품이 인간 실존의 부조리함을 드러내는 경지에 도달했다고 평가하기도 했다. 그만큼 이 작품이 함축하는 전언은 충격적인 것이었다.

하지만 부조리극은 어려운 장르로, 특히 〈고도를 기다리며〉는 그 의미를 이해할 수 없는 난해한 작품이라는 선입견이 생겨나면서, 이 작품이 지닌 궁극적인 의미와 가치가 왜곡되거나 간과되기도 했다. 그러니까 이 작품은 위대하고 탁월한 의의를 지니는 작품으로는 평가

될 수 있지만, 그 이유는 조금 모호하거나 때로는 보통의 이해력으로 도달할 수 없는 것으로 치부된 것이다.

이러한 상황은 당황스럽기 이를 데 없다. 〈고도를 기다리며〉가 담아내고자 하는 전언이 복잡하고 심층적인 것임에는 틀림없지만, 그렇다고 이 작품이 난해함만으로 무장되었다고 보기에는 어렵기 때문이다. 그러한 오해가 생겼다면, 그것은 이 작품이 묻고 있는 근원적 질문을 제외하고 이 작품을 들여다보려고 하기 때문이 아닌가 싶다.

〈고도를 기다리며〉의 첫 번째 질문은 '오늘은 뭐 할 거니?'이다. 〈고도를 기다리며〉는 이틀간의 내용을 담고 있는데, 여기서 중요한 것은 이틀의 풍경으로 지난 50년의 풍경을 충분히 드러낼 수 있다는 점이다. 이틀간의 삶을 들여다보면 지난 50년 동안 고고와 디디가 무엇을 했는지 알 수 있다. 그리고 그 무엇을 포착하기 위해서 고고와 디디에게 묻는다. 오늘은 뭐 할 거니?

그들은 머뭇거리면서도 분명하게 한 가지 목표를 제시하고 있다. 그것은 '고도Godot를 기다리는 일'이다. 고도는 그 문자가 신과 유사해서, 종종 신을 해체한 철자로 추정되기도 한다. 하지만 작가 사뮈엘 베케트는 이에 대한 구체적 설명을 거부했다. 고도는 고도일 뿐이었다. 그 말은 고도는 그 어떤 것도 아니지만, 그 무엇도 될 수 있다는 의미일 것이다.

이러한 고도는 작품 내부에서 실존자인지 부재자인지, 가늠할 수 없도록 설정되었다. 고고와 디디의 대화 속에서 등장하는 고도는 처음에는 실존하는 인물이었던 것 같지만, 점차 그 존재가 부재로 드러나는 형상으로 이해된다. 하지만 고고와 디디가 그 오랜 하루를 견디어서 결국 도달한 저녁에 '고도'의 전령이 나타나면서, 그리고 그 전령으로 인해 고도의 형상이 제법 구체적으로 드러나면서 실존자의 형상으로 바뀐다. 하지만 곧 우리는 다시 의심해야 한다. 고도가 실존하는지?

고도의 전령인 소년은 고도를 잘 아는 것처럼 말하지만, 적어도 고도가 이쪽의 상황에 대해서는 깊이 생각하는 것처럼 말하지는 않는다. 고도는 자신을 기다리는 고고와 디디에게 오늘은 가지 못한다는 말을 전함으로써, 자신이 쉽게 존재감을 드러낼 수 없는 존재라는 사실을 역으로 증명한다. 그렇다면 고고와 디디는 이러한 부재의 압력을 어떻게 받아들일까?

고고와 디디가 하루 내내 한 일은 시간 보내기로 요약될 수 있다. 그들은 하나 마나 한 이야기를 하거나, 즐거운 놀이를 제안하거나, 낯선 사람들(럭키와 포조)과 시간을 보낸다. 고도가 올 때까지 하루 내내 시간을 보내야 했기 때문이다. 이러한 과정은 인간의 삶과 밀착되어 있다. 인간은 무언가를 바라면서 시간을 보낸다. 학교를 졸업하기를 바랄 수 있고, 여자 친구가 생기기를 바랄 수 있고, 취직을 하거나 유학을 가거나 시계를 사기를 바랄 수 있다. 어른이 되고 구성원으로 대접받고 원로가 되거나 높은 자리에 오르기를 꿈꿀 수 있다. 이러한 꿈과 희망은 일정 시간을 기다려야 성취될 수 있다. 그러니 이러한 꿈과 희망이 성취되는 순간까지는 기다림의 연속일 수밖에 없다.

어떠한 목표들은 꿈과 희망의 수준에 머물고 끝내 실현되지 못한다. 간절히 바랐지만, 궁극적인 도달이 불가능한 경우도 있다는 것이다. 거꾸로 생각할 수도 있다. 우리가 학교를 졸업하기만 하면 행복이 찾아올 것이라고 믿었던 시절이 분명 있지만, 졸업하고 난 이후에는 사회라는 또 다른 세계로 진입해야 하고, 그곳에 진입하여 구성원이 되기 위해서는 직장을 구해야 하며, 결과적으로는 직장을 구해 경제 활동을 시작한다고 해도 높은 자리에 올라야 하는 또 다른 목표가 따라오는 수가 있다. 연애를 하고 결혼을 하고 아이를 낳아도 삶의 목표는 계속 연장될 뿐 결코 줄어들지 않으며, 욕망이 성취되었다고 믿는 순간에도 다른 욕망이 기다리고 있는 것을 직감할 수 있다. 결국 목표는 더 뒤로, 더 멀리 물러나고 그 목표에 도달할 것이라고 믿는 시간은 연장되는데, 그러한 연장은 기다림의 시간이 된다. 인간은 기다리고 기다려서 궁극적인 목표에 도달하고자 하지만, 언제나 그 목표는 달성되지 않는다. 언제나 욕망은 다음 자리로 이동해 있기 때문이다.

고고와 디디의 욕망은 고도를 만나는 것이지만, 그 목표는 매번 연장된다. 하루의 저녁에 나타난 고도의 전령이 말하듯이, 오늘은 절대 이루어지지 않는 꿈이다. 그렇다면 내일은 어떠한가. 〈고도를 기다리며〉는 그래서 그다음 날을 보여준다. 어떠한지? 과연 고도는 나타나는지? 마침내 기다림의 끝을 맞이할 수 있는지? 관심 있게 지켜보고자 하는 것이다.

2. 내일은 그가 오는가?

〈고도를 기다리며〉의 두 번째 날은 외형상으로는 첫 번째 날과 다른 인상을 준다. 가장 먼저 눈에 띄는 변화는 나무에 꽃이 핀 변화이다. 첫날의 앙상했던 나무는 다음 날 꽃을 피우면서 자신의 건재를 과시한다. 마찬가지로 오스트라공과 블라디미르도 어제와 비슷한 행색과 농담 그리고 만남과 기다림으로 하루를 시작한다. 그들은 시간을 때우기 위해서 말도 되지 않는 이야기를 주고받기도 하고, 엉뚱한 화제를 끌어내어서 연구를 하기도 한다. 그 자체로 진지한 면도 분명 존재하지만, 다른 각도에서 보면 엉뚱하기 이를 데 없다.

〈고도를 기다리며〉는 웃기는 해프닝을 다루는 연극으로 이해해도 좋을 정도로 황당한 작품이다. 그 이유는 고고와 디디가 이러한 일들을 시간을 때우기 위해서 임시방편으로 하고 있기 때문이다. 그들의 시간 보내기 작업은 그들의 존재를 사소하게 만들거나 왜소해 보이도록 만든다. 그러나 중요한 것은 고고와 디디만이 아니다. 그러한 고고와 디디의 장난 같은 인생을 바라보아야 하는 관객이 있기 때문이다.

관객들은 고고와 디디를 보면서 자신에게 묻지 않을 수 없다. "저들은 왜 저러고 있고, 나는 왜 저들을 바라보고 있어야 하지?" 질문이 확대되면 고고와 디디의 자리에 자신을 대입하고 인간을 대입하는 일에 이를 수 있다. "어쩌면 저 어이없는 인생을 지금 내가 살고 있는 것은 아닌가?", "저들처럼 나도 누군가를 기다리면서, 삶 자체를 허송세

세상의 모든 **나들**

월하고 있는 것은 아닌가?”

이러한 반문과 자문에 도달한다면, 더 이상 고고와 디디의 기다림은 장난으로 치부되지 않는다. 사뮈엘 베케트는 고고와 디디가 기다리는 형상을 비움으로써, 그 비워진 기표 내에서 관객들이 원하는 기의를 채워 넣도록 유도하고 있다. 속이 빈 기호인 덕분에, 그 안에는 무엇이든 들어갈 수 있다.

졸업, 입학, 유학, 취직, 승진, 중역, 대표, 은퇴가 담길 수 있고, 재력, 명성, 명품, 권력, 존경, 선망이 채워질 수 있다. 연애, 섹스, 연인, 애인, 결혼, 자녀, 독점 등도 가능하며, 탄생, 생존, 탈출, 안전, 안위 등도 생각할 수 있다. 무엇이든 ‘고도’의 자리에 들어갈 수 있지만, 그렇다고 해서 그 어떤 것도 영원하거나 완전한 것은 없다.

일시적으로 생존이 주어질 수 있지만 결국에는 죽음을 피할 수 없고, 연애에 성공했다고 할지라도 일생을 만족할 수는 없을 것이다. 어떠한 목표가 달성된다는 것은 결국 그 목표가 연장된다는 것이기에 고고와 디디는 궁극적으로 원하는 것을 얻을 수 없게 된다. 이러한 진리는 첫날의 풍경에서도 이미 확인되었지만, 두 번째 날에 도달하면 더욱 확실해진다. 그들이 기다리는 고도는 또 다시 전령을 보내왔지만, 전갈은 똑같았고, 이에 대해 고고와 디디는 이미 알고 있었다고 답할 수밖에 없게 된다. 즉 고고도 디디도, 어쩌면 럭키와 포조도, 지켜보는 관객도, 〈고도를 기다리며〉를 모르는 사람들도, 무언가를 기다리면 기다릴 수 있을지라도 그것이 기다림이라는 철학적 전제를 뚫고 다가와 완전한 내 것이 될 수는 없을 것이라고 생각하지 않을 수 없다. 〈고도를 기다리며〉는 오지 않는 고도의 이틀째 행적으로 이를 명확히 한다.

3. 고도가 오지 않는다고? 그렇다고 삶을 포기해야 하는가?

첫날도 그러했지만, 두 번째 날도 고고와 디디는 깊은 절망에 빠진다. 그들은 자살조차도 마음대로 할 수 없는 상황에 놓였고, 가망 없는 또 다른 내일을 맞이해야 할 운명으로 전락한다. 사실 이러한 운명으로 전락하는 일 자체도 이미 수차례 반복된 사실이다. 그러니까 고고와 디디는 매일 밤 절망을 연습하고 있는 셈이다.

그러면 셋째 날은 어떠할까. 사뮈엘 베케트는 셋째 날을 생략함으로써, 앞선 이틀의 의미를 강조하고자 한다. 셋째 날은 두 번째 날과 같을 것이며, 결과적으로 첫 번째 날과도 다르지 않을 것이다. 디디는 신발을 벗으려고 낑낑거리며 하루를 시작할 것이고 고고는 어디선가 나타나 기다리는 대열에 동참할 것이다. 농담을 주고받거나 때로는 토론을 하기도 하지만 늘 고도의 왕림을 고대하고 있을 것이며, 그러면서도 오지 않을 고도의 전갈에 대처하는 법을 찾아 헤맬 것이다. 낯선 이들은 끊임없이 이들의 삶을 맴돌 것이며, 그들의 정체를 묻는 말에는 항상 부정적인 답변만 돌아올 것이다. 럭키와 포조는 그렇게 시간의 한쪽에서 고고와 디디의 시간을 공유하겠지만, 그들 역시 자신들의 짐을 지고 고도를 기다리기 위해 떠날 것이다. 그리고 운명의 시간이 오고 전갈이 전달되고 고고와 디디는 자살도 하지 못하는 저녁과 다음 날을 맞이해야 할 것이다.

이러한 전언은 인간의 삶과 운명을 상기시킨다. 인간은 태어나서 매일매일 똑같은 시간을 보내며 무언가를 이루기 위해서 노력하고 그 결과를 기다린다. 가볍게 성공하는 일도 있을 수 있겠지만, 결과적으로는 모든 것이 요원한 삶을 지탱해야 할 것이다. 그렇게 인간은 늙어가고 결국에는 자신의 생을 다하게 되는데, 생을 다하기 직전에 사람들은 늘 기다리는 곳에서 한 치도 벗어나지 못했으며 기다림 자체 이외에는 별로 한 것이 없다는 사실을 인정하곤 한다. 고고와 디디처럼 인간들도 기다리는 것 이외에는 아무것도 할 수 없는 존재인지도 모른다.

이러한 전언에 동의한다면, 인간은 기다림 이외에는 그 어떤 의미 있는 행위에 도달할 수 없는 숙명으로 그려질 수 있다. 사실 이러한 결론은 다소 성급하며 지나친 일반화의 오류 가능성도 담지하고 있지만, 냉정하게 말해서 거짓은 아니며 삶을 전체적으로 바라보는 하나의 시각을 제시할 수는 있다. 그렇다면 이러한 비관적 삶을 포기해야 하는가?

고도가 오지 않는다는 사실은 비감한 일이지만, 그렇다고 해서 기다림 자체가 소모적인 것은 아니다. 사실 인간은 기다림으로 인해, 삶의 연속성을 확인할 수 있다. 기다림이라는 행위는 인간이 무료할 수도 있고 무의미할 수도 있는 삶을 지탱하는 힘이 될 수 있다. 우리는 기다리는 존재가 됨으로써, 인생이라는 긴 터널을 빠져나올 힘을 얻을 수 있는 것이다. 인생이 항상 미지의 영역으로 이루어진다고 할 때, 인간이 그 인생을 탐험하기 위해서는 무언가를 기다리는 행위 자체가 동반되어야 한다. 탐험을 했을 때 결과가 나온다는 기대가 없다면, 탐험을 해야 할 이유를 찾을 수 없을지도 모르기 때문이다.

더구나 기다림은 어제의 나와, 오늘의 나가 같은 사람이라는 전제를 확인시켜 준다. 자기 동일성은 정체성의 근본이다. 하지만 나는 수많은 분신들로 이루어지기 마련이고 시간이 흐르면서 서로 다른 나로 흩어질 우려도 커진다. 그럼에도 불구하고 내가 결국에는 기다리고 있는 존재라는 사실로 인해, 과거 → 현재 → 미래로 이어지는 동일자의 모습을 구현할 수 있다. 기다림이 현실을 극복할 힘을 주고, 그 힘을 이끌고 갈 나를 구성하는 셈이다.

인간은 기다리는 존재이다. 기다리는 것 외에는 좀처럼 다른 일을 할 수 없는 존재이기도 하다. 물론 기다리는 행위를 거부하고 직접 만나러 가거나, 불가능을 역전시키거나, 새로운 도전을 일삼을 수도 있겠지만, 궁극에는 기다림이 인간에게 주어진 조건이라는 사실을 부인할 도리가 없어 보인다. 다시 말하면 우리는, **자신**이 누구인가라는 질문에 기다리는 존재라고 대답할 수 있을 듯하다. 그래서 고고와 디디의 이틀은 우리에게 중요하다. **우리**가 무언가를 기다리는 존재라는

세상의 모든 **나**들

사실을 부인하지 못하게 하기 때문이다.

그렇다면 이 저술에서 기본적으로 물었던 하나의 질문에 대해, 간단하지만 부인할 수 없는 하나의 대답을 구할 수 있게 될 것이다.

나는 누구인가?

나는 기다리는 존재이다.

〈고도를 기다리며〉는 복잡한 작품이지만, 근원적인 대답을 보여주는 작품이고, 또 확인하도록 만드는 작품이기에, 우리는 이 작품을 수작이라고 평한다. 인간의 숙명인 기다림에 대해 통찰력을 갖도록 유도하면서 말이다.

05

'나'는 변신한다.
고로, 살아갈 수 있다

1. 변신하는 사람과 다양한 직업, 일상을 살아내는 법

레오 카락스의 영화 〈홀리 모터스Holy Motors〉는 어려운 영화로 정평이 나 있다. 많은 팬들이 〈홀리 모터스〉를 좋아하고 경이롭게 대우하지만, 영화의 구체적인 의미나 상세한 이해까지 편안하게 받아들인다고는 할 수 없다. 사실 그의 영화는 어렵고 복잡하다.

〈홀리 모터스〉를 보고 나면, 스스로 다음과 같은 질문을 던지는 일이 낯설지 않다. '내가 본 것은 과연 영화인가, 모사 현실인가?', '우리가 지켜 본 인물 오스카Denis Lavant(드니 라방)는 무엇을 하고 있었던 것인가?'

이 의문을 풀기 이전에, 이러한 질문에 대한 기초적인 답안을 만들어 볼 필요가 있다. 이를 위해, 오스카의 업무를 중심으로 이 영화의 개요를 상세하게 정리해보자(이 영화를 잘 아는 이들은 굳이 이 대목을 읽을 필요가 없다).

프롤로그: 잠이 들었던 한 남자가 벽의 문을 열고 극장으로 들어가고 그곳에서 잠든 군중을 발견한다. 잠든 군중 사이로 검은 개가 지나가고 영화는 어느새 9개의 삽화로 구성된 다른 세계로 진입한다.

첫 번째 임무: 다소의 논란은 있겠지만, 저택을 나온 사업가 오스카가 리무진을 타고 출근한다. 조수석에 앉아 리무진을 운전하는 셀린은 첫 번째 임무가 적힌 서류가 옆 좌석에 있다고 이야기한다. 이로 인해 관객들은 첫 번째 임무가 아직 실행되지 않았을 것으로 생각하지만, 사실 리무진에 올라 사업을 진행하는 일이 첫 번째 임무이다. 참고로 셀린은 그날 해야 할 임무가 9개라고 이야기한다.

두 번째 임무: 분장을 마친 오스카는 경호원들의 호위를 받으며 파리의 길가에 거지 노인으로 나타나고, 그녀-오스카는 길에서 행인들에게 적선을 베풀라고 부탁한다. 이 장면까지는 사업가 오스카가 특수한 목적을 지니고 거리로 나온 것처럼 여겨질 수도 있다.

세 번째 임무: 오스카는 날렵한 인상의 대역 배우로 변신하고 스튜디오에 찾아가 모션 캡쳐 배우로 활약한다. 혼자서 적진을 침투하는 용사로 연기하다가, 상상의 동물로 변신하여 어느새 나타난 여배우와 섹스 신sex scene을 연기하기도 한다.

네 번째 임무: 오스카는 한쪽 눈이 먼 추남으로 변장하고 하수도를 내려가 파리의 음습한 길을 걷는다. 그리고 그가 도착한 곳은 미녀가 사진 촬영을 하는 곳인데, 그곳의 스태프들은 '그녀와 그의 조합'을 '미녀와 야수'라고 부른다.

다섯 번째 임무: 오스카는 허름한 차를 갈아타고 딸을 마중 나간다. 많은 이들이 이 장면에서 오스카가 대역 연기를 그만두고 본연의 모습으로 돌아왔다고 착각하기도 하지만, 그는 딸을 꾸짖고 그 자리를 뜬다. 그는 리무진으로 돌아와 자신의 다음 임무를 하달받는다.

막간: 오스카는 인터 미션 격의 막간에서 춤추고 노래하는 역할을 한다.

여섯 번째 임무: 그는 킬러로 분장하고 빌딩으로 침투해 자신을 닮은 누군가를 죽인다. 하지만 그 과정에서 자신도 부상을 입고 리무진으로 간신히 돌아온다.

일곱 번째 임무: 다음 업무를 준비하는 것처럼 보였던 오스카는 갑자기 차를 세우라고 하고 복면을 뒤집어 쓴 채 파리의 길거리로 나선다. 길가에는 카페에서 식사하는 사람들이 가득하고, 두리번거리며 누군가를 찾던 그는 한 은행원을 저격한다. 그리고 은행원을 보호하는 경호원들에게 집중적인 총알 세례를 받는다. 하지만 셀린이 다가와 그를 일으키고, 그는 아무렇지도 않은 듯 다시 리무진을 탄다.

여덟 번째 임무: 리무진은 대저택으로 들어가고 그는 큰 개가 자고 있는 한 방으로 들어가 그 옆에 눕는다. 이윽고 그를 삼촌으로 부르는 한 여자가 나타나 삼촌에 대한 그리움과 감사를 표한다. 오스카는 그녀에게 용기를 북돋우고 그녀의 눈물을 쓰다듬지만, 곧 다음 임무를 다해야 한다고 말하며 자리를 뜬다.

아홉 번째 임무: 어느새 마지막 업무라는 셀린의 말이 전해지지만, 그는 꿈속 같은 세상으로 파고든다. 차가 멈추면서 그가 도착한 곳은 허물어지기 직전의 백화점 앞, 그 앞에서 두 개의 리무진이 작은 접촉 사고를 일으켰다. 그리고 업무인지 모르는 상태에서 한 여자를 만나고, 그 여자가 그 옛날의 진임을 알아본다. 두 사람은 30분의 만남을 서로에게 허락하고 지난 20년을 20분 동안 돌아보는 여정에 동의한다.

마지막 귀가(혹은 새로운 업무): 셀린은 분명 마지막 업무였다고 말했고(그래서 9가지 업무가 된다), 다시 돌아온 리무진에는 오스카가 묵어야 할 집이 표시되어 있다. 그가 보고 있었던 서류는 사실 그가 갈 곳과 만나야 할 사람을 보여주는 안내도였다. 오스카는 머뭇거리며 셀린과 헤어지고, 역시 머뭇거리며 그 집의 문을 연다. 그 집에는 원숭이 가족이 살고 있었고, 그는 가장이 되어 그 집에서 하루를 보낸다. 이 업무는 내일의 첫 번째 업무였을 것이다. 마치 전날 밤 사업가의 집으로 들어갔던 것처럼, 오스카는 내일 원숭이의 집에서 나올 것이다.

에필로그: 셀린은 리무진을 '홀리 모터스' 본사 주차장에 주차하고 퇴근했고, 모여든 리무진은 고단한 하루에 대해 이야기하기 시작한다. 그들—리무진의 이야기 주제는 늙음과 고담함이었다.

이야기를 오스카로부터 풀어보자. 오스카는 어스름한 새벽녘 리무진에 오르면서 모습을 드러낸다. 그의 등장은 바쁜 사업가의 하루를 연상시키는 영화적 출발을 유도한다. 리무진 기사 셀린은 당일에 수행해야 할 업무가 많다면서 그 첫 번째 임무를 담은 파일을 뒷좌석에 놓아두었다고 말한다.

그 임무는 무엇일까. 놀랍게도 리무진은 분장실이 되고, 리무진이 도착한 곳에서는 사업가 오스카가 아닌 거지 할머니가 내린다. 경호를 받으며 차에서 내린 그녀는 거리를 걸으며 행인들에게 구걸을 시도한다.

고급 리무진에서 거지 할머니가 내리고, 초라한 행색의 거지가 경호원들의 호위를 받으면서 길가를 걷고, 멈춰 서서 사람들에게 동냥을 하다가 다시 리무진에 오르는 모습은 기묘한 불일치를 선사한다. 그와 함께 강렬하게 찾아오는 의문이 있다. 이것이 첫 번째 임무인가? 그렇다면, 다음 임무는 무엇일까?

오스카가 내린 곳은 공장처럼 보이는 건물이었고, 오스카는 높은 계단을 올라 밀실에 가까운 방으로 들어갔다. 그곳에 그는 거지 할머니의 느린 걸음과는 사뭇 비교되는 거칠고 대담한 움직임으로 모션 캡쳐의 대상자(연기자)가 되어 있다. 그는 액션 연기를 수행하기도 하고, 성적 판타지를 불러일으키는 섹스 장면을 촬영하기도 한다. 사전에 약속이나 한 듯 나타난 여배우와 함께 펼치는 몸의 향연은 어느새 거대한 스크린에 인어를 탐하는 사악한 뱀의 정령으로 묘사되고 있다.

오스카가 선택한 직업이 이 세상에 존재한다면, 그는 배우일 것이고, 배우 중에서도 의뢰인의 요구에 따라 거리와 현실에서 대역을 펼치는 역할일 것이다. 이러한 의구심을 결정적으로 충족시키는 이른바 '미녀와 야수' 장면이다.

오스카는 어느새 리무진을 타고 있고(이 영화는 관객을 연습시키기라도 하듯 '어느새' 차로 돌아와 있는 오스카를 당연하다는 듯 보여준다), 그 리무진에서 세상에서 가장 추악한 남자로 변신한다. 이른바 '야수'. 야수는 지하 세계의 어두운 영역을 거쳐야 한다는 듯, 멀쩡한 길을 두고 지하 하수도를 걷는다. 흥미로운 것은 이러한 하수도를 걷는 사람들이 그 혼자만은 아니라는 점이다. 대열을 이루면서 어디론가 걷고 있는 사람들 속을 오스카는 헤쳐 나가고, 그가 지상으로 올라온 곳은 묘지이다.

그리고 묘지를 엉망으로 만들며 그는 현실로 난입한다. 그의 등장은 고대의 인간 사회를 공포로 만들었다는 야수의 출현을 연상시킨다. 그는 인간들의 세상을 짓밟고 겁주며 한 곳으로 향하고, 야수의 눈에 비친 한 곳에는 지상의 아름다움을 모아놓은 듯한 '미녀'가 있다. 그 미녀는 사진 모델로, 주변에 늘어선 이들의 찬사를 한몸에 받고 있다.

야수는 미녀를 바라본다. 하지만 야수는 미녀의 관심을 끌지 못하고, 야수는 이에 점차 흥분하는 듯하다. 하지만 야수는 다른 이의 시선을 끌고 있었다. 늘어선 구경꾼에 이어 조연출 그리고 연출자에 이르기까지, 야수의 특별한 외모와 행동은 주변을 시끄럽게 만든다. 야수를 결정적으로 흥분시킨 것은 사진작가가 괴물에게 배우로서의 출연을 요구했던 시점이다(여기서도 배우라는 직업은 다시 거론되는 셈이다). 괴물은 사진작가의 요구에 따라 미녀와 나란히 사진을 찍다가, 본성을 되찾은 듯 주변 사람들을 공포에 질리도록 만들고, 미녀를 납

'미녀와 야수'를 연상시키는 광인의 연기●

치해 다시 지하 세계로 돌아간다.

이 황당한 삽화(그렇게 부를 수 있다면)는 처음에는 장난이나 가상인 듯했으나, 점차 손을 다치는 사람과 납치당하는 여인이 생기면서 심각한 범죄로 발전하는 듯했다. 더구나 지하 세계로 끌려간 여인에게 신체적으로나 정신적으로 심각한 위해를 가할 수 있는 상황도 만들어졌다.

하지만 의외로, 우려했던 일이 벌어지지는 않는다. 오히려 미녀-여배우는 야수-광인에게 담뱃불을 붙여주고, 그의 행동을 이해하는 사람처럼 행동한다. 야수 역시 돈을 찢어 먹고 소란스럽게 지하 동굴

● movie.naver.com/movie/bi/mi/reviewread.nhn?nid=2875285&code=95251

세상의 모든 **나들**

을 서성이며 여배우에게 은밀한 포즈를 취하도록 강요하기는 하지만, 그녀의 자유 의사를 침해하지는 않는다.

마치 야수로 변한 오스카는 미녀의 돌봄을 받거나 양해를 받는 듯한 분위기를 연출한다. 이러한 변화는 관객들에게 오스카가 의뢰인의 주문에 따라 역할 변신을 시도하고 있었다는 추정을 더하게 만들며, '미녀와 야수' 삽화에서 그 의뢰인이 의외로 미녀일 수 있다는 가정을 들려준다.

그렇다면 왜 미녀는 자신을 납치하고 동굴에 가두고 옷을 찢어 먹는 야수의 출연을 요구한 것일까. 레오 카락스는 더 이상의 설명을 하고 싶지는 않았던 것 같다. 어느새 오스카는 리무진으로 돌아와 있고, 리무진은 아무 일도 없다는 듯이, 어쩌면 완벽하게 업무를 수행했다는 듯이, 파리 시내를 미끄러지듯 질주해 나간다.

의문은 뒤로 남게 마련이고, 그에 대한 해석은 지켜보는 이(관객)들의 몫으로 남는다. 그렇다면 추정과 근거는 보는 이들의 몫이라고 하겠다. 만일 미녀가 자신의 일상 혹은 타고난 아름다움에 질리고 색다른 변화를 요구했다면 어떠할까. 혹은 야수에게 업혀 납치당하고 그로 인해 세인의 관심을 끌려고 했다면 어떠할까. 어쩌면 본연적인 호기심일 수도 있다. 항상 자신을 받들어 모시고 자신의 아름다움을 성스럽게 바라보는 사람들의 시선에서, 자신을 마음대로 다루고 거칠게 압박하는 사람의 존재를 느껴보고 싶었다고 한다면 어떠할까.

앞에서 말한 대로 답은 없다. 그러니까 여배우가 선택한 어떠한 의

뢰가 구체적으로 어떠한 답으로 나타날 필요는 없다. 사실 반드시 여배우가 의뢰인이라고도 단정할 수 없지만 말이다. 하지만 일상(여배우에게는 아름다움을 찬미하는 이들과 그러한 이들의 시선을 느끼며 무대촬영장에 서는 일 자체가 반복되는 일상일 수 있다)에서 벗어나고자 하는 욕구는 미/추, 노/소, 남/여에 관계없이 일반적이라고 할 수 있다.

오스카가 보여주는 일련의 업무(의뢰인이 있다고 가정하면 청탁)는 누군가의 일상을 대신 살아보거나 의뢰인의 일상을 변화시키는 작업과 관련되어 있다. 이러한 작업은 현실에서는 흥신소 직원이나 심부름센터 관계자일 것이고, 연예계의 영역에서는 배우나 대역 출연자일 것이다. 어쩌면 삶의 여러 분야에 대한 자료나 경험을 수집하는 업무일 수도 있다.

이러한 업무를 부르는 명칭이 무엇이든(이 역시 레오 카락스는 분명하게 보여주지 않는다), 오스카가 하는 일은 한 가지로 뭉뚱그려질 수 있다. 일상을 재편하는 일. 누군가의 일상에 뛰어들어 그것을 대신하거나 대역을 수행하는 일.

2. 일상을 살아내는 법

미녀와 야수의 삽화에서 오스카의 행동은 현실 영역의 주시를 받을 수 있는 위험을 표출했지만, 리무진으로 돌아오면서 그의 행적은 거짓말처럼 지워진다. 이 대목을 평하는 이들은 현실에서의 위험(법률적인 저촉 행위로서의 상해나 납치)이 문제되지 않는 지점을 주목하면서, 현실의 풍경이 아닌 꿈속의 풍경이거나 혹은 약속(연기)된 상황이라는 해석을 내리곤 하며, 나아가서는 현실과 영화의 경계를 허물기 시작하는 단초라고 주장하기도 한다.

이러한 해석과 주장에도 일리는 있다. 사실 야수로서 오스카의 행동은 거지나 모션 캡쳐 연기 대행자와는 근본적으로 다를 수 있음에도 불구하고 전혀 문제가 되지 않고 있다. 이러한 의구심은 리무진을 찾아온 회사 직원과의 대화에서 더욱 증폭된다.

회사 중역 정도로 보이는 남자는 질문을 한다.

오스카에게: (이 일을) 무엇 때문에 하는 건가?

오스카의 답변은 그다지 중요하지 않다. 사실 오스카의 답변은 의미상의 구체성을 담고 있지 않다. 그렇다면 오스카의 일과(그렇게 말할 수 있다면)를 관찰해야만 이 질문에 대한 진정한 대답을 얻을 수 있을 것이다.

오스카는 비슷한 질문을 영화 내에서 받기도 한다. 애인 진과 해후하고 30분 동안 인생을 돌아보기 위해서 폐허의 백화점을 오를 때였다.

진은 오스카에게 묻는다.

오래전에 이 일을 그만 둔 것 아니야?

하지만 이러한 질문은 비단 오스카에게 던져질 수 있는 것은 아니다. 비근한 예로 오스카는 리무진을 운전하는 셸린에게 과거에 무용수였다는 말을 듣는다. 그러면 오스카도 물을 수 있다.

셸린에게: (그 일을) 무엇 때문에 했던 건가?

혹은

다시 셸린에게: 과거에 무용수 일을 했던 사람이 무엇 때문에 리무진 운전을 하는 건가?

레오 카락스에게도 동일한 질문을 던질 수 있다.

레오 카락스에게: 무엇 때문에 당신은 무용수를 했던 여자를 리무진 운전기사로 일하도록 만들고, 무슨 일을 왜 하는지도 정확하게 답변하지 못하는 오스카로 하여금 각종 역할을 대행하도록 하는 건가?

레오 카락스는 은근하게 눙치면서 답한다. 아름다움 때문이라고! 아름다움 때문이라고? 정말 아름다움 때문이라면, 그 아름다움은 조화와 균형을 갖춘 물질적 아름다움을 넘어서 있을 것이다. 어쩌면 인간이 일상을 살아가는 것 자체가 아름답다는 뜻이 아닐까. 과거의 영화를 돌아보는 것도 아름답고, 누군가의 아버지가 되거나 누군가의 애인이 되거나 때로는 누군가의 죄를 용서해 주는 인물이 되거나 어쩌면 원숭이 가족을 돌보는 가장이 되거나 말이다.

무엇이 된다는 점에서 그것은 용기이지만, 현실의 사람들은 늘 자신이 아닌 다른 누군가가 되어야 한다는 점에서는 일상이다. 하루의 일과가 끝나고 셀린이 자신의 영역으로 돌아갈 때—이 영화를 보면 사실 개인적인 영역이라는 것이 별도로 존재할까 싶지만—그녀가 가면을 쓰는 것을 목격할 수 있다.

가면을 쓰고 집으로 돌아가는 리무진 운전기사●

가면은 사회적 페르소나를 의미한다. 누구나 자신의 가면을 가지기 마련이다. 그것도 여러 개를 가지는 것이 일반적이다. 한 사람의 사업가로서, 때로는 거지로서, 현실의 대역 배우로서, 때로는 일탈의 괴물로서, 아버지로서, 연인으로서, 삼촌으로서, 가장으로서 살아야 하는 기본 방편인 것이다.

이러한 가면을 쓰지 않는다면, 사업가와 거지로 동시에 살아야 하는 불일치를 극복하지 못할 것이고, 대역 배우와 야수 역할 사이의 차이도 변별하지 못할 것이다. 누군가의 아버지가 되어 딸을 비난하거나, 누군가의 삼촌이 되어 조카의 참회를 들어주는 이중적 상황도 견디지 못할 것이다. 옛 애인의 죽음을 목격하고(물론 진이 다시 살아날 수도 있다), 저녁에는 원숭이 가족의 가장이 되어야 하는 이해할 수 없는 책무도 감당하기 어려울 것이다(오스카는 귀가 직전에 술을 마신다).

다시 셀린의 이야기로 돌아가자. 셀린은 철저하게 오스카의 분신으로, 그의 조수로, 업무 분담의 담당자로 행동하고 있다. 하지만 셀린 역시 과거에는 무용수였다는 이력을 지니고 있고, 업무 종료(홀리 모터스 차고에 리무진을 입고) 후에는 누군가의 아내나 어머니로 돌아가야 하는 처지이다(이 영화는 이러한 집으로의 귀환도 업무의 일환으로 간주하기도 한다).

그때 그녀 역시 또 다른 역할을 연기해야 한다. 그녀의 페르소나는 창백하다. 가끔 조언하고, 그만큼 오스카와 함께 연기하던 때의 셀린과는 다르며, 그녀 역시 연기하듯 한 겹의 가면을 쓰고 리무진 운전사와는 다른 여인으로 변모하다.

레오 카락스는 일상을 살아내는 법은 가면을 쓰는 것이라고 답하고 있다. 가면을 쓰는 행위 너머에 담겨 있는 의미는 더 복잡할 수 있고 또 더 심층적일 수 있겠지만, 오스카나 셸린 그리고 잠깐 만났던 진 혹은 그 수많은 의뢰자들이 일상을 살아내는 방식은 가면을 쓰는 것이다. 잠시 잠깐이지만 그들은 상대에 맞는 가면을 쓰고 있으며, 이러한 가면의 움직임은 삶 자체를 연기로 변화시킨다. 산다는 것은 일상을 견디는 것이고, 일상을 견디기 위해서는 가면을 쓰고 또 다른 나를 만드는 것이라는.

4. 본래의 '나'는 '누구'인가

영화의 관심이 가면으로, 연기로 이동하면서, 처음에는 중요하지 않았던 질문이 부상한다. 아니 처음부터 중요했지만 질문의 방향이 바뀌었다고 해야 한다.

오스카의 본 모습은 무엇일까?

오스카의 첫 번째 모습은 사업가였다. 우리는 그가 성공한 사업가로 등장하였고, 그 성공의 계기가 하루의 고된 업무로 벌어들인 높은 대가 때문이라고 막연하게 추정할 때가 있었다.

하지만 업무가 종결되는 시점에서 그가 받는 돈은 일당이었으며, 그 액수도 그렇게 많아 보이지 않았다. 그가 하루 종일 고된 일과를 수행한 것치고는 작아 보이는 액수였다는 점은 그가 본래 성공한 사업가가 아닐 수 있다는 의심을 촉발시킨다.

실제로 셀린은 그를 회사에서 제공하는 숙소에 내려주는 듯한 언질을 남긴다. 그리고 "내일도 같은 시간에 데리러 오면 될까요?"라고 묻고 있다. 이 확인차 던지는 질문은 두 가지 의미를 파생시킨다. 그것은 오스카가 그때까지 머무는 집이라는 공간 역시 업무 공간일 수 있으며, 설령 집이 리무진과 다른 세계로서의 안식처라고 해도 사실 내일의 일과는 오늘과 다르지 않을 것이라는 확신이다. 문제는 이러한 동일한 내일에 같은 참여자가 참가할 수 있느냐 아니냐의 여부일 것이다.

〈고도를 기다리며〉에서 고고와 디디는 이틀치의 인생을 통해 지난 50년과 앞으로 이어질 미래를 보여줄 수 있었고, 〈뷰티 인사이드〉에서는 수없이 바뀌는 내일과 그 이후의 시간을 비춰주면서도 변하지 않는 동일성이 존재할 수 있다는 희망을 보여주었다. 〈홀리 모터스〉는 그러한 시간 즉 연속성으로서의 내일과, 자기 동일자로서의 나를 보여주는 데에 하루치의 시간이면 충분하다고 말하고 있다. 즉 오늘의 나가, 내일의 나일 것이고, 미래의 나가 될 것이라는 가정은 이제 확신으로 발전한다.

그렇다면 그 최초의 나를 찾는 작업은 무의미할 수도 있다. 하지만 호기심 어린 이 질문을 막을 수는 없어 보인다. 〈고도를 기다리며〉에는 고고와 디디가 옛날이야기를 꺼내는 대목이 있다. 그 이야기를 들어도 그들의 정체는 모호하기는 마찬가지이지만 적어도 50년 전부터 그들이 고도를 기다리고 있다는 사실만큼은 확인된다.

〈뷰티 인사이드〉에서 최초의 김우진은 카메라로 가려져 있다. 고등학생 김우진은 어느 날 중년의 남자가 되어 있는 자신을 거울 앞에서 발견하고 놀란 후, 끊임없이 바뀌는 얼굴로 살아간다. 본래의 자아, 최초의 자아라는 개념은 사실상 지워진 상태이다. 다만 내레이션을 통해 가장 중요한 김우진은 홍이수를 만나 첫 데이트를 하는 김우진으로 상정한다는 암시를 받을 수는 있다.

〈홀리 모터스〉에서도 오스카의 과거가 등장한다. 업무를 수행하러 가는 도중에 오스카의 리무진이, 역시 업무를 수행하러 온 또 다른 리무진과 접촉 사고를 일으키면서, 오스카와 진은 만나고, 그들은 30분이라는 사적인 시간을 갖기로 합의한다.

그들은 30분이면 인생을 돌아보기에 충분한 시간이라고 말하면서, 다 허물어져가는 백화점으로 발길을 돌린다. 이 발길을 유도하고 30분을 종용하는 인물이 '진'이라는 점에서, 이 사적 시간은 결과적으로 업무의 연속선상에 있는 시간일 수 있다. 진과 오스카가 만나고 헤어지는 시간 자체가 그들이 그날 해야 할 업무였을 수 있다는 점이다.

만일 이들의 사적 30분마저 업무의 일과였다면, 그들은 과거마저 저당잡힌 채 살아야 하는 고용인의 숙명을 보여준다고 하겠다. 다만 그렇게 사적인 시간으로 침투하는 노동의 시간이라고 해서, 그들의 과거나 감정이 꾸며낸 것이라는 할 수 없다. 그들은 30분 동안 만나는 업무를 통해 자신의 인생을 돌아보라는 시나리오(업무상)를 전달받았는지도 모른다. 아니 그렇게 판단하는 것이 이 작품을 보는 방식에 더욱 적합할 것이다.

그렇다면 그들이 백화점을 오르며 나눈 대화는 의미심장하다. 그들은 과거에 부부였고, 또 사랑했던 사이였지만, 이내 헤어졌고, 상대가 어디에 있는지 무엇을 하는지도 모르는 채 인생의 후반부를 살아야 했다. 오스카에게는 원숭이 가족이 있고, 진에게는 늦은 시간 찾아올 애인이 있다. 그들은 과거에는 하나의 나의 무리, 즉 우리를 이루고 있었지만, 지금은 해체되고 분리된 나로 살아가고 있다.

진은 허름한 백화점의 로비에서 널려 있는 마네킹을 배경으로 노래를 부른다. 제목은 〈Who were we?〉였다.

우리는 누구였을까?
과연 누구였을까?
예전의 우리는 누구로 살았던 것일까?
우리는 누구였을까? 누구였을까?
과거 우리 모습으로 돌아간다면
우리는 어떠한 모습을 하고 있을까?

세상의 모든 **나**들

진이 부르는 노래는 그들(진과 오스카)을 우리로 호칭하고 있다. 각자의 나가 아닌 함께 있는 '나의 무리', 즉 우리로 존재하고 있었고, 그때에는 일개의 내가 아닌 우리로 정체성을 형성하고 있었다. 그렇다면 우리가 아닌 내가 되는 순간, 그때의 정체성은 변모한 셈이다.

이러한 접근 방식은 낯설지 않다. 주목할 만한 영화, 소설, 연극 등은 계속해서 "내가 누구인가"를 자문하기 마련인데, 그 대답이 여의치 못하면 질문의 방향을 바꾸어서 "과거의 나는 무엇인가?" 혹은 "내가 아닌 상태였을 때의 '우리'는 과연 지금의 나와 무엇이 다른가?" 등으로 질문의 형태를 변화시키곤 한다. 이러한 변화는 나를 찾는 모험에서 등장할 수밖에 없는 질문이고 대답이다.

진의 대답은 의외였다. 그녀는 우리를 찾아 나선 30분의 여정을 자살로 마무리한다. 그것도 새로운 우리를 형성할 수 있어 보이는 남자 친구와 함께. 진이 떨어져 내리는 시간은 오스카가 진의 남자 친구를 피해 건물을 내려오는 시간과 일치하며, 그 시간의 잔해는 건물을 나서는 오스카 앞에 펼쳐진다. 오스카는 과거의 내가 만들었던 한때의 시간을 경험했지만, 그 경험된 시간은 현실 앞에서 폭파된 채 널려 있었던 것이다.

과거의 나는 현재의 나와 관련 없다는 뜻일까. 아니면 거꾸로 현재의 나는 어떠한 방식으로든 과거의 나와 묶여 있을 수밖에 없다는 뜻일까. 다른 질문도 가능해진다. 과거의 내가 폭파되고 해체된다면, 현재의 나는 어떻게 될까. 그렇다면 우리가 과거의 나를 찾는 일은, 현재의 나를 건사하기 위해서일까, 혁파하기 위해서일까.

진의 죽음으로 오스카는 현실의 시간을 격동의 시간으로 맞이해야 했다. 그에게는 마무리해야 할 일과가 있었고, 새롭게 맞이해야 할 일과가 있었기에(오스카는 회사 간부와의 대화를 통해 기력이 노쇠해도 이 일을 그만두지 않을 것이라고 암시한 바 있다), 이러한 동요는 오래 계속되어서는 안 된다.

우리는 알고 있다. 과거의 나가 현재의 나와 어떠한 방식으로든 연결되어 있다는 사실을. 과거가 없다면 현재도 없을 수 있다는 두려움은 비단 어느 한 사람만의 걱정은 아니었다. 하지만 동시에 과거의 나와 현재의 나는 분리되어 있어야 한다는 깨달음도 지니고 있다. 과거의 나가 지나치게 현재의 나를 제약할 경우, 우리는 과거에서 오는 신호로 인해 현재에서 길을 잃을 수도 있다.

집으로 진입한(이 집이 어제의 그 집인지 확신할 수 없기에 귀환해야 할 집으로 단정할 수는 없다) 오스카는 뇌까리듯 말한다. 우리의 삶이 바뀔 것이라고. 여기서의 우리는 오스카와 침팬지이겠지만, 오스카의 여정을 함께 한 이들은 자신을 그 우리 속에 포함시킬 수 있을 것이다. 그리고 간단하지만 막연한 교훈 하나가 빛나게 될 것이다. 어제도 그러했고 오늘도 그러했지만 내일도 "우리의 삶이 바뀔 거야"라고 말할 것이라는 점이다.

세상의 모든 **나**들

5. 과연 바뀔까?

영화 〈홀리 모터스〉에는 암살자의 삽화도 들어 있다. 암살은 두 층 위로 나누어지는데 하나는 은행원을 죽이는 단순 암살이고, 다른 하나는 또 다른 자신을 죽이는 암살이다.

길가의 카페에 있는 은행원에게 총을 난사하고 자신 역시 총을 맞는 암살자 역할에서는 그 총이 가짜라는 영화적 암시를 남기고 있다. 총을 맞고 쓰러진 오스카가 셀린의 부축을 받고 일어나 카페를 빠져나오는 장면이 함께 담겨 있기 때문이다. 이 장면은 오스카가 어떻게 리무진으로 돌아올 수 있었는지를 설명해주는 장면이기도 하지만, 동시에 이전에 벌어졌던 무시무시한 암살의 공포와 의외성을 상기시키고 그 의미를 반추하도록 만드는 역할을 하기도 한다.

오스카는 지저분한 건물에 침투하여 자신과 똑같이 생긴 테오를 죽인다. 더 정확하게 말하면 오스카는 암살자로 분장하고, 테오를 찾아가 죽인 이후에 그 시체를 오스카로 변장시키려는 듯했다. 카페에서의 암살과는 달리 실제성이 강조되었고, 그 과정에서 테오가 깨어나서 오스카에게 흉기를 휘두르면서, 두 사람의 대결은 격심해진다.

그리고 한 사람이 살아서 건물을 빠져나온다. 목에서 피를 흘리고 있는 것으로 보건대, 오스카일 가능성이 높아 보이지만, 테오일 가능성도 배제할 수 없다. 그리고 살아남은 암살자는 리무진을 향해 힘겹게 걸어가고, 그를 발견한 셀린이 분주한 발걸음으로 다가온다. 암살자는 죽을 것인가?

　중요한 것은 오스카가 테오를 자신으로 분장 혹은 변장시키려고 했던 점이다. 왜 오스카는 테오를 자신과 똑같이 만들려고 했을까. 두 사람의 닮은 모습은 왠지 자기 동일성을 찾아 세상에 나온 이가 누군가의 모습에서 자신을 발견하고 그 페르소나를 벗겨 보려는 심정과 유사해 보인다.

　암살의 과정은 너를 죽이고 그 안에 나를 투여하는 일종의 심리적 욕망으로 대체되어 해석될 수 있을 것이다. 우리는 거리와 일상과 현실의 영역에서 수많은 너와 그 심지어는 그녀를 만나고, 그 안에서 나와 같고 다른 점을 찾아내고자 한다. 내가 아닌 점 때문에 그 사람을 좋아할 수도 있고, 나와 지나치게 닮은 점 때문에 그녀를 싫어할 수도 있다. 소설 〈무진기행〉에서 하인숙은 윤희중과 지나치게 닮은 사람이었고, 그래서 윤희중은 그녀를 강간하듯 범하고 만다. 암살이 신체적 살해였다면, 윤희중의 섹스는 세상의 또 다른 나에 대한 정신적 살해였다고 할 수 있지 않을까.

　오스카는 자신과 닮은 테오를 죽이고자 했다. 테오를 죽인 동기가 애초부터 닮았기 때문인지는 확인할 수 없지만, 적어도 오스카는 자신과 닮은 사람이 세상에 존재한다는 사실을 어떠한 방식으로든 확인하고 싶었던 것이다. 그것이 내가 이 세상에 존재해야 하는 이유라고 믿었던 것일까.

　나를 나이게 만드는 요소는 많지만, 나를 나이게 만들어서 세상에

세상의 모든 **나들**

살아가게 만드는 요소는 그렇게 많지 않다. 그래서 세상의 수많은 나는 내가 세상에서 살아야 하는 존재이기를 증명하고자 하며 그러한 증명을 통해 존재의 이유를 확인받고자 한다.

6. 인간은 반복하는 존재이고, 그래서 살아갈 수 있는 존재이다

노래 한 곡을 더 들어보자. 오스카와 셀린이 헤어질 때 레오 카락스가 배경 음악으로 삽입한 노래이다.

> (우리는) 삶을 다시 살아가고 싶어하지. 하지만 (우리 삶은) 같은 삶을 반복하는 것에 불과해. 아직 쉴 시간은 아니야.……삶은 반복된 삶이고. 그래서 우리는 자신을 일으켜 세워 다시 출발해야 돼. 쉽게 활기를 찾으려고 하지만 삶은 그렇게 쉽지만은 않아.

위의 노래는 삶이 새로운 것이 아니라 반복되는 것이고, 그래서 늘 활기를 요구하지만 언제나 활기가 함께 하는 것은 아니라고 말한다. 반복되는 삶은 따분한 일상과 무료한 심정을 동반하기 마련이고, 살아가야 하는 이유를 끊임없이 찾도록 만든다.

어떤 사람들은 모험을 할 것이고, 어떠한 사람들은 남의 인생을 기웃거릴 것이다. 일상에서는 절대로 할 수 없는 일들을 계획하기도 할 것이다. 가령 누군가를 죽인다든지, 누군가에 의해서 죽는다든지, 어쩌면 미녀를 납치하여 자신만의 굴에 가둔다든지, 잊었던 애인을 만나 그녀의 사과를 받아낸다든지, 반대로 용서할 수 없는 가족을 용서하기도 하고, 혼낼 수 없는 아이를 혼내기도 하며, 가족이 아닌 가족을 돌보아야 하는 가장이 될 수도 있다. 부자와 빈자, 젊은이와 늙은이, 남자와 여자 사이를 왕복해야 하기도 하고, 통쾌함과 비통함을 연속적으로 맛보아야 하기도 한다.

레오 카락스는 영화가 꿈이며, 무료한 일상에 잠든 이들을 깨우는 충격이 되기를 바라는 프롤로그를 보여준 바 있다. 그렇다면 〈홀리 모터스〉는 그러한 충격과 꿈을 보여주는 여행이었다고 해도 좋을 것이다. 누군가의 상상이어도 좋고, 누군가의 물음이어도 좋다. 반복이어도 상관없고, 일탈로 볼 여지도 충분했다.

그러면서 인생의 다른 면을 볼 수 있으면 그만이었고, 그래 보았자 일상의 궤도 내에 궁극적으로 갇힌 것이라는 착각을 가중시켜도 괜찮았다. 영화는 구경하는 것이고, 리무진을 타고 우리는 우리가 살고 있는 세계의 곳곳을 구경할 수 있다면 그 무엇이든 상관없었다. 어차피 삶이 그러한 것 아니겠는가.

그리고 그러한 정신적, 영화적, 시적 모험을 통해 우리가 알고자 한 몇 가지 질문에 답해보고자 했다. 모든 문학과 예술과 문화가 궁극적으로 묻고 있는 질문이기도 했다.

그 궁극적인 질문은 〈홀리 모터스〉의 곳곳에서 던져지고 있다. 거

지는, 암살자는, 사장은, 피해자는, 납치자는, 용서를 구하는 자는, 용
서를 하는 자는, 죽은 애인을 목격하는 자는, 그리고 가족을 돌보는
자는 누구인가.

〈고도를 기다리며〉 식으로 질문과 대답을 정리해보자.

나는 누구인가?

나는 반복하는 존재이다. 그것이 가상이든 실제이든 간에.

〈홀리 모터스〉 역시 복잡해 보이는 작품이지만, 이 작품을 관통하
는 전언은 간단하다. 인간은 일상을 반복해야 한다. 그것이 연기이든
실제이든, 본인의 욕망이든 타자의 인생이든 간에 말이다. 그리고 멈
출 수 없는 순환의 궤도 위에 있다. 그래서 인간은 반복하는 존재이
고, 그래서 살 수 있는 존재이다. 전언의 요점만 놓고 본다면, 〈고도
를 기다리며〉와 다르지 않다는. 그러니까 〈홀리 모터스〉는 영화로 옮
겨 쓴 〈고도를 기다리며〉이며, 인간 존재의 원형에 대한 탐색이었다
고 할 수 있다.

06

'나'는 분별한다.
고로, 동물일 수 있다

인간과 단 하나의 분리 불가능한 경계선으로 분리될 수 있는,

일반 단수 대문자 동물은 없습니다.

(… 그래서) 우리에게 필요한 것은

이질적인 경계와 구조들의 다수성을 고려하는 일일 것입니다.

인간이 아닌 존재들 중에,

그리고 인간이 아니라는 사실과 별개로,

광대한 생명체들의 다수성이 있을 수 있습니다.

– 자크 데리다

세상의 모든 **나**들

1. 경계란 무엇인가

경계의 사전적 의미는 "사물이 어떠한 기준에 의하여 분간되는 한계"이다. 이러한 한계, 즉 범위를 결정하기 위해서는 한계의 이쪽과 저쪽을 분간할 수 있는 기준으로서의 선이 요구되는데, 사람들은 흔히 이 선을 '경계선'이라고 부른다. 그러니 경계란 경계선의 안쪽을 뜻하고, 경계선에 의해서 분할된 바깥쪽 공간은 일정한 기준의 바깥에 해당한다고 할 수 있다.

하지만 시간이 흐르고 서로 다른 인식들이 뒤섞이면서, 처음에는 명확했던 경계와 경계선의 개념이 점차 흐려진다. 한계가 먼저 결정되자 이를 표시하기 위해서 경계선이 그어지는 것인지, 경계선이 그어졌기 때문에 경계가 설정되며 일정한 영역이 생겨나는지조차 알 수 없게 된다. 인간이라는 범주(한계)가 설정되었기 때문에 영장류나 고대 인류 혹은 신화 속의 괴물과 인간이 분리되는 것인지, 인간과 다른 비인간의 범주(생명체) 사이에 경계선이 그어졌기 때문에 인간의 영역이 별도로 설정될 수 있는 것인지도 분명하지 않다. 그렇게 영화 〈경계선Gräns〉(알리 압바시)은 경계와 경계선이 가진 이중적 잣대를 전제하고 출발한다.

한 가지 확실한 것은 세상에 경계선이 존재한다는 것만으로도—어떠한 방식으로든 그어졌다는 사실만으로도—경계의 안과 밖은 서로 다른 양상을 보이기 시작한다는 점이다. 가령 남자와 여자 사이에 그어진 하나의 선을 생각해보자. 일반적으로 남자들이 남자들의 습성을 바탕으로 독립적인 세계를 형성하면, 이와 차별화된 영역에서 여성들 역시 자신만의 세계를 구축하곤 한다. 여자의 관점에서 선을 그어도 비슷하다. 여성들은 남성과 구별되는 자신들만의 정체성을 마련하였기에, 그들 사이에는 분별할 수 있는 각자의 영역이 만들어질 수 있었다.

그런데 이러한 분할과 분별에는 맹점이 있다. 그것은 확고부동한 경계라고 믿어졌던 남자와 여자의 경계선이 그리 견고한 기준은 아니라는 점이다. 생물학적인 남자와 여자가 만나서 사랑하고 결혼해야 한다는 관념은 과거부터 동성애자나 양성애자로 인해 교란되고 있었고, 신체적으로 남성도 아니고 여성도 아닌 존재가 끊임없이 출현하고 있었다. 신체적인 기준을 넘어 자신의 성을 남성도 여성도 아닌, 혹은 남성이면서 동시에 여성이기도 한 어떤 영역으로 재규정하려는 이들도 나타났다.

그런데도 생물학적인 구별이나 통상적인 변별이 여전히 유효할 수 있을까. 그럴 때마다 남성과 여성 그리고 둘 사이의 사랑이라는 고전적 전제이자 원초적 경계는 위협받지 않을 수 없다. 그럼에도 불구하고 일반적이고 통상적인 상식에서는 이러한 남/여의 구별이 여전히 유효하다고 믿어지고 있다. 다만 이러한 틀 자체가 과연 유효하냐는 의문 자체까지 봉쇄할 수는 없어 보인다. 그리고 그 경계가 때로는 균열하고 붕괴하는 사실조차 부인할 길은 더욱 없어 보인다.

세상의 모든 **나들**

영화 〈경계선〉은 그러한 지점에 균열을 더하는 영화이다. 애초부터 명백하게 우리가 가지고 있었던 틀과 선, 즉 경계(선)라는 암묵적인 합의에 심각한 의문을 던지고자 했으며, 그 틀에 균열을 가하여 선의 저쪽 혹은 경계에서 서성이는 사람들에게 시선을 모으고자 했다. 경계는 늘 그렇지만 이쪽과 저쪽을 만들 뿐만 아니라, 그 사이에 광범위하고 모호한 점이지대를 만들어 왔다. 그 점을 강조하여 주목하면, 우리는 우리가 지니고 있었던 강제적인 틀과 편견 그리고 경계가 만든 인식의 한계를 의식하지 않을 수 없게 된다. 〈경계선〉은 이러한 경계 위에서 성립된 영화이다.

2. 경계의 이쪽에 서 있던 여인, 이상한 남자를 만나다

한 여성이 우리 앞에 서 있다. 세관원으로 보이는 그녀가 하는 일은 입국자들의 불법 소지품을 가려내는 일이었다. 놀라운 후각 능력을 갖춘 것으로 보이는 그녀는 처음에는 술을 찾아낸다. 마치 탐지견이 마약을 골라내듯 그녀는 입국자들이 가지고 있는, 그리고 숨기고 싶은 물건을 골라낸다.

그녀가 선택하는 사람들은 거의 틀림이 없을 정도로 그녀의 후각 능력에 대한 주위의 믿음은 확고하다. 심지어 그녀는 단순 후각만으로는 찾아낼 수 없는 아동 포르노 동영상을 담은 메모리까지 찾아낸다. 그러면서 그녀의 능력이 하나씩 드러난다. 그녀는 단순히 냄새만 잘 맡을 수 있는 능력만이 아니고, 그 냄새를 풍기는 주체의 심리적 상태도 확인할 수 있는 단순하지 않은 능력을 지니고 있다. 그것은 가히 초능력이라고 부를 만한 특별한 재능이었다.

그런데 그녀는 결정적으로 예쁘지 않았다. 냉정하게 말하면 사람들이 쳐다보기 꺼릴 정도로 추녀였고, 어찌 보면 남성적 면모도 동시에 지닌 괴물처럼 보이는 인물이었다. 누군가를 그리워하여 자신의 집을 공유하고 있고, 정작 집주인임에도 동거자가 데려온 개에게 위협을 당할 정도로 착한 마음씨의 소유자였지만, 카메라는 그녀의 착한 마음씨보다는 그녀의 평범하지 않은 외모에 더욱 주목하고 있다. 그녀의 첫 쇼트 역시 남자도 아니고 여자도 아닌, 어찌 보면 인간 같아 보이지도 않는 추모醜貌를 보여주는 데에 할애되어 있었던 것 같다. 그래서 그녀의 일상과 주변은 유난히 비어 있었고, 누군가를 대동하지 않고 숲을 거닐 정도로 자유로운 삶이 보장될 수 있었다.

그런 그녀에게 수상한 남자가 나타났다. 정확하게 말하면 수많은 용의자가 지나다녔던 입국 통로에 그 남자가 들어섰다. 그녀는 본능적으로 그 남자에 주목했다. 수상한 냄새가 후각을 자극했고 평범하지 않은 기운이 그녀를 움직였다. 하지만 그 남자는 밀수꾼이 아니었고, 용의자도 아니었다. 가지고 있는 것은 신체적 특색뿐이었다. 그녀는 난생처음 자신이 틀렸다는 사실에 당혹해했다. 하지만 그는 분명 특별한 존재였다.

세상의 모든 **나**들

그는 양성구유였고, 특별한 신체를 지닌 존재로 밝혀졌다. 그의 신체를 검사한 동료가 한 말은 그의 호기심을 준동시켰다. 그리고 그를 알아가면서, 그녀는 자신이 특별한 인간을 넘어 인간의 경계 바깥에 있는 존재라는 사실을 확인해간다. 그 과정은 대단히 흥미롭다. 그녀는, 여느 영화들이 대개 그렇지만, 자신 앞에 나타난 특별한 존재(남자)에게 묻는다.

"당신은 누구냐"고.

남자는 이 질문에 섣불리 대답하지 않는다. 그 대신, 벌레를 먹는 법과 자유롭게 수영하는 법, 편견에서 벗어나는 법, 그리고 자신들의 몸을 활용하는 법과 심지어는 섹스하는 법을 가르친다. 여느 인간들과 달랐던 그녀와 그가 가지고 있었던 비밀과 신체와 그들의 소속과 그들의 삶의 방식을 넌지시 가르친다. 그래서 질문에 대한 대답이 넌지시 전달된다. 우리(그와 그녀)는, 인간이 그어 놓은 선 밖의 존재라고.

3. 경계의 저쪽으로 넘어가려는 여인,
   멈춰서서 자신에 대해 생각하다

그의 보이지 않는 가르침은 영화적 설정으로 바꾸면 황당한 사실로 귀결된다. 선 밖에 있다는 그들은, 소위 말하는 '인간'이 아니었다. 영화는 슬쩍 이러한 메시지를 환상적 설정으로 얼버무린다. 그들 남녀는 멸종된 것으로 알려진 '트롤'이었고, 멸종을 피해 소수의 그들 무리가 여전히 이 세상에 떠돌고 있으며, 남자는 인간의 아이를 훔쳐내고 자신들의 아이(트롤)들을 그 자리에 넣어 다시 세상에 나갈 방도를 찾고 있다는 소소한 설정도 덧붙여서 말이다.

하지만 이러한 설정이 이 영화의 장르를 이전시킬 정도의 힘을 갖지는 않는다. 그녀와 그가 트롤이라고 해도, 그들은 세상의 악이 아니며 무찔러져야 할 괴물도 아니다. 이 영화는 악도 괴물도 아닌 그들의 모습을 통해 거꾸로 선 안에 있다는 인간에 대해 생각하게 만든다. 물론 이러한 시선의 교차가 가능한 것은 남자와 여자, 인간과 동물의 경계선에 있는 한 개체에 대한 관찰이 가능했기 때문이다. 이러한 관찰이 이 영화를 경계선을 중심으로 대립하는 두 세력 간의 대결에서, 경계선 그 자체에 대한 주목으로 이끈다.

트롤 남성을 만나 '그'의 메시지를 접한 여자는 우선 자신이 혼자가 아니라는 사실과, 자신이 누구인지 설명할 수 있다는 사실에 그 무엇보다 기뻐한다. 지금까지 자신을 키워주었지만 어딘지 서먹서먹했던 아버지와의 관계를 재정립할 수 있게 되었고, 꽤 오랫동안 함께 거주했음에도 섹스조차 할 수 없었던 동거인을 대할 방법을 찾을 수 있게 되었다.

하지만 그녀가 때마침 맡았던 소아 포르노 사건과 그에 따른 아이의 죽음을 외면할 수는 없었다. 그 남자가 하는 일은 누군가의 아이를 죽이는 일이고, 그 일은 우리의 아이를 살리는 일로 인해 용서될 수 있는 일이 아니었다. 그래서 그녀는 경계에 대해 다시 생각하게 된다. 경계선 저쪽을 선택하는 일이, 살아 있는 자라면 긋지 말아야 하는 선을 다시 긋는 일이라면?

여자는 결심해야 했다. 그녀는 남자로 인해 자신이 인간이라는 경계 안쪽에 머물러서는 안 되는 존재라는 사실을 깨달았고, 분명 이러한 앎은 그녀의 삶과 정신을 해방시켰다. 경계선의 이쪽에 '그냥 머무는 것'과 '자신의 정체를 이해하고도 머무는 것' 사이에는 작지 않은 차이가 있다는 사실도 알게 되었다. 심지어 그 경계 바깥으로 나갈 기회도 인지하였다. 그리고 남자의 제안대로 그녀는 그를 따라 인간이 아닌 세상으로 갈 수도 있었다.

하지만 그때 그녀의 발을 잡는 것이 있었다. 그것은 물리적 인간의 영역 바깥으로 나가는 것과 살아 있는 존재로서 세상에서 수행해야 할 역할을 준수하는 것 사이에 모순이 없어야 한다는 마음의 가르침이었다. 그녀는 자신이 자유롭기를 바라고, 그래서 경계선의 이쪽과 저쪽을 자유롭게 선택할 수 있는 존재가 되기를 바라지만, 그 대가로 누군가가 죽거나 인간인 존재가 인간 바깥의 존재로 버려져야 한다는 사실에 동의하기 어려웠다.

그래서 그녀는 여전히 인간들 틈에서 멀어질 수는 없었다. 경계의 저쪽으로 넘어가는 일은 그냥 경계선을 확인하는 일만은 아니었다. 그녀는 남아야 했고, 그 경계선의 언저리를 방황하는 처지에서 벗어나지는 못했다. 대신 그녀는 경계선을 알게 되었다.

경계(선)는, 그리고 경계에 대한 앎(인지)은, 그녀 자신을 깨어나게 했다. 그녀가 놓여 있던 애초의 자리를 파악한 현 상태는, 경계 바깥에 무엇이 있고, 어떻게 그 경계 바깥에 존재해야 하는가에 대한 자문과 의심도 함께 불러왔다. 그녀는 내면에서 물었을 것이다. 자신이 인간이라는 경계 바깥에 있을 수는 있겠지만, 생명을 존중해야 하는 생명체의 경계 바깥에 있을 수는 없다고 말이다.

이러한 생각을 더 일상의 차원으로 끌어내리면, '착한 사람'과 '착하지 않은 사람' 사이의 경계에도 적용될 수 있을 것이다. 착함과 착하지 않음 사이에는 어떠한 차이가 있어야 하는가. 이 영화는 착함/착하지 않음의 기준을 함께 살아갈 자세의 유무로 규정하고 있다. 착한 것이 옳은 것이 아니라, 함께 살아갈 준비가 되어 있는 것이 필요하다는 논리는, 착한 것에 대한 당위나 계몽을 벗어나고자 하는 미세한 분별과 다르지 않다. 이를 통해 인간 안에서 혹은 인간이 아니더라도, 이 세상에 존재하는 모든 것들에 내재하는 어떠한 기준에 대해 이야기하고 싶었는지도 모른다.

4. 경계의 이쪽과 저쪽을 넘나드는 여인, '나'를 인지하다

남자는 남자가 사는 세상이 있고 그 세상은 여느 인간들이 설정한 경계 바깥의 삶이다. 여자는 남자로 인해 자신의 앞에 놓여 있었지만

세상의 모든 **나**들

보지 못했던 어떤 경계를 인식하게 되었고, 그 경계의 어느 쪽에 자신을 위치해야 할지 최종적으로 고민할 수 있게 되었다. 그녀 앞에 나타난 '그-존재'에게, 그 존재의 의미를 물었고, 그 대답으로 자신이 어떠한 존재인지에 대한 답을 얻었기 때문이다.

체포되는 남자가 뱃전에서 그녀를 바라보는 의미심장한 눈빛을 기억한다. 그 남자로서의 존재는 묻고 있다. 나와 함께 경계 바깥으로 나갈 것인지, 답답하게 그 경계 안쪽에 머물 것인지. 경계의 어느 쪽에 설 것인지 분별하고 선택할 때가 왔다고 말하는 눈빛이었다.

이것은 비단 트롤과 인간만의 문제는 아니다. 세상에 아직 트롤이 남아 있는지 아닌지는 모르겠으나, 우리-인간은 늘 이러한 경계의 안쪽과 바깥쪽을 동시에 쳐다보지 않을 수 없는 존재였다. 무지하고 불안했던 우리는 경계를 긋고 그 바깥쪽을 내치는 선택을 감행해왔다. 그러자 경계 바깥에서 적지 않은 것들이 소외되었다. 학대당하는 동물이 그러하고, 몇 세기 전만 해도 인간으로 대우받지 못했던 흑인과 유아와 노예가 그러하며, 늘 사회에서 약자로 살아야 하는 서발턴 subaltern(하위주체)이 그러한 존재이고, 황당한 폭력 단체로만 비하되는 이슬람과 북한 등도 아마 거시적 관점에서는 그러한 대상일 것이다.

선이 그어지고 경계가 생기면 늘 무언가가 그 바깥으로 추방되는 수순이 진행된다. 그들-경계 바깥의 존재는 우리 곁에는 있지만, 늘 우리가 아닌 어떤 존재로 혹은 우리와 다른 그들로 규정되고 우리의 영역 바깥으로 밀려나곤 하는 악과 추와 차이의 존재들로 남곤 했다.

우리-인간은 그들 모두를 배척하지 않을 수 있는 존재들이었음에도, 늘 그들을 우리 바깥으로 밀어내고 철저하게 경계를 그을 수도 있는 존재들로 거듭났다. 그때 우리가 긋는 기준은 물리적인 선이기도 하지만, 착함/나쁨의 도덕적인 선이기도 했으며, 오만과 편견과 무지가 살려낸 인습의 선이기도 했다. 그래서 그 선은 인위적일 수 있고 변동 가능할 것일 수 있었다.

영화 〈경계선〉은 어느 날 우리에게 던지는 질문에 해당한다. 그녀가 입국장의 통로에서 그를 만나고 자신을 이해하고 자신이 속한 세상에 대해 고민하게 했던 그 질문을 함축한 질문이다. 그토록 확고하게 믿고 있었던 경계선이 나를 경계선 바깥으로 나가라고 강요하거나 알려준다면, 그때 당신은 어떻게 하겠는가. 경계의 안과 밖은 결국 뒤섞여 있는데, 그 어느 한쪽만을 선택해야 한다고 당신에게 통보된다면 당신은 어떻게 하겠느냐고 말이다.

경계선은 사실 임의의 것이지만, 경계선 안쪽에만 머물러야 한다고 믿는 이들에게는 고통스러운 감옥일 수도 있다. 무엇이 우리를 자유롭게 하는지는 끝까지 확정할 수 없겠으나, 경계의 이쪽과 저쪽의 상황을 살필 수 있을 때 그리고 그 양쪽 세상을 편견 없이 바라보고 치우침 없이 선택할 수 있을 때, 영혼과 정신의 자유를 얻을 수 있다고 막연하게 대답할 수 있을 것이다.

세상의 모든 **나들**

제 3 부

이름과 '나'

07

'나'의 이름을 찾아
반쪽세상을 헤매다

1. 아이의 동화, 어른의 실화

미야자키 하야오의 애니메이션은 오랫동안 전 세계 어린아이들의 마음을 사로잡아왔다. 많은 어린이들이 그의 작품을 보면서 화면에서 눈을 뗄 줄을 몰랐고, 손에 땀을 쥐고 다음 이야기를 기다리곤 했다. 한 가지 행위에 곧 싫증을 내고 한눈을 파는 아이들의 속성을 고려할 때, 미야자키 하야오의 이야기는 확실히 남다른 데가 있었고, 기본적으로 어린아이들의 눈높이에 맞추어져 있다고 할 수 있을 것이다.

미야자키 하야오의 애니메이션이 비단 어린아이들에게만 인기가 있는 것은 아니다. 미야자키 하야오의 애니메이션은 어린아이들 못지 않게 어른들에게도 그 인기가 상당하다. 2020년에도 넷플릭스에서 미야자키 하야오의 애니메이션은 여전히 흥행 중이고, 관람자들에게 깊은 인상을 남겼다. 아이들이나 보는 애니메이션이라고 한껏 낮추어 보았던 이들도, 막상 미야자키 하야오의 작품을 만나는 순간 그 작품들이 가지는 수준 높은 미학과 지적 순수함에 빠져들지 않을 수 없었던 것이다. 이러한 성인층 관람자들의 등장은 이제는 더 이상 놀라운 일도 아니라고 해야 할 것이다.

이러한 현상을 왜곡해서 보면, 어릴 적 아이의 눈으로 보던 미야자키 하야오의 작품을 어른이 되어서도 즐기고 있다고 곡해할지도 모른다. 어릴 적 보았던 미야자키 하야오의 애니메이션을 어른이 된 뒤에도 여전히 즐기는 사람들이 없는 것은 아니다. 하지만 어른이 되어서도 미야자키 하야오의 이야기를 보고 읽고 그 매혹에 빠질 수밖에 없는 이유를 어렸을 적 기억만으로 치부할 수는 없다. 오히려 어릴 적에 이미 이야기를 보았음에도 불구하고, 오랜 시간이 흘러도 변하지 않는 매력을 가진 이야기에 더 깊이 빠져들었다고 하는 편이 옳다.

그래서 혹자들은 이러한 상황을 설명하기 위해서, 미야자키 하야오의 애니메이션이 유년 시절의 경험과 순수했던 마음을 떠올리도록 하기 때문이라고 분석하기도 한다. 확실히 미야자키 하야오의 애니메이션에는 유년의 순수함이 남아 있고, 그러한 순수함을 바라보면서 어릴 적 자신의 모습을 되찾는 일은 매력적인 관람 요인이 될 수 있다. 하지만 이러한 유년의 경험을 되살려준다는 이유만으로 미야자키 하야오의 장점을 설명하는 것은 바람직하지 않다. 오히려 그러한 개인 경험을 일깨우고 아이들조차 열광하도록 하는 근원적인 이유를 살피는 편이 온당한 일이라고 할 것이다.

미야자키 하야오의 작품은 아이들도 좋아하고, 아이였을 때 그 작품을 이미 보고 어른이 된 사람들도 다시 보기를 원하는 작품이다. 설령 아이였을 때 작품을 보지 못하고 어른이 된 사람들도, 한번 그의 작품을 보면 깊숙하게 빠져들고 마는 경우도 심심치 않다. 그러니 어느 한 시점, 혹은 특정 체험이나 기억에만 의거해서 그의 인기와 대중적 지지를 판단하려 해서는 안 될 것이다. 그렇다면 앞에서 이미 자문 自問한 것처럼, 그의 애니메이션이 사람들에게 유달리 매력적으로 다가오는 이유는 무엇일까.

다양한 이유가 있기 때문에 한 가지 요인으로 속단할 수는 없지만, 그리고 앞에서 열거한 모든 점이 그를 사랑하도록 만드는 요인에 포함되겠지만, 그중에서도 명백하고 뚜렷하게 확인되는 몇 가지 이유는 특별하게 주목할 필요가 있다. 그것은 성장의 체험과 그 경험에서 우러나오는 인간 성정에 관한 이해이고, 이를 통해 궁극적으로 도달하게 되는 나에 관한 생각이다. 미야자키 하야오는 어린아이나, 어른이나, 이미 그 작품을 본 적이 있거나, 혹은 뒤늦게 보기 시작했거나 간에, 자신의 작품을 보는 이들에게 과거의 자아와 현재의 자아를 이을 수 있는 영감을 준다(아이들에게는 미해결로 가득한 미래에 대한 안도와 안내를 겸하기도 한다). 그리고 두 개의 자아가 서로 다르지 않으며, 자신 안에서 통합될 수 있다는 가르침을 넌지시 던져준다.

2. 낯선 이방인으로서 지켜야 할 체모와 위험에의 감지

미야자키 하야오의 애니메이션 중에서도 〈센과 치히로의 행방불명 千と千尋の神隠し〉은 유년의 눈높이를 포함하여 그 이후의 세대들에게도 적용될 수 있는 인간 세상의 주요 원리를 비유적으로 함축한 대표작이다. 이 작품에서 치히로가 겪는 황당한 모험을 보면, 인간이 세상에서 겪는 통과의례를 어렵지 않게 이해할 수 있다.

치히로는 진지한 성장 관문을 통과하지 못한 대개의 어린아이가 그러하듯, 버릇없고 대책 없어 보이는 소녀였다. 시골로 이사 가는 차 안에서 그녀가 다리를 들고 잔뜩 부은 얼굴로 뾰로통한 인상을 쓰고 있는 모습은 얼마나 제멋대로인가를 곧바로 보여준다. 그 옆에 아버지와 어머니가 있음에도 불구하고, 그녀는 아랑곳하지 않는다.

미야자키 하야오는 도입부에서 포착한 그녀의 표정으로 그녀가 살아온 10대의 인생을 단적으로 묘사한다. 그녀는 부모의 안부나 집안의 사정 따위는 안중에 없고 자신이 살던 학교를 떠나 자신이 원하지 않는 시골로 전학 가는 일에 대해서만 불만을 터뜨리고 있는 그야말로 미성숙한 아이의 모습 그대로이다.

그러한 그녀를 보면서 그녀의 아버지와 어머니는 여간 큰 걱정을 하지 않겠지만, 적어도 표면적으로는 그 부모가 치히로를 크게 걱정하는 기색은 아니다. 그것이 무심함을 뜻하는 것인지, 혹은 고의로 단련을 요구하는 것인지 모르겠으나, 그녀의 부모 역시 철없고 제멋대로이기는 마찬가지라는 점에서, 그들 가족은 세상에 적응해야 하는 가족이라고 할 수도 있겠다.

〈센과 치히로의 행방불명〉에서 치히로의 부모는 정상적이라고는 보기 어렵다. 그녀의 부모가 명백히 출입이 금지된 곳을 거리낌 없이 침입하고, 주인의 허락도 구하지 않고 타인의 음식을 집어 먹는 행동을 자행한다. 이러한 행동으로 보건대, 그들은 성숙한 어른이나 사회의 한 구성원으로서 갖추어야 할 예의와 본분을 갖추지 못했다고 해야 한다.

흥미로운 점은 이때 치히로의 태도이다. 가장 제멋대로일 것이라고 생각했던 치히로가, 테마파크로 가는 길을 거부하고 음식을 함께 먹자는 제안을 거절한 점이다. 그녀―치히로는 철없는 아이였지만 낯선 곳을 방문했을 때 경계의 본능을 잊지 않았고, 본능적으로 자신의 행동을 제한하는 통제력을 발휘할 줄 알았다. 그리고 위험과 재앙에 가까운 고립감은 그녀를 더이상 응석받이 딸이나, 제멋대로 행동하는 아이로 남겨두지 않았다. 그녀는 이제 돼지가 된 아버지와 어머니를 구출해야 할 뿐만 아니라, 자신이 속한 세계에서 살아남기 위하여 누군가의 인정을 얻어내야 하고 자신이 필요한 존재라는 사실을 증명해야 할 절박한 처지로 내몰렸기 때문이다.

3. 수습이 되고, 정식 직원이 되고, 수련이 일단락되고

치히로가 홀로 남게 된 온천장은 그녀가 아직은 접근해서는 안 되는 영역이라는 점에서 매우 흥미로운 공간이다. 어쩌면 그녀는 이 영역에 영원히 발을 들여서는 안 되는 인물일 수도 있다. 그곳이 영혼들이 모여드는 곳이기 때문만은 아니다. 그곳은 향락과 재물 그리고 성적 서비스가 어떠한 형태로든 연결된 곳이기 때문이다.

미야자키 하야오가 이 작품에서 성애를 직접 묘사하지는 않았지만, 온천장을 배경으로 옮겨오면서 그 안에 감도는 불온한 공기마저 제거하지는 않았다. 아이들이 보는 콘텐츠라면 성과 돈과 욕망의 요소를 제거해야 한다는 일반적인 편견에서 벗어난 매우 파격적인 선택이었다. 하지만 이것은 동화가 세상의 세파와 난관을 거둔 곳을 묘사하는 방식이 아니라고 믿는 이들에게는 당연한 처사이다.

인간은 자신의 진로를 택하면서 그 이전까지 자신에게 허락되지 않은 영역에 진입해야 하는 운명을 타고난 존재이다. 누구든 어른이 되고, 사회에 나가고, 직장을 갖고, 그 안에서 함께 살아가기 위해서는 그때까지 자신에게 허가된 공간에서만 머물 수 없다. 불온하고 위험하고 때로는 난감한 공간에서 일해야 하며, 그곳으로 들어갈 준비를 해야 하는 존재이다. 아이든 어른이든, 처음부터 자신에게 안전하게 어울리는 일은 없으며, 소질이 있다고 해도 일정한 수련 과정을 거치지 않을 수 없다. 그것은 일종의 모험이고 통과 의례이다.

치히로도 다르지 않았다. 그녀는 빨리 적응했다. 부모는 사라졌고, 오히려 부모를 돌보아야 했으며, 세상에는 자신에 대한 적과 불친절한 경쟁자로 가득했다. 그곳에서 살아남아야 한다는 명제를 제외하고는 믿을 수 있는 것이 거의 남아 있지 않았다.

이러한 위기감이 엄습할 때, 사람들은 조력자를, 누군가의 도움을 갈구하곤 한다. 조력자는 늘 현실에 존재하기 마련인데, 그래서 그 현실을 반영한 문학과 예술 작품 그리고 각종 콘텐츠에도 반드시 설정되는 요소이다. 치히로의 최초 조력자는 하쿠였다. 하쿠는 치히로가 처한 위험을 알아보았고, 그녀로 하여금 빨리 피하도록 독려했다. 하지만 피할 수 없는 상황이 되자, 그는 태도를 바꾸어 치히로가 적극적으로 자신의 세계에 적응하도록 돕고자 한다.

결국 치히로는 하쿠의 도움으로 기업에 가까운 온천장에서 허드렛일을 맡는다. 온천장에서 가장 낮은 곳에 있는 가마할아범에게 도움을 청한 이후, 어렵게, 어렵게, 그렇게 한 계단, 한 계단을 올라 정식 직원이 될 수 있었다.

〈센과 치히로의 행방불명〉은 그 과정에서 치히로가 겪는 고통을 상당히 농도 짙게 묘사하였다. 비록 신들의 온천장이라는 공간 묘사로 인해 비유적으로 설정되었지만, 그 고통과 과정은 결국 사회의 그것과 별반 다르지 않다. 아이들이 이 작품을 본다면, 그들이 의문시할 사회의 모습에 대해 혼자 그려볼 수 있는 단서를 얻을 수 있을 것이다. 물론 그 단서는 지나치게 미화된 것도 아니고, 그렇다고 어렵게 숨겨진 것도 아니다. 실체와 매우 유사하면서도, 아이들이 이해할 수 있는 언어로 짜여 있다는 점이 특징이다.

그 내용을 차분하게 살펴보자. 치히로는 일단 자신에 대한 접근을 금지한 영역을 뚫고 들어가야 했다. 현대 한국 사회는 젊은이들의 사회 수용을 종용하는 듯하면서도, 실업과 고용 불안을 해소할 기회를 활짝 열어두지 않는다. 그래서 사회나 세계로 나가야 하는 이들에게는 위험과 경쟁 그리고 도전이 늘 맴돌고 있다. 온천장은 그러한 사회의 일부이자, 비유였다. 그곳은 그 자체로 경쟁을 뚫고 우리가 뛰어들어야 할 공간이었다.

그 공간은 어디를 막론하고 신입, 외부인, 이방인, 낯선 자, 미숙한 초보의 입장을 반기지 않는다. 온천장 직원들도 이구동성으로 그곳은 치히로가 있을 수 없는 곳이라고 했다. 그녀에게 다른 냄새가 난다고도 했다. 수시로 실수를 용납하지 않겠다는 엄포도 놓았다. 가장 친절한 사람 중 하나였던 가마할아범조차 지하실에는 그녀의 일자리가 없으며, 설령 있다고 해도 남의 일자리를 빼앗아서는 안 된다고 충고했다. 그녀를 대동하기로 한 선배 역시 마지막 관문까지는 그녀를 데려가지 못한다고 했기에, 그 이후에 시행해야 할 본질적으로 난감하고 일방적인 계약은 순전히 그녀의 몫으로 남을 수밖에 없었다.

모든 것이 쉽지 않았다. 온천장 경영자이자 사주와의 계약은 더욱 그러했다. 최종적으로 타결된 계약은 불공평했고, 계약의 불공평함을 강요하는 사주의 태도는 매우 권위적이었다. 그럼에도 불구하고 그녀는 저자세로 자신에게 불리한 계약을 받아들여야 했다. 사주 유바바가 치히로를 고용하지 않는다면, 그녀는 더이상 그곳에서 머물 명분도 그리고 방법도 사라지기 때문이다. 소모되어 사라지지 않기 위해서라도, 그녀는 그 계약을 감수해야 했다.

실업이 가중되고 있는 사회에서 그 사회의 압박을 견뎌야 하는 젊은이들은, 사회생활을 본격적으로 시작하기도 전에 그 사회와 선배와 상관과 고용주에게 고초를 겪기 일쑤이다. 군기, 태움, 규율이 그들을 지배했고, 그 위에서는 이것을 적응과 훈련의 과정으로 포장했다. 불공평과 불합리에도 불구하고 후임이자 신입은 단정한 복장과 나긋한 태도 그리고 다소곳한 언행으로 자신(신참)이 오래된 집단의 선배들에게 반항할 의사가 없으며, 자신 이전에 만들어진 관습과 규율을 준수할 의지로 가득하다는 사실을 알려야 했다. 알아서 기어야 했고, 불평의 말문을 닫아야 했다.

그러면 그 태도를 지켜보면서 기존의 상관과 선배들 혹은 사주들이 그녀-신참을 평가하고 다시 기용하기도 하고 해고하기도 했다. 결국, 신참들은 그 시선과 요구를 견뎌야 하고, 살아남기 위하여 수모와 굴욕을 무릅써야 했다. 치히로 같은 제멋대로인 아이마저도, 이러한 사회의 냉정한 실체를 감지하지 않을 수 없었을 것이다.

그러니 하쿠를 만나 사전에 들은 것도 상당히 중요하고 또 유효했겠지만, 스스로 생존해야 하고 부모의 도움 없이 살아야 한다는 절박함이 그녀를 근본적으로 바꾸어 놓았다는 인식을 배제하기 어렵다.

생존에 대한 욕구가 그녀로 하여금 타인과 집단과 사회의 눈치를 보도록 만들었고, 그 안에서 그녀 자신이 아무것도 아닌 존재라는 점을 깨닫도록 종용했다. 그렇게 그 상태를 인정하자, 그녀는 그야말로 아무것도 아닌 존재에서, 수습으로, 정직원으로, 때로는 모범 직원으로 격상될 수 있었다. 어른들이 늘 그러하듯 말이다.

4. 사회적 상승과 자신의 망각

치히로가 정직원이 되는 과정은 〈센과 치히로의 행방불명〉에서 자세하고 우스꽝스럽게 묘사되어 있다. 소위 '진상' 손님이 들이닥치자 영업장 폐쇄를 결정했지만, 해당 손님은 막무가내로 입욕을 요구하며 서비스를 요구했다. 모든 손님들에게 친절해야 하는 유바바는 '진상' 손님일지라도 개인적으로 처리하지 못하고, 급기야는 가장 말단인 치히로에게 서비스를 맡겨버린다. 이번 기회에 치히로의 대처 능력도 보겠다는 계산이었다.

치히로는 유바바와 계약하면서 자신의 본명을 잃고, '센'으로 불리고 있었다. 〈센과 치히로의 행방불명〉에서는 본명을 마법의 근원처럼 다루고 있어, 본명을 잃는 순간 타인의 노예가 된다고 설정하고 있었다. 그로 인해 센이 된 치히로는 유바바의 결정에 이의를 제기할 수 없었다.

하지만 이러한 설정이 마법 세계와 애니메이션에서만 통용되는 특별한 규칙이라고만은 생각할 수 없다. 왜냐하면 일반적인 사회에서도 신입은 고유의 이름을 잃고, 회사나 단체가 정하는 이름에 종속되기 때문이다. 신입은 누구의 아들이거나 누구의 친구가 아니라, 그 회사에서 직책을 맡은 직원이거나 손님에게 봉사해야 할 서비스 요원이 된다. 결국, 현실에서도 본명은 흔히 잊히는 대상이고, 그 망각은 단순한 이름 부재를 넘어 실체에 대한 망각으로 이어지는 경우도 흔하다.

가령 아름답고 싱싱하던 소녀 시절을 거쳐 누군가의 아내가 되고 누군가의 어머니가 된 여인이 있다고 하자. 우리 주변에서 흔히 볼 수 있는 이러한 여인은 본명을 잃고 사는 경우가 많다. 그래서 '진상이 엄마' 혹은 '401호 아줌마' 내지는 '울산댁' 등으로 호칭되곤 하며, 만일 직장이라도 있다면 '임 대리', '차장님' 등으로 불릴 수도 있다.

그녀를 처음 보는 낯선 고객들은 '여기요', '저기요'를 남발하며, 그녀를 호출하기도 할 것이다. 그때 그녀의 이름은 없는 것이나 마찬가지이다. 그녀는 이름을 잃었을 뿐만 아니라 그 이름으로 인해 보장받아야 하는 개성이나 고유성 혹은 자율성도 동시에 잃을 수밖에 없다. 나아가서는 임 대리와 울산댁 그리고 진상이 엄마로 살아야 하지, (가령) 임청하라는 본명과 그 배후에 있는 삶을 요구할 수 없을지도 모른다. 그 시점에서의 현실에서 임청하가 중요한 것이 아니기 때문이다. 그녀는 직장에서는 대리여야 했고, 유치원에서는 진상이 엄마여야 했고, 동네 슈퍼에서는 401호로 외상을 달아야 하는 막연한 이웃에 불과하기 때문이다.

치히로가 이름의 상당 부분을 잃고 센이 되어야 하거나 하쿠가 자신의 긴 본명을 잊고 유바바의 심부름꾼이 되어야 하는 사정도 이와 근본적으로 다르지 않았다. 그들이 잃은 것은 마법의 이름만은 아니었다. 또한, 이름을 잃는 것은 그들만도 아니었다. 이 순간에도 세상의 많은 이들이 이름을 잃고 있으며 그 순간에도 서로 다른 이름 사이에서 고민하고 있을 수밖에 없다. 그러니 센이 된 치히로나, 하수인이 된 하쿠는 마법 세상의 인물만이 아니다. 그들은 현실의 인물이며, 그들의 모습을 지켜보는 아이들은 그들이 처한 현실을 통해 현실이 어떠하다는 사실을 직감할 수 있다. 적어도 그러한 현실을 마주했을 때, 더 이상 놀라지 않을 대응력도 갖출 수 있다.

실제 우리 현실에서는 적지 않는 사람들이 하루에도 수차례 이름을 빼앗긴 채, 그들처럼 직원이나 심부름꾼으로 살아가야 한다. 그래서 그들은 상상 속의 인물일 수만 없다. 그들은 현실에 뿌리를 둔 인물이며, 아이들이 조만간 마주해야 하는 세상 속 인물들이다. 그래서 그들은 한 번씩 이름을 잃거나 이미 잃은 이들의 표상이 될 수 있었으며, 집단 속에서 존재감과 정체성을 잃어가는 동시대인의 초상이 될 수 있었는지도 모른다.

이렇게 생각한다면 〈센과 치히로의 행방불명〉에서 인물들이 잃은 것은 실제로는 마법 속 이름이 아니다. 이름을 잃는 것은 마법 세계만의 일은 아니라는 뜻이다. 그리고 이름을 잃는 이들은 도처에 널려 있다. 센과 하쿠를 비롯하여 유바바와 제니바, 그의 아들 보, 그리고 얼굴 없는 영혼 가오나시까지, 그들 모두는 중요한 무언가를 공동으로 상실한 이들이다.

그들은 하나같이 이름을 잃은 이들이고, 그 이름이 가져오는 마법 같이 중요한 본질을 잃은 이들이다. 그래서 그들은 이름을 되찾아야 했고, 그 모험은 우리에게도 중요한 모험일 수밖에 없다. 그 모험의 끝에서 어쩌면 우리 모두가 마법 같은 이름을 잃고 있고, 그 이름 뒤에서 찾아야 하는 진실한 무엇을 찾지 못하고 있는지도 모른다는 생각을 하게 된다. 그렇게 잃은 것은 우리의 영혼이고 정체성이며 그 누구와도 대체될 수 없는 나일 것이다.

5. 자신의 발견과 자아의 완성

치히로가 바다를 건너 늪의 바닥으로 가는 이유도, 자신의 한계를 분명하게 인식하고 자신의 내면에서 잃어버린 그 무엇을 찾아야 한다는 전언과 다르지 않다. 무언가를 잃어버린 이들에게 무엇을 잃었는지를 확인하는 일은 마법으로 자신의 인생을 돌려놓는 일과 크게 다르지 않기 때문이다. 마찬가지로 늪의 바닥으로 향하는 여정은, 잃어버린 것을 찾는 모험과 다르지 않다.

온천장에서 가오나시가 일으킨 한바탕 소동은 자신을 잃은 자가 가져올 수 있는 재앙을 보여준다. 가오나시는 자신이 누구인지 모르는 상태에서 상대를 몸 안에 받아들였다. 마치 타인의 욕망을 복사하여 자신의 것으로 만드는 인간의 기본 성정처럼, 가오나시는 받아들인 사람들의 욕망을 주체하지 못했다. 처음 개구리 직원을 삼키자 그의 욕망이 들끓었고, 거듭해서 사람들을 탐하자 그 사람들의 욕망이 폭증하기 시작했다. 센에 대한 육체적·정신적 갈망을 급속도로 키웠고, 급기야는 통제 불능의 상태에 빠졌다.

미야자키 하야오는 가오나시의 광란을 얼버무리고 있지만, 그것은 성적 욕망의 극단적 표출로 보아도 무방하다. 그곳이 유곽을 겸한 온천장이라는 배경을 대입하면 이 점은 숨길 수 없어 보인다. 그곳을 찾는 사람들은 욕망을 충족하기 위하여, 돈과 권력의 힘을 빌리곤 한다. 그리고 이러한 욕망의 폭주는 늘 자신과 상대에게 깊은 상처와 문제를 남기곤 한다.

황금으로 상대를 유혹하고 그 대가로 센을 취하려는 가오나시의 욕망도 마찬가지였다. 내부에서 폭증하는 욕망으로 인해 괴물처럼 변한 가오나시는, 자신의 삶과 성정을 포기하고 상대의 그것을 섭취, 소유, 제압하려는 자의 왜곡된 정신 상태를 보여준다. 욕망이 폭주하고 사회가 광란하는 광경 역시 비유적으로 보여준다. 결국, 이러한 가오나시의 질주 역시 자신이 누구인지 말할 수 없는 자들의 필연적인 폭주와 다르지 않다.

욕망의 질주는 하쿠에게서도 나타났고(제니바의 도장을 훔치려는 시도), 평소 엄마의 지나친 보살핌에 사로잡혀 인내를 배울 수 없었던 보에게서도 나타났다. 심지어 자신의 이름을 찾아야 하고, 누군가의 침탈에서 자신을 지켜야 한다고 믿는 센에게서도 이러한 징후는 엿보인 바 있었다. 그러자 이들은 예외 없이 자기 안의 남의 것을 솎아내고, 진정한 자신을 찾아, 폭주와 질주를 멈추어야 한다는 목표 아닌 목표를 가지게 된다.

그들의 모험은 다소 평탄한 형태로 묘사되어 있다. 괴물과 싸우거나 위험한 곳을 가지 않는다. 그들의 모험은 익숙한 곳을 찾아가는 모험일 수도 있다. 그곳에 누가 있는지, 혹은 누가 있어야 하는지 이미 알고 있기 때문이다.

그래서 그들은 모험을 통해 엄청난 위험을 무릅쓰고 적과 싸워야 한다거나, 멀고 긴 길을 따라 고생스러운 여행을 각오해야 한다고 생각하지 않는다. 오히려 모험은 순조로웠다. 기차를 타고 마을을 지나고 사람들을 만나면서 불어난 바다를 지나는 것이 모험의 거의 전부였다. 모험이라면 다소 싱거웠고, 오히려 편안한 여행처럼 보일 수도 있었다. 하지만 그들은 긴장했다. 그곳에서 찾아야 할 것이 무척 많고 때로는 복잡할 수도 있기 때문이다. 그것이 그들의 이름이었고, 정체였고, 잃어버린 자신이었기 때문이다.

미야자키 하야오는 마치 가오나시의 질주와 하쿠의 부상이 힘겨운 도전의 전부였다는 듯, 센과 그 일행의 기차 여행은 안전과 평온으로 가득 채워두었다. 큰 물(바다)이 불러일으키는 공포도 없었고, 흉폭했던 가오나시도 달라져 있었다. 그렇다면 왜 미야자키 하야오는 그러한 모험을 만들었을까. 보통 모험이라면 훨씬 두렵고 험난하기 이를 데 없어야 했는데.

그것은 이 여정이 외부로의 여정이기보다는 내면으로의 침잠에 가깝기 때문일 것이다. 센이 싸워야 할 적은 제니바나 마녀가 아니라, 자신이었다. 가오나시가 되찾아야 할 것도 자기 바깥에 있는 사람들의 욕망이나 애초부터 없었던 친구가 아니라, 자신 안에 마땅히 있어야 할 진정한 이름과 자기만의 내면이어야 했다. 다 자라지 못한 보는 크게 다르지 않았다. 다행히 보는 그 해답을 가장 먼저 그리고 정확하게 찾는 순례자가 되었다. 자신에게 지금까지 결여된 것이 있다는 것을 알았고, 그것이 노동이며 스스로 움직이는 것이라는 사실을 깨달았기 때문이다.

실제로 늪의 바닥에서 센 일행이 수행한 일은 장명등을 따라 집을 찾은 것, 제니바의 간단한 이야기를 듣는 것, 그러면서 자신과 타인의 관계를 목격하는 것, 그리고 일상의 한 부분으로서 노동의 가치를 이해하는 것 등이었다. 이러한 요인들을 제대로 마주할 수만 있다면, 굳이 어려운 모험을 겪어야 할 이유도 없다고 할 수 있다.

복잡한 세상에서의 충돌과 대립은 결국 자신 안의 고요하게 고여 있는 욕망의 바다를 응시하면서, 그 너머에 무엇이 있을까를 고민하는 수련으로 어렵지 않게 대체될 수 있고 또 마무리될 수 있을 것이다. 센과 그의 일행, 그리고 그들을 초대한 제니바는 그러한 삶의 한 부분을 조명하고 있다. 그러니 구태여 그들이 모이는 자리로 향하는 여정이 복잡하거나 혼란스러울 필요는 없어 보인다. 이러한 전언을 이해하기 위해서는 자신 안으로 들어갈 수 있는 방안이 그 어떤 방안보다 우선적으로 필요하기 때문이다.

6. 되찾은 이름과 귀환한 자신

물론 어른이 되는 일은 한 번의 성장통이나 통과 의례만으로 마무리될 수 있는 일은 아니다. 우리에게 여전히 관례나 성인식 혹은 이에 필적하는 성장의 관문이 필요한 것은 그 단계만 넘어서면 모두 어른이 된다는 뜻이 아니라, 그러한 단계를 넘어설 수 있는 마음을 늘 갖추어야 하며, 이후에도 해당 단계를 뛰어넘을 때마다 첫 번째 단계에서의 경험과 노력을 기억하라는 뜻에 가깝다.

사람은 나이가 들면서 혼례를 치르고 상례와 제례에 맞닥뜨려야 한다. 서른에 할 일이 있고, 마흔에 할 일이 있으며, 오십에 갖추어야 할 자세와 육십을 맞이해야 할 마음가짐이 같을 수 없다. 끊임없이 통과하고 눈앞의 단계를 넘어서는 일은 인간이라면 일상에서 늘 겪는 일이기도 한데, 미야자키 하야오의 작품에는 이러한 통과에 대한 진지한 성찰이 상징적으로 담겨 있다.

세상의 모든 **나**들

그래서 그의 작품을 볼 때마다, 그의 작품을 보고 있는 시기에 필요한 성찰을 각각 발견할 수 있다. 10대 소년이 필요로 하는 것과 20대 청년이 요구하는 것이 다른 것처럼, 10대에 본 미야자키 하야오의 작품의 '결'과 20대에 바라본 그의 작품 세계의 '수준'은 같은 것일 수 없다. 이것이 그의 작품을 한 번 볼 때와 다시 볼 때 다르게 만드는 요인이고, 이전에 본 것이 있음에도 불구하고 이후에 다시 볼 것을 기대하게 되는 이유이기도 하다. 미야자키 하야오는 그 결과 수준을 함축할 수 있는 방법을 터득한 몇 안 되는 작가로 남을 수 있었다.

성장의 의미는 치히로에게 매우 중요하다. 센이 되어야 했던 치히로는 늪의 바닥을 돌아 온천장으로 돌아오자 다시 원래 이름을 되찾을 수 있었다. 온천장 직원 센이 아니라, 인간의 세상에서 당당하게 살아갈 수 있는 센이 될 것이고, 나아가서는 센이라는 현실적 자아와 치히로라는 본연의 자아를 통합하는 존재가 될 것이다. 센과 치히로의 통합에 성공한 자아는 아버지와 어머니의 인정도 받았다. 그들이 처했던 어려움을 해결했을 뿐만 아니라, 부모와 어른 세계를 이해할 수 있는 딸로 거듭났기 때문이다.

친구들의 신뢰도 얻었다. 하쿠와의 기억을 되찾았고, 그가 왜 중요한 친구인지도 확인했다. 옛 동료와 새로운 친구들에게서도 신뢰를 얻을 수 있었다. 보는 치히로와의 여행을 통해 그 이전과는 다른 존재가 되었고, 이것은 치히로 역시 마찬가지였다. 그래서 두 사람은 더 나은 단계에서의 우정을 간직할 수 있었다.

성장한다는 것은 어른이 되는 것, 그래서 자신을 책임지는 것, 이를 위해 남들과 함께 살 수 있는 방식을 이해하는 것, 결과적으로 자율적인 존재가 되고 자율적인 존재가 된 이들과 사귈 수 있다는 삶을 모두 포괄한다. 이 모든 것을 요약해서 뭉뚱그린다면, 자신이 누군인지 말할 수 있는 자가 된다는 것이다. 비록 살면서 다시 자신을 잊을 수도 있겠지만, 관문을 넘어 성장한 경험을 가진 이들은 그때 무엇을 해야 하는지 알 것이다. 도전이고 모험이 필요하다는 사실을 이미 알게 된 후이기 때문이다.

7. 성장의 이야기, 통과의 이야기, 인간의 이야기

어린아이에게 세상을 단순하게 보여주겠다고 선과 악으로만 대분大分되는 창작 동화를 읽히는 것은 매우 위험한 일이다. 동화를 통해 세상살이의 거센 파도를 모두 지워버리고, 아름답고 깨끗하고 순수한 세계만을 보여주려고 하는 생각도 근본적으로는 재고되어야 한다. 아이들이 동화를 읽고, 자신들이 이해하는 세상을 작품에서 확인해야 하는 이유는, 거친 세상 모습과 복잡한 인간의 성정을 외면하기 위해서가 아니다. 오히려 아이들은 세상의 실체와 인간의 진면목에 그 누구보다도 일찍 그리고 정확하게 다가가야 할 존재이다. 그러기 위해서는 분명 특별한 방법이 필요하다.

세상의 모든 **나들**

아이들은 아이들의 방식으로 거친 세상, 복잡한 인간의 모습을 배워나가야 하는데, 그때 작품 혹은 동화에 포함되는 내적 논리는 실제로는 좋은 작품 혹은 성인용 서사와 크게 다르지 않다(방식이 다를 뿐이다). 미야자키 하야오의 애니메이션에서는 아름답게 순화된 동화와 같은 인위적인 조작이 드물고, 인간과 세상에 대해 대책 없이 미화된 표현을 좀처럼 찾기 어렵다. 이 점은 그의 작품이 아이들에게 걸맞은 이유를 시사한다. 미야자키 하야오는 세상을 선과 악, 혹은 나의 편과 남의 편으로 간단하게 재단하지 않고 있으며, 복잡한 세상살이의 간난신고艱難辛苦를 일부러 삭제하지도 않았다.

그러한 측면에서 그의 애니메이션은 정직하다. 정직할 뿐만 아니라 때로는 잔인하며, 어떤 경우에는 지나치다 싶을 정도로 솔직하다. 이 점이 그의 애니메이션을 어릴 때에만 보지 않고, 어른이 되어서도 다시 보도록 종용하는 중요한 이유이다. 어른이 되어서 타인과 집단 그리고 사회와 문명에 대해 몸소 경험하고 모여 사는 삶에 대한 쓴맛을 체득한 이후에, 근원적으로 인간이라는 존재에 대한 비판과 회의에 직면했을 때에도, 미야자키 하야오의 애니메이션은 여전히 같은 관점을 유지하고 있다는 사실은 어찌 보면 경이롭기까지 하다. 어릴 적 관람할 때는 그때의 눈높이에서, 나이가 들어 관람할 때는 그만큼 변화된 눈금으로, 인간과 세상을 읽을 수 있도록 해주기 때문이다.

이를 위해 미야자키 하야오의 애니메이션은 성장통을 외면하지 않는다. 미성숙한 어린 개체가 자신이 속한 사회 혹은 집단의 당당한 일원이 되기 위해서, 일정한 관문을 통과하고 그 관문 전후에 달라지는 자신의 모습을 인식하는 제의이자 통과의례를 가리킨다. 그래서 때로는 인생에서 단 한 번, 그것도 인간으로서 가장 미숙한 시기인 유소년기에서 청장년기로 넘어서는 시점에서 치러지는 의례라고 생각하기 쉽다.

그래서 흔히 성장통은 아이들의 이야기로만 치부되는 경향이 강하다. 성장통을 강하게 앓았음에도 불구하고, 어른이 된 이후에는 이를 대수롭지 않게 처리하려는 성향도 남아 있다. 아니면 억지로 그 의미를 과장해서 아이들을 안심시키려는 방법도 엿보인다. 하지만 그 역시 바람직하지 않기는 마찬가지이다. 성장은 일상이며, 과장이거나 수치가 아니어야 하기 때문이다.

그마저도 현대인들에게 부인否認의 대상이 되곤 한다. 관례나 할례 혹은 사냥이나 섹스 등으로 단계를 표하던 의식은 현실에서 자취를 감추었고, 물리적 연령이나 투표권 혹은 법적인 성년의 지위 등으로 저절로 주어지는 어떤 것으로 바뀐 지 오래다. 그래서 사회적으로도 아이에서 어른이 되는 과정을 의식적이든 무의식적이든, 현실적으로는 그다지 중요하게 다루지 않고 있다.

이러한 사회적 무관심만이 문제인 것은 아니다. 성인식이나 관례를 치르든 치르지 않든 간에, 좀처럼 어른일 수 없는 사람이 있을 수 있다. 그러니까 자신의 의지로 자신이 있어야 할 단계를 설정하고 그 단계로 오르기를 시도하고 모색하지 않는 이상, 아무리 나이가 들어도 어른이 될 수 없는 이들도 우리 사회에는 분명 존재한다. 그만큼 성장의 관문은 인생의 결단을 요하는 일이기도 하다.

이제 중요한 일을 말해야 할 것 같다. 미야자키 하야오는 성장의 중요성을 인식하지 못하는 동시대에, 결코 높지도 않고 그렇다고 낮지도 않은 방식으로 그 의미와 가치를 알려주는 흔하지 않은 작품을 선보이고 있다. 어린아이 때에는 성장을 위해서 그 적정한 관문으로서의 성장통을 이해할 필요가 있었고, 어른이 되어서는 아직 완전하지 못한 인간에 대한 이해를 위해서라도 이러한 작품을 재관람할 필요가 있었다.

미야자키 하야오는 어린이든, 어른이든, 자신이 누구이고, 인간이 어떠해야 하는지에 대해 관심을 기울이는 사람이라면, 그 해답을 찾아가는 과정이 쉽지 않고 끝나지 않는 여정임을 알려주는 텍스트를 만들었다. 그래서 그의 애니메이션이 말 그대로 영혼을 가진 생명체처럼 시대를 지나고 환경을 넘어서 우리 곁에 여전히 남아 있을 수 있는 것이다.

08

이름을 잃고
'나'는 쓰네

1. 이름을 잃은 시인

윤동주는 자신의 이름을 잃은 것에 대해 깊이 반성하는 시를 남겼다. 그가 남긴 명편 〈참회록〉은 실상, 자신이 감행해야 했던 창씨개명과 관련이 깊다.

연전 졸업 후의 진로는 윤동주와 송몽규 둘 다 일본에 유학하여 대학 과정을 밟기로 정해놓고 있었다. 집(양쪽 집안: 인용자)에서도 이미 동의했다. 연전 문과 입학 때와는 달리 윤동주의 부친은 이번엔 적극적으로 찬성했다.

그런데 1942년이라는 시점에서 도일하여 유학하자면 먼저 필수적으로 해결되어야 할 문제가 있었다. 바로 '창씨개명'이었다. 창씨개명이 되지 않으면

입학은 둘째 치고, 우선 일본에 건너가는 데 필요한 기본 서류인 '도항증명서' 자체를 뗄 수 없었다. 그것은 현해탄을 건너는 배를 타려면 꼭 필요한 서류였다.

이 '도항증명서'는 이야기만 널리 전하고 있지 그 실체가 어떤 것인지 오히려 잘 알려지지 않은 것이 오늘의 현실이다.•

윤동주와 송몽규가 일본 유학을 결정하고 창씨개명을 시도한 일은 영화 〈동주〉에서도 비중 있게 다루어진 바 있다. 당시 조선에는 전문학교 외의 대학이라고는 경성제국대학밖에 없었는데, 이 대학은 자식의 장래와 학문을 걱정하는 이들에게는 중요 고려 대상이 아니었다.

그뿐만 아니라 일본이 지닌 앞선 문물과 선진화된 문화를 만끽하기 위해서는 일본에 소재한 대학에 다녀야 할 필요도 있었다. 윤동주와 송몽규의 집안뿐만 아니라, 당시 자녀를 키우고 그들의 교육을 계획하는 이들은 이러한 사회적 실상을 외면할 수 없었다.

그로 인해 두 사람은 이름을 고친다. 윤동주는 '平沼東柱'(히라누마 도쥬)로, 송몽규는 '宋村夢奎'(소무라 무게이)로 개명하였다. 이것은 개인적으로도 슬픈 일이었지만, 민족의 역사에서도 잊을 수 없는 일이었다. 윤동주는 자신의 아픔을 간단히 담을 수 없었다. 그는 시를 썼고, 그러한 감회가 담긴 시 중에 하나가 〈참회록〉이다.

• 송우혜, 《윤동주 평전》, 푸른역사, 2004, 320~321면.

2. 참회한다는 것의 의미

파란 녹이 낀 구리 거울속에
내얼골이 남어있는 것은
어느王朝의 遺物이기에
이다지도 욕될가.

나는 나의懺悔의 글을 한줄에 주리자.
— 滿 二十四 年 一個月을
무슨 깁븜을 바라 살아왔든가

내일이나 모레나 그어느 즐거운날에
나는 또 한줄의 懺悔錄을 써야 한다.
— 그때그 젊은나이에
웨그런 부끄런 告白을 했든가.

밤이면 밤마다 나의거울을
손바닥으로 발바닥으로닦어보자

그러면 어느 隕石밑우로 홀로거러가는
슬픈사람의 뒷모양이
거울속에 나타나온다.

— 〈참회록〉*

세상의 모든 **나**들

윤동주가 이 시를 쓴 시점은 1942년 1월 24일로, 그가 태어난 1917년 12월로부터 환산하면 만 24년을 막 넘어서는 시점이다. 정확하게 말하면 24년 1개월에 해당하는 시점이므로, 시 속에서 밝힌 나이와 일치한다. 다시 말하면 윤동주는 자기 고백적 어조로 이 시를 쓰면서 시적 화자를 실제의 자신에게 일치시키고자 한 흔적을 남긴 것이다.

자신이 바라본 시 속의 화자, 즉 윤동주는 참회의 대상이다. 그 이유는 시 안에서 명확하게 그려져 있지는 않다. 시라는 것이 통상적으로 그러하듯, 한 가지 사실에 대해 한 가지 원인만 존재할 수 있다고 믿는 장르가 아니기 때문이다. 서사가 인과와 선후의 논리를 이보다 중시한다면, 서정의 장르로서 시는 세상에 대한 다양한 공감을 바탕으로 한다는 점에서 직접적인 인과와 선후를 따지는 것 자체가 무리이다.

하지만 윤동주의 시는 이러한 무리를 무릅쓰고라도 그 원인을 따져볼 가치가 있다. 시인은 자신을 '왕조의 유물'이라고 칭하고 있다. 그리고 그 왕조의 유물과 '욕됨'을 연결하고 있다. 자신이 24년이라는 시간 동안 무엇을 바라고 살았는지 후회스럽고, 이를 자신이 실천하지 못해서 부끄럽다고 말하고 있다.

- 윤동주, 〈懺悔錄〉, 이복규 엮음, 《윤동주 詩 전집》, 지식과교양, 2016, 204~ 205면.

윤동주 시에서 부끄러움은 중요한 정서적 모티프를 형성한다. 그의 시는 부끄러움이라는 본연의 감정에서 잉태되어, 세상의 물상이나 시대의 흐름 혹은 인간의 행위를 통해 구체화되어 문면화, 고착되는 유형이다. 즉 자신은 늘 부끄러움을 간직하고 살고, 또 그렇게 살아야 한다고 믿지만, 그 부끄러움은 세상의 기류에 따라 변화된 상황에 투입되는 것이다.

우리가 쉽게 생각할 수 있는 왕조는 조선이며, 실제로 윤동주가 살았던 시대(1917~1945)는 조선왕조의 끝에 붙은 치욕의 시대였다. 일제가 조선을 강점하고, 조선인을 식민지인으로 삼았으며, 그들의 뜻대로 국권과 생존권을 강탈했던 시기였다. 이러한 시대에서 조선이라는 전대의 왕조를 떠올리는 일은 자연스럽다.

하지만 윤동주가 왕조시대로의 회귀를 꿈꾸거나 일제 강점의 대안이라고 여긴 것으로는 볼 수 없다. 그는 자신이 망한 왕조의 후예이기 때문에 부끄러운 것이 아니라, 자신이 망한 왕조의 유물로 고착되는 것에 대해 부끄러워하고 있다고 보아야 한다. 여기서 유물의 사전적 의미는 "예전에 통용되던 제도나 이념 따위가 이미 그 효력을 잃어 쓸모가 없어졌음을 비유적으로 이르는 말"이다. 즉 그―윤동주는 한 나라가 망하고 새로운 시대를 열 기회가 있었음에도, 전 시대의 버려진 폐기물에 불필요하게 집착한 사실에 대해 후회하고 있었던 것이다.

참회는 자신에 대한 쓸모없음과 부끄러움에 대한 고백으로 이어지고 있다. 현해탄을 건너 새로운 분야(학업)로 나아간다는 진전된 취지에도 불구하고, 이 효력을 잃어버린 쓸모없는 것들에 집착하고 있는 자신의 모습을 발견하면서 더욱 갈등이 심화된 셈이다. 그렇다면 그 효력을 잃어버린 것은 무엇일까.

이름은 첫 번째로 떠올릴 수 있는 대상이다. 윤동주는 자신의 이름을 잃어버린 왕조의 유물처럼 간직하고 있었다. 현실적으로 윤동주라는 그의 이름은 일제가 지배하는 상황에서는 효력을 잃은 것에 불과할지도 모른다. 하지만 윤동주는 이를 간직하고 있었고, 원하지는 않았지만 새로운 시대가 열렸음에도 집착하고 있었다. 그가 써 놓은 왕조의 유물은 바로 이 이름에서 기원한다.

한 사람의 이름은 그 사람의 얼굴이다. 이름은 그 주체인 얼굴과 밀착될 때에만, 이름으로서의 가치와 의미를 지닌다고 해야 한다. 그러니까 이름이 없는 얼굴이거나, 얼굴이 없는 이름은 그 자체로 부자유스럽다. 24년을 살아오면서 거울 속에 비친 내 모습이 동일하듯이, 윤동주라는 이름 역시 동일했다. 그것이 망한 왕조(한국)의 유물(한국어)일지라도 그것이 유일한 이름이고 유일한 나라고 생각했던 것이다.

하지만 그 동일성은 파괴된다. 이름이 유물이 되는 순간, 더 욕되지 않은 순간을 맞이하기 위해서 노력해야 했었지만, 윤동주는 자신이 그러한 노력을 간과했다고 반성하고 있다. 조선(한국)이 망하고 일본이 득세할 때, 그는 망한 조선(한국)을 일으켜 세울 수 있는 새로운 이름을 찾았어야 했는데, 24년을 막연한 기쁨만을 기다리며 허송세월했다고 회고한다.

그래서 이 젊은 나이에 참회록을 써야 하며, 그 참회록 속에서 녹슨 거울을 닦고, 그 속에 비친 슬픈 자신을 바라보아야 한다고 믿었다. 비록 추후 다시 참회를 해야 할 것이지만 말이다.

3. 윤동주의 자기 동일성과 견고한 자아

윤동주에게 〈참회록〉은 자기 고백이었고, 또 많은 연구자들이 그렇게 이 작품을 바라보지만, 사실 〈참회록〉 내에 담겨 있는 심정은 결코 간단하지 않다. 그것은 윤동주가 남긴 '미래의 참회' 때문이기도 하다. 윤동주는 24세의 겨울에 참회를 했다고 했지만, 곧 다시 참회했다는 사실마저도 참회해야 하는 미래의 날이 올 것이라고 부연하고 있다.

이날은 '내일'이나 '모레'일 수 있다. 그런데 몹시 흥미로운 점은 이날이 대단히 즐거운 날이기도 하다는 사실이다. 우리는 이러한 시구를 통해 조국 광복이나 현실의 압제에서 풀려나, 한국인이 자유로운 의사와 판단에 따라 새로운 국가를 건설하는 시점을 떠올리기 쉽다. 사실 이 시구는 그러한 날이 빨리 오기를 바라는 염원을 담고 있기에, 먼 미래가 아니라 그날을 '내일이나 모레'로 적시하는 듯하다.

이러한 해석은 보편적이고 또 타당하다. 하지만 그것만이 전부는 아닐 것이다. 윤동주의 시에서 자기 동일성이 참회의 대상이 되었다면, '내일'이나 '모레' 혹은 '그 어느 즐거운 날'은 자기 동일성이 갖추어지는 날로 볼 여지도 충분하다.

비록 지금(구체적으로 말하면 1941년 말에서 1942년 1월 사이로 윤동주가 창씨개명을 시행한 시점)은 조선식 이름을 일본식 이름으로 바꾸는 것에 부끄러움을 느끼고 문제로 삼고 있지만, 미래의 어느 즐거운 날에는 그러한 이름의 문제가 아니라 본질의 문제마저 부끄러워하지 않으면서 그 어떤 외부의 영향도 자신의 내적 동일성을 침해하지 않는 완성된 자아를 이루겠다는 의지 표명으로 볼 수 있다.

사실 윤동주의 삶과 짧은 이력에서 대내외적인 변화와 격동으로 인해 그의 내면과 문학은 크게 요동쳤다고 할 수 있다. 그때마다 그는 일희일비하면서 시를 썼고, 그 시는 시대를 증언하고 섬세한 자아를 반영하여 기록으로서도 훌륭한 귀감이 되었지만, 정작 자신은 그 시로 인해 내적 동일성이 침해되고 파손되는 경험을 숨길 수 없었다. 시는 시인의 내적 바람의 발로였기에, 이에 대항하는 평정심을 앗아가는 수가 많았다.

윤동주의 〈참회록〉은 현실의 위험과 변화 앞에서 늘 흔들리는 배처럼 요동칠 수밖에 없는 자신의 내면에 대한 부끄러움이기도 했다. 그는 왕조의 유물로서의 자신의 이름을 버리고, 새로운 부끄러움으로서 욕된 이름을 가진다고 해도, 내면의 평화로부터 이를 제어하고 부끄럽다는 고백을 쉽게 내뱉지 않는 강인한 자아를 꿈꾸었는지도 모른다.

부끄러운 것은 이름을 잃고 이에 대항할 주체의 이름을 개발하지 못한 것에서도 찾을 수 있겠지만, 정작 그를 미래까지 부끄럽게 만드는 일은 이러한 일에 일희일비하면서 흔들리는 자신이었다. 부끄러운 고백을 털어놓는다며 유난을 떨었던 자신의 모습을, 미래의 어느 시점에서는 "내가 왜 그러한 고백을 했지?"라며 물어야 할 때가 올 것이라는 예측 때문이다. 그 미래의 시점은 조국 독립의 날일 수도 있고, 윤동주 개인의 성취의 날일 수도 있지만, 매사에 흔들리지 않고 그 어떤 압력에도 굴하지 않고 끝까지 일관된 자아를 유지할 수 있게 되는 날일 수도 있다.

4. 내 안의, 또 다른 나

일관성을 지키는 일은 어려운 일이며, 난세인 경우에는 더욱 그러하다. 이름을 빼앗기고 일본인으로 행동해야 한다는 조건은 자신이 조선인이며 한반도를 영토로 하는 독립국가의 일원이라고 믿는 자신에게 큰 충격을 주는 사건이 아닐 수 없었다. 하지만 더욱 문제가 되는 것은 그러한 일에 대범하지 못한 자신이었다.

완성된 자아의 내면에는 명경지수 같은 고요함이 마련되어야 하지만, 외부의 작은 요동에도 그 물은 흐려지거나 파문이 일며 흔들리기 일쑤였다. 윤동주는 그러한 자신의 모습 또한 끊임없이 경계하였다. 1939년에 완성한 〈자화상〉도 이러한 시에 속한다. 이 시에는 손바닥으로 발바닥으로 거울을 닦아야 하는 윤동주의 심정이 배어 있다.

산모퉁이를 돌아 논가 외딴우물을 홀로 찾어가선 가만히 드려다 봅니다.

우물속에는 달이 밝고 구름이 흐르고 하늘이 펼치고 파아란 바람이 불고 가을이 있습니다.

그리고 한 사나이가 있습니다.
어쩐지 그 사나이가 미워저 돌아갑니다.

돌아가다 생각하니 그사나이가 가엽서집니다. 도로가 드려다 보니 사나이는 그대로 있습니다.

다시 그사나이가 미워저 돌아갑니다.
돌아가다 생각하니 그사나이가 그리워집니다.

우물 속에는 달이 밝고 구름이 흐르고 하늘이 펼치고 파아란 바람이 불고 가을이 있고 追憶처럼 사나이가 있습니다.[*]

이 시에서 사나이는 우물 안에 비친 자신의 모습을 본다. 조심스럽게 우물을 들여다보는 그의 시선에는 세상의 다양한 모습이 담기게 된다. 어쩌면 그는 그 안에서 자신만 빼고 나머지 사물을 들여다보았

● 윤동주, 〈自畵像〉, 이복규 엮음, 《윤동주 詩 전집》, 지식과교양, 2016, 35~37면.

으면 좋겠다고 생각할지도 모른다. 우물 속에는 달도 있고, 구름도 있고, 하늘도 있고, 바람도 파랗게 불고 있기 때문이다. 아름답고 평화로운 한국의 더할 나위 없이 아름다운 가을의 풍경이다.

그런데 하나의 대상이 포함되면서 아름답던 풍경은 왠지 일그러진다. 한 사나이, 통상적으로 자신이라고 불리는, 우물 바깥의 사나이는 우물 속 사나이를 확인하는 순간 미움이 들고, 더 이상 우물 안을 보고 싶지 않다는 생각이 든다. 사나이는 우물을 떠난다.

사나이가 우물을 들여다보는 행위는 한 사람이 자신의 내면을 관조하는 행위와 다를 바 없다. 우리는 문득 기억의 억압을 뚫고 심리 저편에서 솟아오르는 불편한 광경에 눈을 감고 싶을 때가 있다. 수치스러웠던 행동, 억울했던 사건, 감추고 싶은 기억, 후회스러운 선택들이 그것이다. 그 외에도 평정한 내면에서 지워졌으면 하는 것들이 적지 않다. 아니 지워지지 않더라도, 그러한 문제들이 더 이상 안온한 내면을 뒤흔들지 않기를 바랄 수 있다.

하지만 현실은 그렇지 않고, 한 사람의 수양이 그 정도에 도달한 경우는 그렇게 많지 않다. 현실의 사나이는 우물 속 사나이를 몰아내기 위해서, 내면을 보는 작업을 그만두고 우물을 떠난다. 부끄러운 사나이가 더 이상 그곳에 없었더라면 하는 바람을 가지고 말이다. 하지만 그 사나이는 그곳에 없을 수 없다. 사나이 역시 그곳의 일부이고, 우물 속 세상은 이 세상의 일부이며, 그 부끄러움과 내면 역시 나의 부인할 수 없는 일부이기 때문이다.

그때 찾아오는 것은 연민이다. 시인은 그 사나이가 그리워서 돌아가겠다고 말한다. 그 사나이 역시 나의 일부라면 그 사나이를 떼어 놓은 것은 나의 일부를 잃은 행위이다. 잃어버린 나를 찾아 통합하고 통합된 자아를 만들어 나를 성숙하도록 만드는 일이 인간이 기본적으로 추구하는 과정이기 때문이다.

사나이는 그곳에 있었다. 우리 내면에 '이 부끄러운 사나이'는 사라지지 않는 존재이다. 누구나의 내면에 환영받는 나 주변에 '환영받지 못하는 나'가 있게 마련이다.

시인은 다시 우물 속을 들여다본다. 아까처럼 우물 속에는 평온한 세상이 펼쳐져 있다. 달이 있고, 구름이 있고, 하늘이 있고, 바람이 파랗게 불고 있다. 청명한 가을 풍경이 펼쳐져 있고, 여전히 어색하게 사나이가 서 있다. 그런데 조금 달라진 것이 있었다. 사나이는 그냥 어색하게 끼어 있는 것이 아니라, '추억처럼' 거리를 두고 있었다.

추억은 부끄러움을 미화할 수 있다. 부끄러움 자체를 없앨 수는 없겠지만, 부끄러움이 지니는 낯섦과 생경함을 무마시킬 수 있으며 나 안의 또 다른 나를 끌어안을 힘을 줄 수 있다. 그래서 덜 어색하게 끼어 있을 수 있을 것이다.

이 시의 원래 제목은 〈우물 속의 자화상〉이었는데, 그것은 '내 안의 나의 모습'이라는 뜻으로 여겨진다. 우물이 나를 들여다보는 통로였다면, 그 끝에서 흔들리며 끼어 있는 사나이는 자화상이며, 그렇다면 내 안에 알지 못하는—환영할 수 없는—또 하나의 나일 수밖에 없다. 우리는 윤동주가 힘겹게 자신의 내면을 통해 들여다본 또 하나의 나를 볼 수 있었던 것이다.

5. 하늘을 우러러 한 점 부끄럼이 없기를

윤동주의 〈서시〉는 한국 시사의 명편 중에서도 명편으로 꼽힌다. 그만큼 대중의 공감과 사랑 그리고 한국 문학의 사상적 깊이와 미학적 세련미를 동시에 갖춘 작품이라고 할 수 있다. 더구나 이 작품은 한국 문학사의 오랜 전통과도 무관하지 않다. 그러한 측면에서 한국 문학 100년의 절창이라고 할 수 있다.

여기서는 이러한 명편의 또 다른 가치를 해명하는 측면에서 이 시에 투영된 '나에 대한 물음'을 살펴보고자 한다.

죽는 날까지 하늘을 우러러
한점 부끄럼이 없기를,
잎새에 이는 바람에도
나는 괴로워했다.

별을 노래하는 마음으로
모든 죽어가는것을 사랑해야지

그리고 나안테 주어진 길을

거러가야겠다,

오늘밤에도 별이 바람에 스치운다.

— 〈서시〉•

이 시에서 우러나오는 정서는 일관성이다. 시인은 죽는 날이라는 생의 전 기간을 부끄러움이 없는 시간을 만들고 싶다는 의지를 피력하고 있다. 즉 언제 죽어도 부끄럽지 않은 나를 만들겠다는 의미로 이해된다.

이러한 윤동주의 의지는 많은 이들을 감동시킨다. 현실에서 살아가면서 한 점 부끄러움이 없기는커녕, 대부분의 사람들은 너무 많은 부끄러움으로 인해 부끄러움에 대한 어떠한 맹세나 단언도 하기 어렵기 때문이다.

시인도 마찬가지일 것이다. '나-시인'은 '잎새에 이는 바람'에도 부끄러워했다고 고백하는데, 이러한 고백은 부끄러움이 늘 자신의 곁에 상존했다는 의미로 이해될 수도 있다. 그러니까 나-시인은 늘 부끄러움을 느끼며 살고 있지만, 어떻게든 죽는 날까지 자신의 부끄러움을 더 큰 부끄러움이 되지 않도록 노력하겠다고 말하고 있는 셈이다.

• 윤동주, 〈서시〉, 이복규 엮음, 《윤동주 詩 전집》, 지식과교양, 2016, 12~13면.

이렇게 복잡한 논리는 사실 간단하게 설명될 수도 있다. 사람은 늘 죄를 짓고 그 죄에 부끄러움을 느끼는 존재이다. 동아시아의 유교 철학에서도 그러하고, 기독교 종교 윤리에서도 그러하다. 문제는 그러한 부끄러움을 부끄럽게 느낄 때, 즉 그 죄를 알고 반성하고 다시 그 죄를 짓지 않으려고 노력할 때 비로소 나는 인간의 도리를 벗어나지 않는 것이다. 그래서 나-시인은 이러한 자신을 끝까지 지키겠다고 고백하고 있는지도 모른다.

하지만 부끄러움은 쉽게 사라지지 않는다. 별을 노래하는 마음으로 죽어가는 것을 사랑한다는 것은 일종의 속죄인데, 그 속죄는 자신이 행한 부끄러움을 대신하여 세상에 이득을 돌려주는 행위이면서 동시에 자신이 지켜야 할 자기 동일성을 어떻게 해서든 유지하는 데에 필요한 동기 부여이기도 하다.

별은 사라지지 않으며, 별을 바라보고 그 빛남을 노래하는 이들도 사라지지 않는다. 인간은 영원히 살지 않지만, 그럼에도 죽어가는 것들을 경외하고 존중하는 마음은 영원할 수 있다. 우리는 우리에게 주어진 생애 동안 별을 바라보고, 그 빛남을 동경하고, 그럼에도 영원할 수 없는 우리의 생애를 존중하면 된다. 나는 단속적이지만, 우리는 영원할 수 있으며, 그로 인해 진정한 나를 만드는 작업은 유의미할 수 있다.

일관된 나, 부끄러워하는 것을 멈추지 않는 나, 그럼에도 끊임없이 세상에 속죄하고 자신의 의무를 다하려고 하는 나는 쉽게 만들어지지

세상의 모든 **나**들

않는다. 윤동주가 짧은 시간이지만, 자신에 대해 적지 않은 시를 써야 했던 이유도, 조금만 방심하면 흩어지는 나를 어떻게 해서든 하나의 나로 만들어야 하기 때문이다. 수많은 시간이 흐른 후에도 별은 바람에 스칠 것이고, 나를 만드는 수많은 나들에게 시련의 바람은 여전히 스치고 있을 것이다.

09

'나'는 '내'가 알지 못하는 곳에
존재해왔다

자신이 '그'란 사실은

사랑에 빠지는 것과 같아.

아무도 말해줄 수 없고

자신이 스스로 알지.

온몸으로 아는 거지.

세상의 모든 **나들**

1. 두 개의 이름과 두 개의 세계

해킹 세계에서 네오라는 이름으로 명성을 떨치는 한 남자의 진짜 이름은 토머스 앤더슨이었다. 토머스 앤더슨은 낮에 쓰는 이름으로, 그는 토머스 앤더슨이라는 이름으로 세계 최고의 대기업 소프트 회사에 다니는 평범한 회사원으로 살아간다. 하지만 그는 회사 일에 관심이 없고, 그 일을 자신의 본업으로 생각하지도 않는다.

그의 밤의 이름은 네오이다. 해커들 세계에서 제법 널리 알려진 이름이었고, 고객들 사이에서 신뢰도가 높은 축에 속하는 인물이었다. 그는 어느 날 불법 소프트웨어 복제 작업을 하던 중 뜻 모를 전갈을 받는다.

흰토끼를 쫓아라.

네오는 불면증을 감수하면서까지 컴퓨터에 매달려 있었고, 그것은 누군가 혹은 무언가를 찾기 위해서였다. 네오는 그 일을 해야 하는 이유도 정확히 알지 못하고 있었고, 그 일이 무엇과 관련되는지도 확신하지 못하고 있었다. 하지만 막연한 직관으로 그는 모피어스라는 이름을 추적하고 있었다. 어쩌면 모피어스로부터 왔을지 모르는 전갈에는 분명 그렇게 적혀 있었다.

네오 앞에 나타난 고객들은 네오에게 현실 바깥으로 나와 잠시 쉴 것을 제안한다. 네오는 누가 봐도 창백한 안색이었다. 이에 네오는 꿈 같은 현실, 혹은 현실 같은 꿈에 대해 이야기한다. 꿈과 현실의 경계가 희미해져, 두 세계 사이의 차이가 무화된 어떤 느낌에 대해.

현실에서 히피라고 불리는 네오의 고객은 그것을 환각으로 치부했고, 마약성 환각제에 의한 결과라고 단정한다. 하지만 네오에게 '혼몽한 현실'은 빨리 풀어내야 할 중요한 숙제가 아닐 수 없었다. 그때 네오에게 드러나는 흰토끼. 일행 중 한 사람이 그 문신을 하고 있었다. 그러자 네오는 직관적으로 자신이 그 토끼를 찾아야 한다고 느꼈다.

흰토끼는 〈이상한 나라의 앨리스〉에서 나온 표식이다. 흰토끼를 따라 앨리스는 자신이 사는 세상 바깥으로 나갈 수 있었고, 그곳에서 자신이 살고 있던 세상의 실체를 더욱 분명하게 깨달을 수 있었다. 본래 동화 같은 이 이야기는 우리가 인식하고 있는 세계가 하나가 아니며, 어쩌면 그 바깥에 우리의 세계를 조정하거나 우리의 세계와 연결된 더 본질적인 세계가 있을 수 있다는 암시를 남겼다.

앨리스의 생각은 계속 이어지지 않았고, 아마도 앨리스는 나이가 들면서 어린 날 자신이 따라갔던 흰토끼와 그 토끼가 갔던 또 다른 세계의 자취를 잊을 수도 있었을 것이다(이러한 이야기는 현실의 우리에게도 낯설지 않다). 하지만 흰토끼가 야기한 막연한 직감과 의아함은 계속 남아 있을지 모른다. 왜냐하면 우리는, 우리가 사는 세상에 대해 항상 의구심을 품고 있기 때문이다. 과연 우리가 사는, 혹은 유일하다고 믿는 세계는 진짜일까.

세상의 모든 **나들**

네오 역시 비슷하지 않았을까. 그는 토머스 앤더슨으로도 살아보았고, 네오로도 살아보았다. 서로 다른 두 세계는 우리가 현실이라고 부르는 세상 내에 존재하고 있지만, 근본적으로 다른 세상이다. 네오가 볼 수 있는 인터넷과 프로그램의 세계와, 토머스 앤더슨이 감촉할 수 있는 물질과 도시의 세계는 전혀 다른 진실을 요구하고 있었다. 두 세계가 서로 무관하지 않음에도, 두 세계에서 말하는 진실은 서로 다른 형상을 하고 있기 때문이다. 그때마다 그 세계 속의 자아는 어떤 것이 진짜인가 라는 질문을 품지 않을 수 없다.

프로그램 속에서 만들어진 가상의 세계는 정보와 숫자로 표현되고 입체가 아닌 평면에서 존재한다. 흔히 현실이라고 부르는 실재 공간은 입체이고 질감이 존재하지만, 이 입체와 질감은 궁극적으로 현실의 물체를 시각과 촉각 정보로 바꾼 결과이기도 하다. 우리는 두 세계가 하나는 진짜, 다른 하나는 가상이라고 정의할 수 있음에도 불구하고, 진짜는 그 안에 가상의 논리를 가지고 있었고, 가상은 경우에 따라서는 더욱 진짜 같은 위력을 발휘하기도 했다.

두 세계를 넘나들어야 하는 네오이자 토머스 앤더스은 이러한 세상의 모습에 현기증을 느낀다. 그는 그 안에 존재할 것으로 보이는 확고부동한 진실이 있고, 이러한 진실을 알 수 있을 때 현기증을 치료할 수 있다고 믿었는지 모른다. 그러니 그런 그가 세상의 양면을 헤집는 것은 당연하다고 말해도 괜찮을 것이다.

2. 흰토끼를 따라간 곳, 자신이 직접 보아야 하는 것

네오가 흰토끼를 따라 도달한 곳은 시끄러운 음악과 격렬한 춤과 술과 마약이 판치는 파티장이었다. 그곳은 세상의 음지처럼 여겨졌으며, 사방이 막혀 있어 외부와 소통할 수 없다는 측면에서 네오의 방과 다르지 않았다. 네오가 아직도 갇힌 방을 벗어나지 못했다는 암시일 것이다.

네오에게 다가온 여자는 자신을 트리니티라고 했다. 그 이름은 네오에게도 놀라움을 준다. 트리니티는 몇 년 전 국세청을 해킹하여 세상을 놀라게 한 해커의 이름이기 때문이다. 하지만 더욱 놀라운 것은 이 해커가 네오에 대해 잘 알고 있다는 점이다.

트리니티는 네오가 불면증에 걸린 이유와 네오가 쫓는 사람과 네오의 마음속 깊숙하게 잠재된 막연한 의문에 대해 이야기한다. 그리고 그 해답을 찾아야만, 네오가 바라는 진실에 접근할 수 있다고 암시한다. 확실히 네오는 불면증에 시달리면서까지 한 가지 일에 집착하고 있었다. 표면적으로 그는 모피어스라는 인물을 찾고 있었지만, 모피어스를 찾는 일이 궁극적 해답인지는 확신하지 못하고 있는 상태였다. 그는 막연한 직감으로 그—모피어스를 쫓아야 한다고만 믿고 있다.

네오에게 다가온 '검은 옷을 입은' 흰토끼는 그 대답이 매트릭스 안에 있다고 말한다. 아니 네오도 그 대답이 매트릭스에 있다는 사실을 알고 있었다. 문제는 매트릭스가 무엇이냐는 것이다. 매트릭스와 이 세상이 어떻게 연결되느냐 하는 점이다. 영화는 이 매트릭스를 설명하지 않겠다고 여러 차례 말한다. 설명으로는 이해되지 않기 때문이라는 것이다. 그 대신 〈매트릭스The Matrix〉는 세상을 잇는 매트릭스를 직접 보여주려고 한다. 흰토끼가 앨리스를 데리고 이상한 나라로 가듯, 트리니티와 줄지어 나타나는 사람들은 네오를 데리고 네오의 세상 너머에 있다는 이상한 매트릭스를 보여준다. 흰토끼의 말대로 그 모든 해답을 찾아야 하는 이는 자기 자신이어야 했기 때문이다.

3. '매트릭스'는 어디에나 있다

〈매트릭스〉에서 가장 충격적인 장면은 네오가 깨어나는 신이다. 신기한 전갈과 낯선 이의 방문에 시달리던 네오는 자신이 막연하게 생각했던 세상 바깥이 존재할 수 있다는 의심을 믿고 빨간 약을 삼킨다. 다른 약은 그날의 일을 잊고 일상의 평온으로 돌아갈 수 있는 데 반해, 빨간 약은 한 번 먹으면 진실을 보게 되고 그 이전으로 돌아갈 수 없다는 경고에도, 네오는 빨간 약을 선택할 수밖에 없었다.

그리고 깨어난 곳은 이 영화를 보던 이들을 경악하게 만드는 곳이었다. 어두운 세상, 양수 같은 물로 가득 찬 인큐베이터가 늘어선 침울한 인상의 공장. 그 공장에는 꿈꾸는 듯 마비된 듯 늘어선 수많은 사람들이 있다. 그들은 모두 잠들어 있고, 그들 바깥의 현실은 우중충한 빛으로 잠겨 있었다. 현실은 우울했지만, 인큐베이터 안은 평온해 보였다. 적어도 겉으로는 그러했다.

그리고 나타난 낯선 존재. 똬리를 튼 뱀처럼 깨어난 네오를 보더니, 가차 없이 처벌한다. 버려진 네오는 모피어스의 경고대로, 그 이전으로 돌아갈 수 없는 어떤 길을 걸어야 했다. 모피어스와 트리니티 같이 이미 깨어난 자에게 그 길은 진리의 길이었지만, 그 길로 막 들어서려는 이에게 그 길은 어떤 것이 현실이고 어떤 것이 환각illusion인지 구분할 수 없는 형극의 길이기도 했다.

우리가 믿었던 모든 것이 꿈이었고, 조작된 환상이었다는 진실은 큰 충격을 준다. 우리는 흔히 우리가 믿는 것이 전부라는 생각으로 세상을 살아갈 수밖에 없다. 내가 보고 내가 만지고 내가 인지하고 내가 판단한 것이 실재實在하며, 그러한 것들을 기반으로 내가 존재하고 나를 둘러싼 세상이 존재한다고 믿는다. 그 믿음은 웬만한 충격에 균열을 이루지 않고, 세상의 다른 것들을 수용하는 가장 낮은 인식의 기반이 된다. 다시 말하면 그 어떤 것들을 의심할 수는 있지만, 지금-여기에 내가 존재한다는 최저의 사실만큼은 의심하지 않는다.

〈매트릭스〉에서 네오가 깨어나는 순간은, 그 의심할 수 없는 사실이 의심받는 순간이다. 우리가 전혀 모르는 곳에 존재해왔었다는 진실은, 우리를 충격으로 몰아넣는다. 세상이 뒤바뀌는 일이고, 나의 정체성이 통째로 흔들리는 일이다.

우리는 늘 이러한 경험을 갈구해왔다. 깨지 않은 꿈에 갇혀 있을 수 있다는 의심이 이러한 파격의 순간을 막연하게나마 겨냥했다고 할 수 있다. 가령 장자가 대표적인 인물이다. 그는 꿈에서 자기가 나비가 된 것을 비유로 들어, 나비가 자기 본체인지 장자가 자기 본체인지 알 수 없다고 선언해버렸다. 내가 꾸는 꿈속에 나비가 있을 수도 있지만, 나비가 꾸는 꿈속에 내가 있을 수도 있다는 말은, 도대체가 세계가 어디이고 내가 어디에 있는가 라는 물음을 돌려놓은 것에 불과하다.

4. 환각은 연극의 기본 속성이다

인간은 이러한 의식을 일찍부터 예술에 투영해왔다. 가령 연극은 인간이 사는 세상을 인위적으로 만들고 그 바깥이 존재할 수 있다는 생각의 산물이다. 그러니까 연극 속의 세상은 인간의 의식이 활동하는 곳이고, 연극이라는 틀은 그러한 의식을 강제하는 매트릭스이다. 연극 속의 세상은 인간이 어떠한 틀에 의해 구속될 수 있고, 그 틀이 현실적으로 인간을 지배하고 있다는 매트릭스의 진실을 구경시키는 도구가 된다.

배우는 인간의 축소판으로, 인간 자신이 자율적인 존재가 아닐 수 있다는 사실을 은연중에 암시한다. 배우는 자기 본연의 의지로 사는 사람이 아니라, 약속된 대본과 연출자의 지시에 의해 정해진 규칙에 따라 사는 배역으로 등장한다. 그—배우를 움직이는 힘은 따로 있으며, 배우가 배역으로 믿는 세상—연극의 바깥에 이를 관조하고 조율하는 진짜 세상이 있을 수 있다는 암시를 주고 있다.

연극이 추구하는 바도 환각이다. 일루젼illusion은 거의 모든 연극의 시대에 걸쳐 추구되었지만, 19세기 이후 인간의 예술 감각과 인지력을 좌우하는 리얼리즘에서 크게 신봉한 미학적 원리이다. 이 원리에 따르면, 연극은 그 세계를 들여다보는 이들에게 자신들이 살고 있는 세계(소위 현실)의 모사판으로 보이도록 하는 것에 역점을 두고 있다. 즉 일루젼은 세계의 모습을 축소하고 그것을 대리 인지하도록 돕는 일종의 장치였던 셈이다.

매트릭스의 비유로 돌아가면, 연극의 일루젼은 자신이 존재하는 세상을 유일한 세상으로 믿을 수 있는 착각에서 발생하며, 이를 바깥에서 내려다보며 어쩌면 자신이 속한 세상 바깥이 존재할 수 있다는 상상을 끌어내는 데에 그 의의가 있다.

그러니 인간들은 예술이라는 장치로 일찍부터 자신을 구속하고 있는 세계의 실상을 들여다보고자 했으며, 혹여 있을지도 모르는 세상의 바깥을 어떻게 해서든 상상하려 했다고 볼 수 있다.

이러한 인식을 바탕으로 한다면, 〈매트릭스〉는 낯선 영화가 아니다. 오히려 예술과 문학이 일찍부터 걸어온 길을 연장하여 걸어간 영화이고, 그러한 세상 바깥의 또 다른 현실을 상정하는 현대적 방법을 고안하여 옛 가르침을 동시대로 옮겨놓은 작품이라고 할 수 있다. 이른바 기시감이 큰 영화였던 셈이다.

5. '매트릭스'란 무엇인가

매트릭스 바깥세상을 살펴보기 위해서는 먼저 매트릭스가 무엇인지 알아야 한다. 매트릭스matrix는 본래 '자궁'이나 '모체'를 가리키는 단어였고, '행렬'이라는 뜻도 지니고 있다. 하지만 사이버공간이라는 뜻을 함축하게 되는데, 그것은 영화 〈매트릭스〉에 영향을 받은 바 크다.

영화 〈매트릭스〉는 끊임없이 이 단어의 뜻을 설명하려 노력한다. 네오를 구할 때도 이러한 개념을 도입하고자 했고, 네오가 '그'라는 사실을 설득할 때도 이 단어의 의미부터 시작한다. 하지만 그 대답은 항상 모호하고 명확하지 않다. 선문답 같은 질문으로 시작하여, 화면이 보여주는 어떠한 세상을 보여주는 것으로 끝맺고 있기 때문이다. 따라서 영화 자체가 이러한 개념을 설명한다는 의미로 이해하는 편이 오히려 현명한 처사일 것이다. 여기서는 다만 설명을 위해 〈매트릭스〉에서 설명하려는 '매트릭스'의 의미를 세 단계 정도로 요약할 수는 있겠다.

첫 번째 단계는 허상의 의미이다. 네오는 자신이 보안회사 직원(낮)이거나 해커(밤)라고 생각하고 살고 있지만, 막상 자신이 사는 세계는 '리얼'한 세계가 아니라는 인식에 도달한다. 모피어스로부터 선택의 순간을 제공받고, 파란 약이 아니라 빨간 약을 선택하면서 평소부터 막연하게 품었던 의구심은 의심할 수 없는 사실로 귀착되기 시작한다.

그러자 네오는 거대한 인큐베이터에 갇혀 있는 자신을 발견할 수 있었고, 그러한 강제된 집합 세계에서 벗어나 자율적 개인의 세계를 찾아나설 수 있었다. 네오는 개인적으로 자신을 인지하는 사람들과 만날 수 있었다. 이때 네오는 비로소 고유한 개체가 될 수 있었다.

그러니 매트릭스는 자신을 자신으로 인지하지 못하게 하는 세계, 즉 실제로 존재하지 않는 가상의 허울을 가리키는 명칭이다. 매트릭스는 장자의 꿈처럼, 허망한 것, 존재하지 않는 것, 자신의 의식을 혼동시키는 것을 가리킨다.

하지만 모피어스는 매트릭스가 가상 세계라는 말에 다른 답변을 들려주고자 한다. 모피어스는 매트릭스가 통제라고 대답하는데, 그의 말을 다른 용어로 바꾸면 '시스템'이다. 모피어스는 매트릭스가 기계들이 부여한 세계이자, 그 세계를 운영하는 원리라고 이야기한다. 문제는 그 시스템을 가짜로만 인식할 수 없다는 것이다. 일단 그곳에서는 제약이 따른다.

허상 세계라고 믿고 많은 일들을 할 수 있는—가령 수 초 만에 무술을 배우고 높은 건물 사이를 건너뛰는—개별자(거의 초능력자에 가까운)들도 그곳에서의 죽음을 피할 수 없다. 요원들이라고 불리는 시스템의 감시자(키퍼)들보다 빨리 움직일 수 없으며, 그들보다 능률적으로 활동할 수 없다. 그러니까 허상이라고 믿었던 세계 안에서도 규칙이 있고, 힘의 우열이 있고, 삶과 죽음이 있으며, 결과적으로 하나의 생태계(강자와 약자가 존재하는)가 이루어지고 있는 셈이다.

그렇다면 그것은 리얼하지 않은 것, 즉 존재하지 않는 것이라고 치부할 수 없다. 모피어스는 무엇이 리얼한 것이냐는 반문으로, 매트릭스가 가상만이 아니라 실상일 수도 있다고 이야기한다. 인간은 어떠한 방식으로든 사회적 개체가 되어야 하고, 이러한 사회는 규칙과 질서를 위해 그 안에 작동 원리를 내장해야 한다. 우리는 그것을 범박하게 시스템이라고 부를 수 있는데, 아무리 가상 세계라고 해도 시스템(사회와 그 사회를 운영하는 규칙)이 부재할 수 없으며, 어쩌면 실재가 아닌 세계에서 이러한 시스템은 더욱 공고해질 수 있다.

매트릭스가 시스템이고 운영 원리라고 하면, 인간의 역사와 함께 존재하는 모든 사회가 이 매트릭스에 해당한다. 매트릭스는 그러한 측면에서 부재하는 것도, 새로운 것도 아니다. 인간의 의식을 속박하고 있다는 논리도, 사회가 부여하는 규율과 관습 혹은 법과 상식을 통해 이해될 수 있다. 인간은 매트릭스라는 수많은 시스템을 건설해야 했고, 그 안에서 살아야 했으며, 결과적으로 그 시스템에 저항하거나 그 시스템을 변혁하려는 노력을 일관되게 해왔다.

인간의 역사에서 사회 지배 방식이 변화하고, 새로운 사회가 등장한 것도 이러한 노력 위에서 파악 가능하다. 더구나 그러한 시스템으로부터 벗어나고자 하는 숱한 예외자들이 역사에 도전했으며, 그중 일부는 새로운 역사를 쓰기도 했다. 역성 운동, 정복 전쟁, 민란 봉기, 반란과 제압, 혁명과 실패가 대표적이며, 사회 체제 자체의 변화 역시 이러한 새로운 지배 방식에 대한 응답인 경우가 상당했다.

매트릭스의 두 번째 층위는 인간 사회의 비유일 수 있다. 즉 매트릭스는 그 시점까지 인간이 지켜온 사회 체제나 규율이기 때문에, 네오나 모피어스 등은 이러한 구체제를 일소하고 신체제를 들여오려는 사람들이라고 보아도 무방하다.

매트릭스는 그러한 의미에서 세 번째 층위로 나아갈 수 있다. 요원들을 무찌르고 신체제의 건설에 다가간 네오는 '경계'를 언급한다. 인간이 자신이 살아온 방식을 넘어서, 그 바깥에 있는 어떤 세상을 바라보고 이를 수용해야 하는데, 네오의 언급 속에서 기존의 인간들은 이러한 바깥세상을 인지하거나 수용할 준비가 되어 있지 않다는 것이다.

네오가 빨간 약을 먹고 기계가 가꾸고 있는 인큐베이터에서 나왔지만, 자신이 갇혀 있었던 그 세계가 사실은 존재하지 않은 허상이었다는 사실을 단번에 받아들이지 못했던 것처럼, 경계 바깥의 세상이 존재한다는 사실을 아는 것만으로는 그 바깥세상을 받아들여야 하는 당위성을 얻을 수는 없다. 그러니까 아는 것만으로 수용하거나 실천할 준비는 이루어질 수 없는 것이다.

일례로 사이퍼라는 동료는 모피어스 일행을 배반하고, 시스템을 감시하는 측에 정보를 빼돌린다. 그리고 얻는 대가는 황당하기 이를 데 없는 것이다. 그것은 모든 것이 가상이고, 전기 신호에 불과할지라도, 맛있는 스테이크와 달콤한 와인을 맛보고 싶다는 기본 욕구였다. 거친 잠자리와 허여멀건 죽이 아니라, 가상의 세계일망정 풍부한 만족을 느끼는 곳으로 돌아가고 싶다는 기묘한 본능인 것이다.

이러한 욕구나 본능을 무조건 허망하고 어리석은 소치로 몰고 갈 수는 없다. 21세기 현실에서 사이버 세상은 물리적 가상 세계를 넘어 존재하는 세계인데, 그곳에서의 만족은 현실(물리적 실체)에서의 만족을 넘어서는 경우가 상당하다. 발 딛고 몸으로 체험하는 세상을 거부하고 외딴 방에서 사이버 세상에 골몰하는 이들을 어렵지 않게 만날 수 있다.

현실에서의 시험공부를 피해 웹에서 게임을 즐기거나, 실제 삶은 평범한 일상을 영위하지만 인터넷 홈페이지에서는 대단한 사람인 양 으스대며 살고자 하는 이들도 분명 존재한다. 많은 것의 가치를 사이버 세계에서 찾고자 하고, 인간관계마저 그 안에서 별도로 해결하려는 속성은 그 편차는 있을지언정, 한국을 비롯한 전 세계에 퍼져 있는 새로운 라이프스타일이라고 할 수 있다. 그러니까 물리적으로 부재하는 것에 대한 전기신호로서의 만족을 무차별적으로 무시할 수 없으며, 그러한 것에 대한 기호를 이미 인정해야 할 때인 것이다.

6. 매트릭스 바깥은 어떤 세상일까

〈매트릭스〉는 가상 세계를 절대 무無의 세계로 보여주기보다는 그러한 세계가 현실이라고 말하는 물리적 세계와 맞서고 있다는 사실을 보여준다. 그래서 매트릭스는 어떤 한쪽 세상의 일방적인 우월성을 증명하는 용어이기보다는, 두 세계의 연접성 혹은 공존을 증명하는 용어에 더 가깝다.

두 세계의 공존은 자연스럽게 그 경계에 주목하게 만든다. 매트릭스를 그러한 세계의 한쪽을 가리키는 용어라고 한다면, 그 반대쪽 혹은 바깥쪽에 존재하는 세계는 매트릭스에 의해 드러나는 세상이라고 할 수 있다. 그리고 그 접합면 혹은 두 세계를 연결하는 통로는 경계의 의미로 여겨질 수 있다.

〈매트릭스〉에서는 '문'이라는 용어를 즐겨 사용한다. '문까지는 데리고 갈 수 있지만 실제로 들어가는 것은 자신의 몫'이라든가, 요원은 문을 지키는 문지기에 불과하다든가 내지는 전화를 받는 설정을 통해 두 세계를 넘나드는 요식적인 절차를 표현한다든가 하는 것들이다. 문은 거꾸로 닫혀 있을 때에는 담이 된다. 전화가 끊어지면 두 세계는 차단되고, 요원들이 가로막으면 두 세계를 통합할 수 있는 기회는 사라진다. 문을 열고 들어갈 힘을 잃는다면, 깨달음을 얻지 못하게 된다.

매트릭스는 인식을 중시하는데, 그 인식은 나를 나로 만드는 힘을 깨닫는 기회로 여겨진다. 네오가 가상 세계에서 빠져나오는 것은 모피어스 일행의 덕분이기도 하지만, 자신이 갇힌 세계에 대한 근원적인 의혹을 품을 수 있었기 때문이다. 그 의혹은 자문이 되어 자신을 괴롭혔고, 결국에는 의혹 저편의 세상을 보는 맹아가 될 수 있었다.

네오가 매트릭스가 하나의 프로그램일 수 있다는 생각을 끌어내는

세상의 모든 **나**들

지점에서 던졌던 질문도 유효한 깨달음의 기회였다. 그는 모피어스와의 대결에서 자신이 밀리는 것을 힘과 스피드의 문제라고 여겼지만, 모피어스는 모든 것이 가상인 세계에서—과연 매트릭스 속에서 숨조차 쉬지 못하고 있음에도—그러한 물리적 덕목은 더 이상 문제가 될 수 없다고 반문한다.

이에 네오는 매트릭스를 좌우하는 중요한 동력은 인식적 깨달음이라는 기초적 사실을 이해할 수 있었다. 이러한 깨달음을 얻은 이후에, 그-네오는 모피어스와 대등한 대결로 나아갈 수 있었다.

시스템을 인지할 수 있는 인식은 중요한 활동력이 될 수 있다. 그러니까 자신이 우리라는 세계 속에 하나의 나일 수 있다는 인지력은 여태까지 자신을 가두고 있었던 틀을 깨거나 무력화하는 기반이 된다. 자신이 누군가의 노예였다고 믿는 이들에게 세상은 명령과 복종의 체계로 작동하지만, 자신이 그 누구에게도 밀리지 않는 정당한 권리와 국민으로서의 책무를 가지고 있다는 믿는 이들에게 세상은 자신이 변혁하고 개선해야 할 대상인 것이다. 기존의 시스템이 강요하는 질서를 수용할지 말아야 할지를 결정하는 것도 이러한 자신에 대한 인지력 획득 이후에 나타나는 결과라고 할 수 있다.

매트릭스의 바깥세상은, 매트릭스 안에 갇힌 나를 바라보는 위치를 제공한다는 점에서 중요할 것이다. 매트릭스는 자신이 누구인지에 대한 객관적인 대답을 망각시키는 경우가 많기 때문에, 그 경계를 넘어 바깥세상에서 반대편에 있는 자신을 바라볼 필요가 있다.

흑인을 노예로 수용하는 세계 속에서는 흑인 스스로 정체성을 확립하기 어려울 수 있다. 동남아시아인을 우리보다 못한 인종이나 민족으로 바라보는 시각 속에 파묻혀서는 그들을 우리와 같은 나로 인정하기 쉽지 않다. 흑인이 백인과 동등한 권리를 인정받는 사회를 볼 수 있을 때, 자신의 정체성과 권리를 확보하고 개선할 수 있을 것이다. 동남아시아인을 우리 안의 그 누구보다 중요한 사람으로 대우할 수 있을 때, 아니 우리 안의 그 누구에게도 뒤떨어지지 않는다는 생각을 가진 시스템을 건설할 수 있을 때, 한국인의 동남아시아인에 대한 차별과 폄하가 사라질 수 있을 것이다.

그들은 모두 자신들을 자신들로 인지할 수 있는 중요한 인식적 출발점을 갖추고 있어야 하며, 그들을 바라보는 타자 역시 상대를 자신과 같은 중요한 존재라는 사실을 인정하는 인식적 기반을 마련하고 있어야 한다. 그것은 나가 나일 수 있다는 깨달음으로부터 출발한다. 자신을 둘러싼 세계가, 어쩌면 거짓된 세계이고 기존의 질서를 맹목적으로 강요하는 시스템에 불과하며 경계 저쪽을 아직 분명하게 볼 수 없는 닫힌 체계일 수 있다는 의심으로부터 이러한 인식적 깨달음을 불러올 수 있어야 한다.

네오는 타인의 도움으로 매트릭스를 인식하게 되었지만, 그 이전에 자신이 누구인가라는 질문을 던질 수 있었고, 매트릭스를 목격한 이후에도 그때까지 알려진 진실에 안주하기보다는 새로운 깨달음을 얻으려 했기 때문에, 나―자신을 보다 폭넓게 인지한 나로 거듭날 수 있었다. 영화에서는 '그 진전된 나'를 '그'라고 불렀고, 결국에는 프로그램을 물리치는 영웅으로 만들었지만, 사실은 그렇게 형성된 나는 '어른'이거나 '깨달은 자'이거나 '혁명가' 내지는 '그냥 나'라고 불려왔다. 기계 속의 세상이 중요한 것이 아니라, 그것을 속박이라고 여기는 모든 세계가 매트릭스였기 때문이다.

제 4 부

기억과 '나'

10

잃어버린 '나'를 찾아
과거로 귀환하다

1. 과거로 걸어가는 그림자

세르조 레오네Sergio Leone의 영화 〈원스 어폰 어 타임 인 아메리카Once Upon a Time in America〉는 장대한 스케일로 일찍부터 전 세계인의 주목을 받은 특별한 영화였다. 감독 확장판의 경우 상영 시간이 거의 네 시간에 육박하고 있어, 장대한 스토리가 뿜어내는 유장한 서사의 흐름을 만끽할 수 있는 흔하지 않은 영화이기도 하다. 이러한 유장한 서사가 가능할 수 있었던 것은 '1930년대 뉴욕'과 '1960년대 뉴욕'을 오가면서 미국의 암울했던 시대를 증언할 수 있는 채비를 시작부터 갖추고 있었기 때문이다.

이 영화가 자랑하는 영화 스케일은 〈원스 어폰 어 타임 인 아메리카〉에 대한 세간과 평단의 평가를 제고하는 주요 요인으로 작용한 것이 사실이다. 더구나 이 영화에는 로버트 드니로Robert De Niro의 명연기가 곁들여졌으며, 누아르 영화의 고전적 문법까지 살아 있어 여러모로 찬사와 주목을 받지 않을 수 없었다. 결국 〈원스 어폰 어 타임 인 아메리카〉를 바라보는 시선은 다양한 성공 요인을 돌아 두 가지로 수렴될 수 있겠다. 하나는 역사이고 하나는 현실의 어둠이었다.

하지만 두 개의 수렴 지점은 대개의 탁월한 영화가 그러하듯, 자문 형식의 물음을 동반하기 마련이다. 그것은 영화 속 주인공이 찾아야 하는 자신의 정체에 관한 질문으로 발현된다. 자신의 정체성을 찾고 올바른 자신의 실체를 발견하는 일은 이 영화가 역사와 현실을 통합하는 중요한 교통로이기도 하다.

그러한 측면에서 이 영화 역시 결국에는 "내가 누구인가" 혹은 "내가 누구인지 말할 수 있는 자는 누구인가"라는 근원적 물음을 담게 되고, 그 답변을 찾아가는 충실성으로 인해 장대한 영화적 스케일이 용납될 수 있었으며, 결국에는 그 완성도와 진정성에서 지금까지 수행된 주목할 만한 대답 중 하나로 선택될 수 있었다.

2. 과거는 나를 잃어버린 곳

사실 모든 영화가 태생적으로 이러한 물음에서 자유로울 수 없을 것이기에, 물음만큼은 이 영화의 전유물이라고 할 수 없다. 하지만 이 영화는 과거와 현재의 혼재된 상황 속에서 이 물음을 길게 끌고 갈 넉넉한 준비를 할 여유가 있었기에 그 대답이 특별해 보이는지도 모른다. 결국, 우리는 주인공 누들스Noodles가 질문을 받고 조언을 받는 대목에서 함께 그 준비를 해야 한다. 1백만 달러를 되찾았으면 자신의 자리로 돌아가라고. 뚱보도 그러하고 옛 애인 데버라Deborah도 그러하다. 그들은 더 이상 알 것도, 관여할 것도 없지 않느냐고 말하고 있다.

하지만 누들스는 그 끝을 찾아들어가는 여정을 포기하지 않는다. 그리고 그 대답은 "궁금해서"였다. 그는 아마 직감적으로 자신을 뉴욕으로 부르고, 자신에게 돈 가방을 돌려주고, 옛 애인을 만나고, 그 예전의 가게에 머무는 일련의 과정이 누군가의 의도된 행위라고 믿었을 것이고, 그 행위로 인해 자신을 궁금해했던 한 사건이 드러날 것이라고 기대했을 것이다. 그리고 막연하게나마 그러한 직감을 해소하는 과정에서, 자신이 이렇게 살아야 했고(지금에서야 돌아와야 했고), 앞으로 어떻게 살아야 하는지에 대한 해답도 찾을 수 있을 것이라고 예상했던 것 같다. 그렇지 않다면 누들스의 집요한 추적은 설명이 되지 않는다.

결국, 그는 물음에 충실하기로 마음먹었고, 그래서 그 끝에서 한 사람을 만날 수 있었다. 그 사람은 다름 아닌, 또 다른 **자신**이었다. 결국, 근원적인 질문으로 돌아오고 만다. '나는 누구인가?' 아니 '나는 누구였고, 지금 누구여야 하는가?' 라는. 인생을 걸어가는 그림자라고

　　　　　　　　　　　　세상의 모든 **나**들

할 수 있다면, 나는 그 허무한 그림자의 본 모습을 볼 마지막이자 유일한 기회를 얻었는지도 모른다.

친구를 밀고했고 그 결과 친구들이 죽은 사건을 목격하면서, 누들스는 평생의 죄책감을 안고 뉴욕을 떠나야 했다. 떠나기 전 누들스는 두 가지를 확인한다. 하나는 애인 이브가 어떻게 되었는지, 그리고 다른 하나는 1백만 달러의 돈 가방이 무사한지. 헌데, 두 가지 모두 문제가 생겼다. 이브는 누들스의 행방을 밝히라는 킬러들의 요구를 들어주지 못해서 결국 살해되었고, 안전 금고(코인 로커) 안에 숨겨두었던 공동의 자금도 역시 감쪽같이 사라졌다.

누구일까? 누구였을까?

누들스는 뉴욕을 떠나야 했다. '코니아일랜드'를 환영하는 환상적인 광고 문구를 뒤로하고 그는 버펄로행 버스에 몸을 실었다. 누들스가 버스 터미널에서 방황하는 모습은 그의 떠남이 외로운 방랑이 될 것이라는 사실을 분명하게 보여준다. 행선지를 묻는 매표원에게 그는 답하지 못한다. 가장 먼저 떠나는 차를 요구하는 그에게 매표원은 버펄로행을 권유하지만, 그 매표원조차 버펄로행이 중요하지 않다는 사실을 알고 있을 만큼, 누들스는 걸어다니는 실체 없는 그림자에 불과했다. 누들스에게 그 순간의 삶과 그 이후의 삶은 의미 없는 것일 수밖에 없었다.

이미 그는 뉴욕을 거머쥔 갱의 대명사 누들스가 아니었으며, 더 정확하게 말하면 앞으로도 누들스일 수도 없었던 것이다. 그의 인생에서 누들스가 아니라면, 그 무엇일 수 있을까. 영화는 그 순간 한마디 내면 심경의 고백도 허락하지 않았지만, 그의 행보와 묵직한 말에는 더 이상 자신이 자신일 수 없는 자의 비애가 물씬 묻어 나왔다. 그 순간 그는 이미 나를 잃은 것이다.

3. 잃어버린 나를 찾아온 귀환

떠난 누들스는 30여 년이라는 시간을 건너서야 뉴욕으로 돌아온다. 〈원스 어폰 어 타임 인 아메리카〉는 그 간격을 머뭇거리지 않고 간단하게 처리했다. 젊은 누들스가 버펄로행 열차를 타며 흘깃 흘려 보았던 코니아일랜드의 문이 어느덧 신세계의 문으로 바뀌어 있었고, 그곳으로 숱이 적어지고 흰머리가 늘어난 누들스가 들어온다. 그는 아주 가벼워 보이는 가방을 들었지만, 그 가방 안에는 세월의 더께만 들어 있는 듯 몸 전체는 상당히 내려앉아 있었다.

그는 차를 렌트하고 그 옛날 자신이 지배했던 세계, 뉴욕을 상징하는 거대한 다리 밑 골목으로 돌아온다. 그곳에는 '뚱보네'라는 촌스러운 상호의 상점이 여전히 영업 중이었다.

그리고 그 식당을 엿보는 시선이 유리창 주변을 맴돈다. 늦게까지 남아 있는 손님을 쫓아내고 있는 식당 주인은 전화를 받고 있다. 그 전화는 옛날로부터 건너온, 마냥 반가울 수만은 없는 전화였다. 그리

고 세월의 문을 열고, 누들스가 이
식당으로 들어선다.

세르조 레오네는 한 장면 한 장
면을 정확하게 연출했다. 이 영화
에서 그 식당이 필요한 이유가 없
었다면, 해당 식당이 등장하지 않
았을 정도였다(그럼에도 그토록 긴
상영 시간을 창출했다는 점은 아무리
생각해도 놀랍지 않을 수 없다). 그러

〈원스 어폰 어 타임 인 아메리카〉 영화 포스터

니 현재에도, 과거에도, 그 식당은
중요한 공간이 아닐 수 없었다. 그 식당은 늘 누들스와 그의 친구(사업
동료)들이 뛰어놀던 세상의 중심이었다. 영화 포스터에서 다리 밑 세
계는 이 식당을 중심으로 돌아갔고, 결국은 더 큰 갱이 될 운명의 꼬마
갱들이 이 식당을 기반으로 성장했다.

누들스에게 이 식당은 아지트나 밀주 판매소 혹은 선망의 장소 이
상의 의미를 지니고 있었다. 그곳에 데버라가 있었기 때문이다. 그 의
미와 기억에 짓눌려 쉽게 잠들지 못하던 50대의 누들스는, 식당 벽에
먼지를 뒤집어쓰고 있는 사진 속에서 한 인물을 발견하고, 그 인물의
기억을 따라 식당 화장실 벽 너머의 세상을 공개한다. 그곳에는 역시
그만큼 세월을 건너 한 소녀가 춤을 추고 있었고, 춤추는 소녀를 훔쳐
보는 어린 누들스가 있었다. 누들스의 시선은 이미 소녀에게도 감지

되었지만, 어찌 된 일인지 소녀는 보란 듯이 옷을 갈아입으며, 자신의 알몸을 소년에게 내어준다. 그렇게 어쩔 줄 모르던 소년은 소녀를 따라 거리로 나설 수밖에 없었다.

영화는 한동안 소년 누들스의 세상을 보여주는 데에 집중한다. 누들스는 거리의 소년들을 이끌고 있었지만, 맥스Max라는 노련한 소년에게 놀림을 당하고 난처한 지경에 빠진다. 그러다가 맥스는 누들스를 구해주려고 하고, 이에 누들스는 맥스를 자신의 세계로 받아들여 기꺼이 동료(친구)가 되기로 한다. 그리고 두 사람을 중심으로 다시 뭉친 어린 갱들은 세상의 귀퉁이에서 남의 간섭을 받지 않고 자신들의 세상을 만들기 위해 분투한다.

성공도 있었고 시련도 있었다. 이웃 조직의 폭력에 무릎을 꿇어야 할 때도 있었고, 더 큰 이익을 위해 성인 조직의 힘을 빌려야 할 때도 있었다. 하지만 다섯 어린 갱들은 힘을 합쳐 험한 시절을 넘었고, 곧 성인 옷을 입고 영향력을 행사하는 청년들로 성장한다. 그러던 중 예기치 못한 사고가 일어났고, 누들스는 이웃 조직의 청년 보스와 자신들을 괴롭히던 경찰 간부를 살해하고, 스스로 나서듯 교도소로 들어가야 했다.

누들스의 이탈로 갱 조직이 무너진 것은 아니었다. 맥스는 짝눈Cockeye과 패치Patsy를 동료로 거두면서 점차 사업 조직을 키워나갔고, 자신들 대신에 감옥에 갔던 누들스의 몫을 챙기는 것도 늘 잊지 않았다. 그리고 누들스가 돌아오자, 그들은 다시 예전의 갱으로 돌아왔다.

이들이 그다음 하는 일들은 정도를 벗어난 일들이었다. 폭력과 협박에 개의치 않았고, 강도짓과 심지어는 강간과 살인까지 저질렀다. 그들은 법과 질서의 테두리 바깥에 있었고, 돈과 힘을 얻기 위해서 무엇이든 할 준비가 되어 있었다.

그러한 그들도 한 가지를 멀리해야 한다는 사실은 알고 있었다. 그일은 아이러니하게도 그들이 하고 있었던 일의 가장 궁극적인 지점에 있는 일이었다. 자신들이 그 길로 들어섰지만, 그 길의 끝에 가서는 안 되는 일이었다. 그것은 권력이고, 더 높은 자리에 오르기 위해서 누군가의 하수가 되는 일이었다. 하지만 다르게 생각하는 이들도 있었다. 가령 맥스는 좀도둑이나 밀수범이 아니라, 좀 더 번듯한 야망에 빠져들고 싶어했다. 또한 더 크고 화려한 범죄를 계획하는 듯했다.

누들스는 이러한 맥스를 반대했고 자신들의 원칙과 합의를 강조했다. 누들스는 어두운 세상에서도 상도를 지키고자 했고, 불법을 저지를망정 본분을 벗어나는 일에 나서지 않고자 했다. 그에게는 묘한 선이 있었고, 그 선은 그 어떤 것보다 그들에게 넘지 말아야 할 경계였다. 자신을 속이고 중간 브로커를 처리한 맥스의 결정에 자동차를 타고 바다로 뛰어드는 복수로 응수할 수 있었던 것도, 따지고 보면 자신이 해야 할 일과 하지 말아야 할 일을 분명히 가르겠다는 의지를 굽히지 않았기 때문이다. 그는 범죄자였고 악인이었지만, 배신자나 우매한 자가 될 수는 없었고, 그렇게 파멸하는 자도 되고 싶지 않았기 때문이다.

그러한 그가 맥스와 패치 그리고 짝눈을 고발해야 했고 그로 인해 친구들이 죽는 불상사를 유발했다는 점은 분명 아이러니이다. 결국, 어둠의 세력은 이러한 누들스를 살해하고자 했고, 누들스는 살해의 위험을 피해 뉴욕을 떠나야 했다. 이것이 누들스가 고향에 30여 년이 흐른 뒤에야 돌아올 수밖에 없었던 이유였다.

비밀은 없었던 것일까. 그가 이름을 숨기고 살아온 세상에도 30여 년 전의 위험은 결코 사라지지 않았고 과거의 악몽 같은 기억은 순식간에 소환되었다. 묘지 이장을 핑계로 자신에게 전달된 서류에는 30여 년 전의 시선이 담겨 있었고, 그 시선을 따라 못다 한 일을 정리하듯 누들스는 돌아와야 했다. 돌아온 곳에는 늙어버린 옛 동료 뚱보와, 그 뚱보가 경영하는 후락한 식당과, 그 식당 구석에 걸려 있는 사진들이 남아 있었고, 그곳에 사진을 따라 건너온 과거도 함께 남아 있었다.

4. 시간은 과거의 나를 현재에서 찾도록 종용한다

식당에서의 회고 속에는 비단 다섯 명의 어린 갱들만 들어 있었던 것이 아니었다. 친구들과 함께 있던 자리에는, 절대 잊을 수 없는 한 명의 소녀도 함께 존재하고 있었다. 그 소녀는 화장실 틈에서 엿보는 시선 속의 그녀이다. 많은 이들이 이 영화를 회상할 때, 이 장면을 고를 정도로 이 시선은 은밀하고 또 아련하다. 어쩌면 누들스가 찾아야 할 기억의 본질이 이 시선에 있기 때문인지도 모른다. 지난 시간은 누들스에게 현재의 나를 찾기 위해서는 과거의 나를 살펴야 한다고 종용하고 있었는데, 그 과거 속의 나는 이 소녀와 함께였던 것이다. 아련한 음악은 그 기억과, 과거와, 시선 속에 현재 잃어버린 자신이 섞여서 녹아 있다고 증언하려는 것 같았다.

그녀가 다시 포착되는 지점은 누들스가 감옥에서 나와 아지트로 변한—주류를 밀매하는—뚱보네의 전신 식당에 처음 진입한 그날이다. 그녀는 어린 티를 벗고 이미 성숙한 여인이 되어 있는데, 그런 그녀가 남자들의 시선을 사로잡는 포즈로 누들스를 응시하고 있었다. 누들스는 역시 말없이 물어야 했다. 자신을 얼마나 기다렸냐고 말이다.

사실 누들스와 소녀 사이의 깊고 은밀한 관계는 늘 그렇듯 엇박자를 이루곤 했다. 누들스는 소녀 모습은 엿보았지만, 소녀 안에 잠재된 미묘한 심리마저 알아채지는 못했다. 소녀는 유대교 기념일에 소년 누들스를 받아들이려고 했지만, 누들스는 맥스의 꼬임에 넘어가 오히려 이웃 조직의 폭력에 봉변을 당하고 만다. 누들스가 데버라를 남겨두고 맥스를 따라 식당을 나서는 사건은, 누들스가 지키려는 의리가 그의 사랑을 밀어내고야 마는 미래의 상황을 암시한다.

수감에서 풀려난 날도, 소녀의 눈빛을 받아넘기고, 누들스는 맥스를 따라 밀실로 향한다. 그곳에서 그는 목숨을 건 거래에 참여하지만,

사실 그러한 거래보다 누들스가 원했던 것은 데버라와의 시간이었을 것이다. 하지만 누들스는 데버라와의 시간을, 맥스로 인해 늘 방해받고 있었다. 이 역시 누들스의 미래와, 잃어버린 자신과 무관하지 않은 시간들이었다.

데버라를 쳐다보는 시선은 맥스의 시선에 의해 차단당했고, 데버라와의 연애는 사업으로 인해 방해받거나 불평의 대상으로 변하기 일쑤였다. 양자택일의 상황이 아닌데도 누들스는, 이상하게도 맥스와 데버라 사이에서 선택을 종용받는 입장에 처하곤 했다. 그리고 묘하게도 그때마다 누들스가 우선 선택해야 했던 것은 맥스였고, 사업이었고, 의리였고, 모두의 안전과 이익이었다. 데버라는 자신이 늘 뒷전이라는 생각에 누들스에게 모든 것을 의탁할 수 없었다.

하지만 맥스는 그 반대였다. 그는 누들스가 필요했고, 그래서 누들스가 선택하는 것을 존중했지만, 누들스가 원하는 것을 빼앗기도 했다. 그의 자리를 빼앗았고, 그의 선택을 빼앗았고, 결국에는 이름과 여인과 아들마저 빼앗았다. 지상에서 누들스가 추구했던 거의 모든 것을 손에 넣고, 누들스가 있던 자리에 자신이 들어가야 했고, 이를 위해서 누들스를 추방하는 데 성공했다. 누들스가 돌아와야 했던 이유는 이를 정리하기 위해서였다. 정작 누들스 본인은 잘 몰랐지만 말이다.

누들스가 다시 돌아온 뉴욕에서 만나야 하는 사람은 맥스였고, 데버라였다. 맥스가 현재의 자신이었다면, 데버라는 과거의 자신이었다. 누들스는 결국 데버라를 잃고 자신을 잃었으며, 맥스는 데버라를 가로채서 누들스마저 차지할 수 있었다. 누들스가 뉴욕에서 만나야 했던 많은 사람들은 결국 두 사람을 가리고 있는 사람들이었고, 과거부터 직전까지 누들스의 시선을 가리고 있던 이들이었다. 누들스가 현재로 귀환하여 과거를 찾는 것은 결국 이 두 사람을 만나는 과정이었던 셈이다. 데버라가 과거의 자신이었다면, 맥스는 현재의 자신이었기 때문이다.

안타깝게도 두 사람은 함께 살고 있었고, 그것은 누들스에게 참을 수 없는 배신이었다. 그러면 그럴수록 누들스는 두 사람에게 냉정한 모습을 보일 수밖에 없었다. 먼저 누들스는 데버라가 일하는 극장으로 찾아가, 그녀가 배역으로 맡은 '클레오파트라' 연기를 본다. 공연(작품) 속에서 클레오파트라는 안토니우스를 잃은 슬픔에 자살하고자 했다. 하지만 현실의 데버라는 연인을 잃고, 자살하는 여자는 아니었다. 그녀는 누들스가 감옥에 수감된 과거에도 그(의 석방)만을 기다리지 않았으며, 금주령 시대에도 그와의 암담한 미래를 믿지 못해 할리우드로 떠나는 선택을 감행했다(그녀가 떠나자 금주령이 해제된다). 물론 그녀는 돌아오지 않았으며(사실 돌아오고자 해도 누들스가 자취를 감추었지만), 아들을 낳아도 누들스에게 알리지 않았다.

그녀는 철저하게 혼자 살았고, 누들스를 사랑했지만 그를 믿지 않았다. 그녀는 누들스가 꿈꾸는 여인이었을지는 몰라도(누들스는 술에 취해도, 마약에 취해도 데버라를 찾았다), 누들스는 그녀가 꿈꾸는 사람이 아니었다. 그렇게 그들은 엇갈렸다. 그렇게 그녀는 세월을 건너 맥스의 여자가 되었다.

맥스는 누들스와 데버라를 바라보던 그 시선과 몸짓으로, 데버라를 차지했다(그렇게 말할 수 있다면). 그리고 맥스가 누들스를 실질적으로 세상에서 제명했다는 사실을 알면서도, 데버라는 맥스를 택했고 그와의 삶을 영위하는 선택에 주저하지 않았다. 클레오파트라는 이집트의 영광과 자신의 욕망을 따라 자신이 결혼해야 할 남자를 죽였고, 자신을 세상의 중심으로 올려줄 남자들을 스스로 선택했다. 남자를 선택하는 방식에서 과거의 데버라는 클레오파트라와 닮아 있었다. 하지만 현재의 데버라는 클레오파트라와 달리 자살하지도 않았고, 남자를 위해 슬퍼하지도 않았다. 냉정한 그녀의 모습은 세월이 흐른 후의 누들스에게 회한으로 남을 수밖에 없었을 것이다.

맥스 역시 마찬가지였다. 맥스는 처음 만날 때부터 누들스와 친구들의 것을 빼앗은 자였다. 그는 공들여 선택한 취객을 낚아챘으며, 결과적으로도 누들스 일행이 가져야 할 것을 가로챘다. 하지만 곧 누들스가 필요하다는 사실을 깨닫고, 그를 구하면서, 누들스가 가진 조직과 삶을 다시 한번 함께 낚아챘다. 그로 인해 감옥에 간 것도 누들스였고, 어려운 일을 전담하는 것도 누들스였다. 누들스의 친구들은 맥스가 누들스를 제치고 제왕(그는 교황이 앉았다는 의자를 구입해서, 그 상징성까지 더해 그 자리에 앉았다)의 자리에 앉는 것을 용인했다.

그리고 역시 세월을 건너 맥스는 '베일리 재단'을 이끄는 막후의 실

세상의 모든 **나**들

력자이자 장관으로 살아남았다. 누들스의 이름을 빌려 쓰고, 그의 권력을 가로채서 살아남고, 화려한 미래를 만들고 누려온 것이다. 그리고 나서 30여 년의 세월 저편에서 맥스로 다시 누들스 앞에 나타난다.

맥스는 뉴욕행으로 두 가지를 확인해야 했고, 다시금 두 가지를 잃어야 했다. 자신이 과거에 어리석었다는 사실을 확인해야 했고, 그럼에도 지금도 어리석다는 사실을 확인하지 않을 수 없었다. 두 가지를 잃어버렸는데, 하나는 우정과 사랑이었고, 다른 하나는 자신이었다. 그는 어리석었기 때문에 사랑과 우정을 잃었고, 여전히 어리석기 때문에 그 사랑과 우정을 잃었다는 사실마저 잃어버리고 자신을 찾을 수 없었던 셈이다.

하지만 맥스는 끝까지 영악했다. 늘 영악했던 그답게, 맥스는 어차피 빠져나갈 수 없는 상황에서 과거의 채무마저 한꺼번에 정리하고 싶어한다. 누들스를 불러 과거의 진실을 알려주고—이로 인해 누들스는 자신이 놓친 것이 사실은 잃어버린 것이었으며 누군가에게 빼앗기고도 빼앗긴 것을 모를 정도로 어리석었다는 사실을 확인할 수밖에 없었다—쥐어진 총으로 자신을 처결해 달라고 부탁한다.

맥스 나를 죽여줘.

누들스 베일리 장관님…… 저도 옛날 기억이 하나 있죠. 비록 대단하지는 않지만 말이죠. 친한 친구가 있었습니다. 그때 저는 그를 살리려고 했지만, 그는 죽어버렸죠. 어쩔 수 없는 일이었습니다. 그것은 우정은 아닐 겁니다. 그도 상처받았고, 나도 상처받았죠. 안녕히 계십시오. 무사하기를 빕니다. 당신의 생이 낭비되지 않았으면 합니다.

이러한 상황에서 누들스가 할 수 있는 무엇이었을까. 누들스는 처음으로 맥스의 요청을 거부했고, 처음으로 그의 곁을 먼저 떠났다. 자살을 감행할지도 모르는 상황이지만, 누들스는 맥스를 용서하지 않기로 했다. 그리고 그는 아무것도 하지 않기로 한다. 맥스를 죽이지도 않을 것이고, 잃어버린 과거에 대해 소리 높여 따지지도 않을 것이며, 데버라나 아들을 되찾으려고도 하지 않을 것이다. 그가 행한 거의 유일한 선택은, 그곳(그토록 찬란하게 선전되었던 롱아일랜드의 대저택)을 잊는 것이었고, 그곳을 떠나는 일이었다. 그것이 '그-누들스'가 '그-맥스'와 '그녀-데버라'에게 할 수 있었던 유일한 복수이자 가장 처참한 응대였던 셈이다. 그것만이 잃어버린 자신에게 할 수 있는 유일한 일이었기 때문인지도 모른다.

5. 가장 마지막 모습은, 생의 어떤 지점에서?

〈원스 어폰 어 타임 인 아메리카〉의 마지막 장면은 다시 중국인 극장을 찾는 누들스의 모습에서 시작된다. 극장은 예전보다 더 후락했지만, 여전히 과거의 그림자극이 화면을 메우고 있었다. 그리고 여전히 그곳에는 현실을 잊기 위해 모여든 사람들이 숨어 있었다.

중국인 극장의 대마초 흡연 장소는 〈원스 어폰 어 타임 인 아메리카〉에서 세 번 정도 언급(포착)된다. 첫 번째 시점은 맥스와 패치 그리고 짝눈을 밀고하고 죄책감에 숨어든 시점이었다. 미국의 국가금주법 National Prohibition Act은 소위 '볼스테드법'으로도 불렸는데, 1919년(10월 28일)에 제정되어 1920년부터 시행된 법령이다. 곡물과 산업을 보호한다는 목적으로 제정되었지만, 실제 금주법은 지역의 갱단에게 밀주를 만들어 파는 이익을 보장하는 데에 더 유효했다. 그로 인해 금주법은 각종 폐해를 양산하며 서민들을 압박하기에 이르렀고, 결국에는 보수주의의 한계와 대공황의 여파로 1933년 폐지가 결정되기에 이른다(모든 주에서 금주법이 폐지된 시점은 1966년).

맥스가 연방은행을 털겠다는 불가능한 목표를 세운 것은 금주법 폐지로 자신들의 사업 기반이 사라지는 위험에 처하게 되었기 때문이다. 그들은 다른 사업을 찾아야 했고, 그 기회에 합법적으로 사업을 이전할 필요도 충족하고자 했다. 하지만 무리한 계획은 누들스의 우려를 불러왔고, 누들스는 그들의 안위를 위해 밀고를 감행하고 그 죄책감을 이기지 못해 중국인 극장에 잠입한다.

하지만 누들스가 이때 처음 중국인 극장에 온 것은 아니었다. 패치와 짝눈의 증언에 의하면, 누들스는 데버라를 잃고도 실의에 빠져 한동안 중국인 극장에서 폐인처럼 살았던 적이 있었다. 그리고 30여 년의 세월을 건너, 마지막으로 그는 다시 중국인 극장을 찾는다. 맥스와 데버라를 다시 잃어야 했고, 여전히 패치와 짝눈을 지키지 못했다는 죄책감을 극복할 수 없었기 때문이다.

실의에 빠진 그는 급하게 대마초를 흡입하며, 현실에서 벗어난 듯한 기묘한 표정으로 숨어버린다. 영화 마니아들 사이에서, 그리고 중후한 평론가들도 이때의 로버트 드니로가 지은 표정 연기에 찬사를 아끼지 않고 있다. 그만큼 삶의 회한과 안타까운 기억 그리고 복잡한 과거를 지우려는 그―누들스의 안간힘이 배어 나오기 때문일 것이다.

흥미로운 점은 화면 속의 누들스는 1960년대의 누들스가 아니라, 30여 년 저편의 누들스였다. 추정컨대, 그 누들스는 맥스와 패치 그리고 짝눈을 밀고하고 그들의 죽음을 알게 된 직후의 누들스였을 것이다. 그 표정이 30여 년을 건너와 초라한 늙은이 누들스의 망가진 마음을 대체하는 것이다. 이 영화의 제목처럼 '원스 어폰 어 타임'의 표정이기도 하다.

6. 사족: 과거의 나를 찾아 떠나는 여행은, 현실의 나에게 삶의 의미를 일깨운다

〈원스 어폰 어 타임 인 아메리카〉는 30여 년의 세월을 건너 마주 보고 선 두 사람의 자아가 대화를 나누는 영화이다. 이러한 대화는 영화의 형식으로 새겨져 있는데, 유연한 현재와 과거의 교환 장면이 그

세상의 모든 **나**들

것이다. 뉴욕으로 돌아온 늙은 누들스가 훔쳐본 화장실 벽면 저 너머에는 어린 시절의 데버라가 있고, 돈 가방을 들고 도망치듯 코인 로커를 빠져나오는 누들스의 손길이 감옥에서 나오는 그 옛날의 손길로 바뀌어 있다. 그때도 그러했고 그 이전에도 그러했고 그 이후에도 그러했지만, 강탈된 누들스의 것은 결국에는 맥스의 몫으로 돌아갔다.

누들스는 자신의 것을 잃었다는 의식도 없이 30여 년을 살아야 했고, 그 끝에서도 그것을 되찾을 의사를 발휘할 수 없었다. 그렇다면 이 영화는 왜 그러한 누들스를 전면에 내세울 것일까. 누들스는 과거의 나(그것도 교도소 수감 이전의 나와, 금주령 시절의 나)를 집요하게 돌아보는 마지막 힘을 발휘한다. 무엇 때문에 그—누들스가 그러해야 하는지는, 영화적 설정으로 배신과 복수로 정리되고 있는 듯하다. 이것은 별반 오류없는 정리일 것이다. 실제로 〈원스 어폰 어 타임 인 아메리카〉에서 주된 사건은 배신과 복수로 응결될 수 있다.

하지만 그것보다 더 근원적인 것은 과거를 돌아보는 인간의 기본적 정감이다. 누들스는 '궁금해서' 그 옛날의 자신을 아는 사람을 추적하지 않을 수 없었다. 그것은 타인에 비친 나를 찾는 과정과 다르지 않다. 나는 어떠한 삶을 살았을까? 이러한 자문이, 문득 생의 그 어떤 것보다 강렬한 호기심과 추적 의지를 불러올 수 있다. 다른 대상도 아닌 나이기 때문이다.

'그—누들스'는 '옛날의 나—누들스'를 찾아 나섰고, 그 끝에서 초라하게 망가진 '현재의 나—이름조차 없는 자아'를 만난다. '현재의 나'는 이름을 상실하면서 생성되었고, 그로 인해 과거로 돌아갈 수 없는 처지라는 사실을 알게 된다. 그의 이름은 다른 이들에게 오용되었고, 결국 지워질 것이다. 그럼에도 그는 그 이름을 없앤 이들을 그대로 두어야 했다. 배신과 복수의 측면에서는 그것이 더 큰 복수인 것은 분명하지만, 나를 찾아 나선 모험에서는 그 '이름 없음' 자체가 지금의 나이기도 하기 때문이다. '과거의 이름'을 찾는다고 해도 '현재의 무명인'인 '그-나'가 과거의 나로 곧바로 연결되지 않기 때문이다.

어쩌면 그러한 연결을 불필요했다고 말해야 할 수도 있다. 과거와 현재 사이에서 나타나야 하는 자기 동일성은, 이름에 연연한다고 해서 달라질 성질의 것이 아니다. 대신 누들스는 과거와 같은 선택을 하기로 한다. 자신이 할 수 없는 것은 더더욱 하지 않기로 한 것이다. 몇 번의 사건에서도 나타났지만, 그는 자신을 좁고 작고 더러운 세계에 둘지언정, 자신의 본분을 망각하고 더 큰 욕망의 세상으로 나아가는 것을 경계했던 인물이었다. 그는 그러했던 과거의 자신을 지키기로 한 것이다. 그로 인해 마지막 남은 나는 유지될 수 있었을 것이다. 마지막 남은 그것만이 어쩌면 나였을 수도 있다는 말이다.

　　　　　　　　　　　세상의 모든 **나들**

11

만들어진 기억이
현재의 '나'를 만든다

1. 10분의 기억에서 살아남기

영화 〈메멘토Memento〉의 문제적 인물 '레리(레너드 쉘비)'는 단기 기억 상실증 환자이다. 그는 원초적 사고가 있기 전 기억은 모두 온전하게 간직하고 있지만, 원초적 사고 이후 기억은 10분 정도만 유지할 수 있는 상태이다. 그래서 레리는 자신이 깨어날 때마다, 자신이 있는 곳이 '어디'이고, 그 전에 '무엇'을 하고 있었으며, 깨어난 이후부터 '어떻게' 행동해야 하는지에 대해 궁금해하곤 한다.

사실 10분의 기억력이라면 생존 자체가 문제가 될 소지가 크다. 밥을 먹었는지, 잠을 잤는지, 혹은 그 10분이라는 짧은 시간 동안 자신이 안전한지 아니면 위험한지, 지금 자신이 도피 중인 것은 아닌지 일일이 확인하는 것이 불가능하기 때문이다. 그래서 많은 이들이 레리 (전직 보험 수사관)의 단기 기억 상실증에 의아한 마음을 금치 못하는 것도 사실이다.

　　과연 이 친구는 제대로 살아남을 수 있을까.

　　이러한 의구심을 의식이라도 한듯, 영화는 레리가 살아남는 방식을 설득력 있게 보여준다. 그것은 방 안에 널려 있는 메모, 옷가지에 들어 있는 폴라로이드 사진, 그리고 몸에 새겨진 문신이다. 문신은 자신에게 남겨진 지울 수 없는 기록으로, 그 기록 속에는 레리가 살아남

〈메멘토〉의 포스터●: 몸에 새겨진 기억을 찾다

● movie.naver.com/movie/bi/mi/photoView.nhn?code=31940

　　　　　　　　　　　　　　세상의 모든 **나**들

기 위해서, 그리고 그다음에 무엇을 해야 할지에 대해 지시하고 있는 객관적 물증이 담겨 있다. 특히 그의 몸에 새겨진 문신(의 기록)은 마치 두뇌 속에 각인된 기억처럼 레리의 삶을 이끌고 있다.

몸에 새겨진 문신은 비단 레리의 현재 삶을 보여주는 지표로만 활용되지 않는다. 문신은 대부분은 레리가 해왔던 일, 즉 10분 기억 너머에 있는 과거와 자신을 잇는 하나의 교량이기도 하다. 그 교량에는 10분 전의 나와 10분 후의 나를 동일하게 만들 수 있는 하나의 목표가 적혀 있다.

아내를 강간하고 살인한 범인을 찾아 죽여라.

불행하게도, 그는 죽어가는 아내에 대한 기억을 마지막으로 지니고 있었다. 동시에 그것—죽음을 막지 못하고 기억을 잃은 자신을 용서하지 못하고 있었다. 그 대신 10분의 기억을 어떻게든 유지하며, 아내의 복수와 자신의 삶을 망친 복수를 행하고자 노력하고 있다. 적어도 레리가 잠에서 깨어나 믿기 시작하는 자신은 그러한 인물이었다. 그 과정은 잃어버린 기억을 되살리고 목표했던 삶의 방향을 되찾으려는 움직임으로 그려져 있다. 적어도 레리를 믿는 사람들의 눈에도 그러했다.

2. 누가 거짓말을 하고 있는가?
: 기억을 보충하고 일상을 유지하는 기억의 왜곡들

〈메멘토〉의 레너드를 '레리'라고 부르는 인물은 '테디'이다. 테디는 레너드가 묵고 있는 호텔에 나타나 그를 어디론가 인도하거나 무언가를 알려주는 인물이다. 레너드가 찍어 소지하고 있는 사진 속에도 테디는 믿지 못할 인물로 분류되어 있으며, 결국에는 자신이 그-테디를 죽여야 한다는 명령을 내리기도 한다.

관객이 레너드의 시선을 통해 관찰하는 테디는 수상한 인물이다. 그는 느닷없이 나타나기 일쑤이며, 상당한 고급 정보를 제공하면서도 레리에게 조건 없는 호의를 베풀기만 한다. 가끔 레너드를 속이거나 수상한 언동을 통해, 레너드를 혼란에 빠뜨릴 때도 있다.

무엇보다 레너드가 간직한 폴라로이드에는 그-테디가 레너드를 속이고 있다는 사실이 명시되어 있다. 결과적으로만 본다면, 레너드의 의심대로 테디가 레너드를 속이고 있는 것은 사실이다. 테디는 실제 이름이 아니며, 그의 진짜 직업은 레너드가 숨기고 있었다. 그리고 테디는 상당히 오래전부터 레너드에게 교묘하게 자신의 의지를 강제하는 인물이었다.

〈메멘토〉는 레너드가 테디를 만나는 장면에서 의심스러운 정황을 가득 표출하고 있다. 특히 테디가 웨이트리스 나탈리를 의심하고 그녀와 만나지 말라고 조언하는 대목은 상당히 수상한 정황으로 묘사된

주머니 속 사진을 꺼내서 '테디'가 맞는지 확인한다.
나를 알고 있는 것 같지만 의심스럽다.

테디 신분을 확인하도록 해주는 사진●: 사실을 확인하자 의심이 더욱 커진다

다. 나탈리는 레너드를 만나 조언을 하고 필요한 도움을 주는 인물이

기 때문이다. 더구나 나탈리 역시 사랑하는 사람을 잃은 경험이 있기

때문에, 연민의 마음으로 자신을 돕는다고 레너드는 믿고 있다. 적어

도 레너드 자신이 가지고 있는 메모에는 그렇게 적혀 있고, 늘 그렇듯

그 내용은 자신의 글씨였다. 그러니 친절하고 믿을 만한 나탈리를 믿

지 말라는 테디는 의심스러운 존재로 전락할 수밖에 없다.

하지만 시간이 흐르면서 레너드가 나탈리를 만나고 그녀의 도움을

받았다고 믿는 과정에서(실은 레너드가 테디에게 이용당해 나탈리의 남자

친구 지미 그랜츠를 죽였고 '그−지미 그랜츠'에게 남긴 나탈리의 메모를 따라

● movie.naver.com/movie/bi/mi/photoView.nhn?code=31940

찾아온 것이다), 나탈리가 레너드를 이용하려는 정황이 포착된다. 나탈리는 자신을 찾아온 레너드가 10분 단기 기억 상실증 환자라는 사실을 이용하여(맥주에 침을 뱉는 설정을 통해 이를 확인한다), 자신의 애인이 지니고 있던 돈 20만 달러와 이를 탈취하려는 도드의 문제를 한꺼번에 해결하려고 한다. 실제로 영화는 10분 단기 기억만을 보여주려는 듯, 도드를 해치우러 집을 나서는 레너드부터 보여주기 시작해서, 레너드가 어떻게 도드라는 존재를 알게 되었으며, 결과적으로 도드를 살해하라고 사주한 인물이 나탈리이고, 나탈리가 레너드를 격분시켜 폭력을 휘두르게 한(나탈리 얼굴에 난 상처는 도드가 아닌 레너드가 때린 흔적) 정황을 차례로 보여준다.

기억의 근원을 찾아가듯, 10분 이전의 상황을 끊임없이 추가하면서 행위의 근원을 찾아가는 일련의 장면은 놀랍고 충격적이며, 이 영화를 특별하게 만드는 매력이 아닐 수 없다. 그것은 레너드가 특수한 종류의 사람이라는 원인에서 기인한다기보다, 넓게 보면 보편적 인간 모두가 결과적으로는 자신에게 편리한 기억만을 추구하는 존재이며, 그 기억의 조작을 통해 자신의 이익을 도모하는 존재라는 점을 일깨우기 때문이다. 이러한 기억의 문제는 결국 자아의 문제와 맞닿아 있다.

기억을 거슬러 오르는 장면의 끝에도 레너드 자신이 존재하고 있다. 분명 현실의 레너드는 나탈리에게 속아 오물을 넣은 맥주를 마시는 수모를 당하고 있고, 그녀 대신 살인 청부에 나서야 하는 기막힌

　　　　　　　　　　　　세상의 모든 **나**들

희생자이지만, 동시에 나탈리는 레너드가 삶의 조건으로 상정할 수밖에 없는 복수 욕구를 일깨우는 촉매자 역할을 맡은 필요한 인물이다. 나탈리도 자기 안위를 위해 레너드를 이용하려는 그릇된 욕망을 품고 있지만, 본능적이고 확대된 차원에서 나탈리는 레너드가 꼭 필요한 역할을 맡고 있다. 어쩌면 이러한 악인 혹은 요부妖婦 출현을 고대하는 이는 다름 아닌 레너드였다고 해야 한다.

레너드는 자신이 10분밖에 기억하지 못한다는 사실을 알고 있기 때문에, 자신의 생존과 복수 그리고 삶의 이유를 알려주어야 할 조력자 겸 중개자의 필요성을 본능적으로 갈구하고 있다. 이러한 본능은

거울에 비친 레너드와 나탈리의 모습●: 나탈리는 레너드의 일상을 유지하는 힘이다

● movie.naver.com/movie/bi/mi/photoView.nhn?code=31940

그로 하여금, 그녀와 함께 있어야 하는 현실적 필요성을 충족하며 대국적인 견지에서는 그녀를 이용해야 하는 당위성도 제공하고 있다. 한마디로 그녀가 있어야 10분의 기억을 대체할 수 있고, 결국 자신이 원하던 삶의 목표를 상기할 수 있다. 레너드는 사라지는 기억을 보충할 수 있을 때, 자신을 자신으로 인지하고 자신의 삶을 건사할 수 있기 때문이다.

이처럼 레너드는 현재의 자신을 유지하기 위해서, 기억을 만들어야 했고, 기억을 만들기 위해서 무작위로 골라낸 대상이 나탈리였다. 무엇이 먼저인지 따지는 것이 무의미해 보이기는 하지만, 레너드는 나라는 현재의 자신을 유지하고 존속하기 위한 방편으로 하나의 기억을 만들어야 했다. 그것이 조작이고 왜곡이고 다른 이의 사주라고 해도, 근본적으로 그것은 반드시 필요한 절차이자 단계였다. 그 우연의 산물이 나탈리였고, 나탈리의 폭력과 살해 사주는 레너드에게 반드시 필요한 것이었다는 점에서 그 선택은 필연적이라고 해야 한다. 그녀의 주문이 레너드를 현재의 레너드로 만드는 힘이자 조건이기 때문이다.

4. 인간에게는 왜 기억이 필요한가?

테디는 실제로는 형사였는데, 그것도 레너드가 아내를 죽인 범인으로 생각하는 '존. G'라는 이니셜에 부합하는 인물이었다. 테디는 극 중 현재—그러니까 레너드가 깨어나는 시점—에서도 경찰 업무를 수행 중이었으며, 과거 레너드 아내의 강간 사건을 다룬 담당 형사였 다. 하지만 레너드의 주장대로, 강간범이 두 명이라는 사실을 확인하 고 나머지 한 명을 레너드가 잡아 처단할 수 있도록 은밀하게 도운 비 밀을 지니고 있다. 그러니까 테디는 단기 기억 상실증 환자였던 레너 드의 말을 믿고 그—레너드가 (사적으로) 복수하는 일에 적극적으로 도 운 방조자이기도 한 셈이다.

테디에게도 그럴 만한 이유가 있었다. 그것은 테디가 레너드의 의 견과 이론에 설득되었기 때문이기도 했지만, 이러한 살해를 통해 자 신의 이익을 챙길 수 있다는 계산 때문이기도 했다. 레너드가 테디의 정적을 해결해준다면, 테디로서도 손해날 것 없는 거래였던 셈이다. 그 결과, 궁극적으로 테디는 레너드에게 청부 살해를 교묘하게 유도 하는 사주자가 될 수밖에 없었다.

문제는 테디의 청부 살인이 레너드에게 더욱 강도 높게 요구된다 는 점이다. 레너드는 아내의 강간범을 처단했는데도, 그때 성취감(살 인)을 자신의 것으로 인정하지 않고—레너드의 공언대로라면, 범인 을 처벌(살해)한 이후 레너드는 왼쪽 가슴에 범인을 죽였다는 문신을 새겨야 하는데, 해당 공간은 문신이 새겨지지 않은 채로 남아 있 다—여전히 계속되는 살해 욕구에 자신을 내맡기고 있다.

그러한 행위의 이유로는 단기 기억을 핑계로 댈 수 있을 것이다.

장기 기억이 존재하지 않는 그로서는 10분의 기억을 바탕으로 살아가야 하는 명분과 이유가 필요했고, 아내에게 위해를 가한 진범을 잡겠다는 분명한 목표를 자신의 인생에서 손쉽게 포기할 수 없었을 것이다.

만일 이 목표가 달성되었을 경우, 레너드가 살아야 할 이유가 고갈될 것이고, 그렇다면 테디는 레너드에게 무언가를 불어넣을 수밖에 없었다고 해야 한다. 그것이 '청부 살인'이었다. 그리고 레너드의 아내가 살해되었다는 사실로 인해, 이러한 청부 살인의 논란은 축소될 여지도 있었다. 레너드의 말을 사실로 믿었다고 주장한다면, 테디 스스로 강간 공범을 레너드에게 알려주는 행위 자체에 큰 죄책감을 품지 않아도 되기 때문이다. 비록 강간범에 대한 사형私刑이 법률에 의거한 처벌은 아닐지라도, 정의의 구현이라는 법적 믿음을 동반할 수 있는 선택으로 간주될 수 있다. 테디의 입장에서는, 응당 선택할 수 있는 방법 중 하나라고 자신을 정당화할 수도 있는 방법이었다.

하지만 강간 공범(이라고 믿었던) 범죄자를 처단하고 난 이후에도 레너드가 살인자에 대한 처벌 의지를 멈추지 않으면서 이러한 상황은 문제 상황으로 변모하고 만다. 레너드의 기억은 돌아오지 않았고, 그러자 그는 또 다른 존. G를 찾아 나서고자 했다. 테디는 자신의 이름도 '존 에드워드 겜멜'일 만큼 세상에 '존. G'가 흔함에도 불구하고, 레너드가 '존. G'들에 대한 배타적 적대감을 소멸시키지 않았고, 결과적으로는 이를 도와주어야 했다고 말하고 있다.

세상의 모든 **나**들

그러니 이러한 진술을 무작정 테디의 자비심으로만 이해할 수는 없다. 테디는 그러한 범인들을 소개하는 과정에서 레너드 역시 목표 달성의 기쁨을 누렸다고 증언하고 있다. 즉 테디가 새로운 '존. G'를 소개하고 레너드가 분노를 쏟아부어 처형하는 방식은 양자(두 사람)의 이익을 절충한 결과인 셈이다.

여기서 기억의 작용에 대해 생각할 필요가 있다. 이를 위해 〈메멘토〉의 초반에 테디와 레너드가 식당에서 나눈 대화를 살펴보자. 테디는 레너드에게 메모와 기록만으로는 충분하지 못하며 기억이 없는 상태에서 판단하는 것은 위험하다고 충고한다. 하지만 레너드는 자신이 보험 조사관으로서 객관적 기록과 물증만을 신봉한다고 반박하며, 기억은 기록이 아니라 해석이기 때문에 그 역시 불확실하다며 자신의 견해를 굽히지 않는다.

이를 정리하면서 테디는 레너드의 메모가 누군가에 의해 악용될 수 있고, 그 결과 레너드는 누군가의 의지에 따라 타인을 살해하는 일에 동원될 수 있다고 걱정한다. 이때 주고받은 이러한 말은 두 가지 의미로 해석된다. 하나는 자신이 이미 레너드를 이용하여 타인을 죽이는 일을 하고 있다는 뜻이며, 이를 알아챈 제삼자가 레너드를 이용하여 비슷한 일을 하려는 기미를 눈치챘다는 뜻이기도 하다.

하지만 10분 이전의 기억을 보존하지 못하는 레너드는 이러한 테디의 의심과 충고를 올곧게 받아들이지 못한다. 그에게는 테디가 말하는 과거, 그러니까 살인의 기억이나 살인을 유도하는 기미를 식별

할 방법이 없기 때문이다. 다만 그때마다 그가 기록했던 메모와 폴라로이드 사진(뒷면에는 시간의 흔적이 적혀 있다) 그리고 몸의 문신만이 남아 있을 따름이다.

이 지점은 이 영화가 궁극적으로 지향하는 하나의 사실을 넌지시 알려준다. 인간은 불완전한 존재이다. 이 불완전함을 극복하기 위해서, 인간은 기억하고 또 기억해야 했다. 하지만 기억은 레너드의 단정처럼, 궁극적으로는 기록이 아니라 해석에 더욱 가깝다. 인간은 자신이 기억하고 싶은 대로 기억할 수밖에 없는 존재이다. 그래서 하나의 사건을 바라보는 서로 다른 기억이 존재할 수 있으며, 하나의 진실로서 사건을 바라보는 일에 장애를 느낄 수도 있다. 더구나 시간이 지나면서 이러한 기억조차 계속해서 변질되어 왜곡되기 일쑤이다.

테디가 죽기 전에 고백하는 사실은 이러한 기억의 역할을 새삼 상기시킨다. 그것은 레너드의 부인이 강간 직후 죽은 것이 아니었다는 진술이었고, 레너드가 기억하라고 몸(왼쪽 손등)에 새긴 새미 젠킨스("새미 젠킨스를 기억하라")도 사실은 단기 기억 상실증 환자가 아니라는 사실이었다. 더구나 새미가 죽었다는 아내는 실제로 존재하지 않았으며, 인슐린 과다 투여로 죽은 이는 레너드의 아내였다고 말이다.

이러한 진술은 레너드가 원초적 사고 이후에도 기억을 왜곡했다는 사실을 증언한다. 레너드는 아내가 죽지 않았고, 그 이후에 자신으로 인해 죽었다는 사실을 다르게 변형시켜 기억했으며(기억하고자 했으며), 이를 바탕으로 아내의 복수를 위한다는 삶의 목표를 만들어내었

세상의 모든 **나**들

다(만들어내고자 했다). 그리고 이를 충실하게 진행하는 메모와 문신으로 현재의 나, 그러니까 살인자 레너드를 만들어낸(만들어내고자 한) 셈이다.

레너드는 끊임없이 살해 욕구에 시달리고 있었다. 그는 그것을 기억의 왜곡을 통해 아내의 복수로 만들고 있으며, 이를 바라보는 주변의 인물들은 이러한 변질을 부추겨 자신들이 필요한 살인(행위)을 확보하고 있었던 셈이다. 하지만 레너드는 이 살인을 멈출 수 없다. 이 당면 목표가 사라진다면—사실 왜곡된 기억은 변하지 않는 마지막 기억으로 남아 사라지지도 않겠지만—그 역시 존재해야 할 이유를 상실하기 때문이다. 그에게는 자신의 기억과 살인을 방조하고 부추기고 때로는 방해할 누군가가 필요한 것이다. 그것 역시 기억(의 조작)으로 만들어내고자 한 것이다.

5. 기억이 없는 인간이란?

기억은 나를 나로 만드는 전제이다. 기억이 존재하지 않는다면, 내가 나로서 존재할 수 있는 필수 조건이 사라지고 만다. 기억이 없는 인간이란 물리적인 생존 여부와 관계없이, 개성과 내면을 가진 독립적 존재로서의 위상과 가치를 상실한다.

레너드는 자신에게 단기 기억 상실증을 유발한 범인들이 아내와 기억을 빼앗아갔으며, 결과적으로 자신의 생명(에 육박하는 나의 위상)까지 함께 빼앗아갔다고 주장하고 있다. 테디는 레너드의 목을 만지면서 아직은 살아 있다고 말했지만, 이때의 생존(살아 있음)은 레너드에게는 크게 의미를 발휘하지 못하는 죽은 비유에 불과할 수도 있다. 자신을 자신으로 파악하고 자신의 삶을 자신의 것으로 느끼는 기준은 자신과 삶에 대한 기억이기 때문이다.

그만큼 인간에게 기억은 필수적인 요소인데, 레너드라는 인물이 주목되는 이유는 그 기억을 상실했기 때문이다. 〈메멘토〉는 최초에는 그 기억을 유지하는 방식—단 시간에 자신의 기억을 비록 일부라도 복원하는 방식에 흥미를 느끼도록 만든다. 많은 이들이 기억을 되찾지 못한다면 나라는 사실을 인지할 수 없기 때문이라고 생각하도록 만드는 것이다.

하지만 〈메멘토〉는 그러한 레너드의 필사적인 기억법이 궁극적으로는 자신의 기억을 되찾기 위한 목적이 아니라, 자신의 기억을 왜곡하기 위한 목적으로 쓰인다는 사실에 경악을 금치 못한다. 레너드는 기억을 가지지 않은 인물임에도, 자신의 기억을 왜곡해야만 자신이 존재할 수 있다는 본능에 대한 기억은 잊지 않은 아이러니를 보여주는 인물이다.

이러한 레너드를 발견하는 순간, 많은 이들은 자신의 기억을 점검하지 않을 수 없다. 과연 '나의 기억은 온전히 나의 것인가?'라는 의문은 '과연 기억은 무엇이고, 그 기억을 찾는 나는 무엇인가'라는 기본적

세상의 모든 **나**들

이고 본질적인 의문으로 이어진다.

레너드의 사례는 인간은 기본적인 생존을 위해, 그리고 자신의 고유성과 가치를 증명하고 유지하기 위해, 기억을 조작하고 왜곡하는 일을 서슴지 않는 존재라는 사실을 알려준다. 그리고 그러한 사실은 영화적 발상을 뛰어넘어, 우리 삶의 일부와 현실 양태를 통해 또 다른 충격을 준다. 어쩌면 우리는 처음부터 기억이 존재하지 않았던 인간이었을 수도 있으며, 존재하지 않는 기억을 계속해서 만들어냄으로써 자기 스스로 어제의 나와 오늘의 나를 연결하려는 노력을 모색한 존재일 수 있다는 결론이다.

레너드에게도 기억은 자신을 구성하는 중요한 부분이다. 그가 처한 상황을 감안할 때, 어쩌면 가장 핵심적인 요소라고 해도 과언이 아닐 것인데, 그러한 기억의 소멸로 인해 그는 더 이상 자신이 자신이어야 할 명분을 내세울 수 없게 된 것이다. 그의 처지는 극단적이기는 하지만, 그만의 유일하거나 예외적인 상황은 아니다. 궁극적으로 레너드는 인간의 습성과 정신 작용을 따르는 존재이기 때문이다.

즉, 레너드 말고도 많은 이들이 기억을 왜곡하고 조작하고 이를 통해 자신의 이익을 구하려고 한다. 단기 기억 상실증에 걸리지 않은 다른 인간들도 기억을 다루는 방식은 마찬가지라는 사실은 우리를 불편하게 한다. 하지만 우리의 일상과 삶의 방식을 조금이라도 자세하게 훑어보면, 기억의 왜곡은 명백한 사실이다. 어렵지 않게 증명되는 진리인 셈이다.

비유하건대, 기억은 과거의 자신과 현재의 자신을 잇는 교량이다. 기억으로 인해 어제의 나는 오늘의 나로 이어질 수 있었고, 나아가서는 오늘의 내가 계속 살아갈 수 있는 이유를 마련할 수도 있었다. 그리고 이 평범해 보이는 진리는 〈메멘토〉의 궁극적인 주제가 될 수 있었다.

10분의 기억을 가진 존재에게도 기억은 중요하지 않을 수 없는데, 평생의 시간을 살아야 하는 존재에게 기억의 중요성은 이루 말할 것도 없다. 문제는 기억이 고정된 것이 아니라는 점이다. 기억은 그 자체로 유동하고 또 변화한다. 인간은 기억을 자신이 유리한 쪽으로 이끌려고 하는 성향이 강하며, 이로 인해 기억은 기억의 주체가 놓인 시점과 상황에 따라 그 궤도를 달리하곤 한다. 더 정확하게 말하면, 달라지는 기억 자체를 얼마든지 용인하고 이용할 자세를 취하고 있다.

그러한 측면에서 기억은 믿을 수 없는 대상이며, 기억을 믿고 행동하는 존재 역시 불안한 존재라는 사실을 부인할 방도가 없다. 그렇다면 이러한 유동성과 불안전함과 불확실성에 대처하기 위해서는 무엇이 필요할까? 주관을 넘어서는 객관성 확보가 궁극적인 해답일 수 있겠지만, 인간에게는 객관이라는 관점 자체가 허용되지 않는다는 점은 우리를 절망하게 한다. 기억이 주체를 만든다면, 그 주체는 매 순간 달라질 수밖에 없을 것이고, 객관적인 주체는 처음부터 불가능할지도 모른다. 우리는 객관을 표방하는 주관에 머물 수밖에 없는 3인칭을 가장한 영원한 1인칭에 불과하다는 다소 암담한 결론에 이를 수밖에 없을지도 모른다. 그것은 불행이지만 엄연한 현실이다.

12

세상은 서로 다른 기억을 가진
'나'로 가득하다

1. 〈라쇼몽〉에서 엇갈린 기억과 증언들: 엇갈린 '나'들

1950년에 발표된 구로사와 아키라의 고전 수작 〈라쇼몽羅生門〉(1950)
은 기억과 관점觀點에 관한 흥미로운 관찰을 허용하고 있다. 이를 위
해서, 이 작품의 줄거리부터 살펴보자.

이 영화를 이끌어 가는 문제적 인물은 크게 세 사람으로 압축된다.
그들은 유명한 도적 타조마루, 아내를 데리고 가던 남자 무사, 그리고
무사의 아내인 여인(신부)이다. 여기에 그들 세 사람의 모습을 증언하
는 증인들과, 그들의 사정을 듣고 있는 청취자들이 함께 섞여, 그날의
사건과 정황을 구현한다.

숲에서 시간을 보내고 있던 도적 타조마루는 길을 가고 있는 무사

부부를 목격한다. 그리고 아름다운 여인의 자태를 보자, 마음속에 음욕이 일어나는 것을 느낀다. 그들을 앞질러 간 타조마루는 남자 무사를 칼과 보물로 유혹하여 덫으로 인도하고, 결국에는 무사를 사로잡는 데에 성공한다. 그다음에 여인에게로 다가가 남편을 찾아가야 한다고 제안하고, 그녀를 남편이 묶여 있는 곳으로 유인한다. 타조마루는 남편이 보는 앞에서 여인을 성적으로 범하였고, 여인은 그 자리에서 죽음을 모면하고 목숨은 건졌지만, 남편인 무사는 그 자리에서 살해된 채로 발견되었다.

이후 3일이 지나 타조마루는 강가에서 낙마하는 바람에 추적하던 관원에게 붙잡혔고, 곧바로 재판에 회부되었다. 이 재판에는 죽은 무사의 아내인 여인이 증인으로 참석하였고, 그녀 외에도 쓰러진 타조마루를 발견한 사람과, 무사(남편)의 시체를 목격한 초부, 그리고 남편과 아내가 길 가는 것을 목격한 승려 세 사람이 나와 당시 사건과 관해 증언했다.

〈라쇼몽〉은 이러한 인물들과 관련 진술을 바탕으로, 그날의 상황에 대한 엇갈린 증언을 다양한 플롯으로 재현한 영화이다. 영화는 세 가지 사연을 내놓는다. 타조마루와 아내 그리고 남편의 영혼이 빙의된 무당이 각자 입장에서 그날의 상황을 들려주었기 때문이다. 이들은 각자 입장에서 말하는 사실을 그날의 진실이라고 주장했고, 이로 인해 그날의 상황은 서로 다른 세 가지 관점을 취하게 되면서, 결국 세 개의 서로 다른 이야기로 취합되기에 이르렀다. 또, 이 이야기가 보조 증언을 첨부하는 초부와 승려에 의해 제삼자에게 전달되면서, 그들의 관점을 담은 또 다른 이야기를 낳는다. 결과적으로 관객들은 초부와 승려가 비 오는 라쇼몽에서 들려주는 이야기를, 이야기 속의 이야기로 보게(듣게) 되면서, 네 개의 서로 다른 증언을 목격한다. 흥미로운 사실은 이야기 속의 이야기를 비롯하여, 네 개의 이야기가 모두 다르다는 점이다.

〈라쇼몽〉은 말하는(증언하는) 입장에 따라 서로 다른 이야기로 취합되는 이러한 양상에 주목했다. 더 정확하게 말하면, 서로 다른 이야기로 취합될 수밖에 없는 각기 다른 입장의 나의 모습을 보여주는 데에 집중하고 있으며, 이러한 유의미한 차이를 통해 각각의 내가 바라보는 세상과 이해하는 사건이 다르다는 점을 증명하고자 했다. 이 점이 〈라쇼몽〉을 특별하게 만들었고, 나라는 존재에 대한 비교 관찰을 가능하게 만들었다.

2. 각각의 '나'가 증언하는 그날의 상황

먼저 타조마루의 이야기를 간추려보자.● 타조마루는 남편을 묶고

● 〈라쇼몽〉의 줄거리 정리는 다음의 책에 정리된 내용을 따랐다. 김남석, 《영화, 어떻게 읽을 것인가》, 연극과인간, 2006, 175~180면 참조.

아내를 범한 이후에 아무도 죽이지 않고 자리를 뜨려고 했다고 주장했다. 하지만 남편 앞에서 외간 남자와 정을 통한 여인은, 그 자리를 떠나려는 타조마루에게 남편과 결투해 달라고 요청한다. 그녀는 도발적으로 두 남자 중 이긴 남자를 따르겠다는 자신의 의사를 피력한다. 그녀의 이야기를 들은 타조마루는 무사의 포승을 풀어주고, 정정당당하게 23합을 겨루었다고 증언한다. 그리고 타조마루 자신이 이겼고, 여자는 도망갔다고 주장한다. 타조마루는 비록 여인을 유혹했고 무사를 제압했지만, 궁극에는 정당한 대결을 펼쳤으며 무사에게는 승패를 만회할 기회를 주었고 여인에게는 그녀의 청을 이룰 기회를 주었다고 자신을 합리화했다.

하지만 타조마루 다음에 불려 나온 여자는 이와는 다르게 증언했다. 여자는 비록 자신이 타조마루에게 강간당했지만, 자신이 그러한 수모를 당하면서도 남편의 안위를 진심으로 걱정했다고 말한다. 여자는 포승에 묶인 남편을 애처롭게 여겼고, 타조마루가 떠난 이후에 자신의 단도(일종의 은장도)를 되찾아 그 포승을 풀어주었다고 말했다. 하지만 남편의 태도는 그녀의 예상과는 달랐다. 구원을 얻은 남편은 여인(자신)을 경멸하는 시선으로 쳐다보았고, 그날의 상황에 대해서도 결코 용서하려 하지 않았다. 아내는 단도를 내밀며 차라리 자신을 죽여 달라고 부탁했지만, 남편은 묵묵부답이었다. 슬픔과 참담함에 아내는 정신을 잃었고, 깨어 보니 남편은 죽어 있었다는 증언이었다.

죽은 남편의 증언은 무당의 입을 빌려 재판장에게 전달되었다. 먼

세상의 모든 **나**들

저 죽은 남편의 영혼은 타조마루가 아내에게 이차피 정절을 잃은 몸이니 자신과 함께 가는 것이 어떠냐고 설득했다고 그날의 상황을 전제한다. 타조마루는 여자가 따라나서겠다고 하자, 처음에는 그녀만 데리고 떠나려고 했다. 하지만 여자는 타조마루를 따라 떠나는 것에 만족하지 않았고, 타조마루에게 남편인 자신을 죽여 달라고 부탁했다고 증언했다. 이때 남편(의 영혼)은 아내의 변심과 악독한 마음에 깊은 상처를 입고 말았다.

하지만 타조마루는 부탁을 들은 직후, 도리어 아내를 땅에 팽개치고, 도리어 남편에게 마지막 부덕까지 버린 아내의 처벌을 물었다고 한다. 즉, 이렇게 악독한 여인을 죽일 수도 있다는 제안을 한 것이다. 남편은 타조마루의 결단에 감동을 받아, 타조마루에 대한 원한을 잊기로 했다. 다만 무사와 도적이 대화를 주고받는 사이에 자신에게 정황이 불리해진 것을 눈치챈 아내는 도망갔고, 타조마루가 그 아내를 잡으러 쫓아가는 바람에 헤어지게 되었으며, 홀로 남은 남편은 아내의 단도로 자결하고 말았다. 무사의 영혼은 자신이 명예롭게 행동했으며 음부淫婦이지만 아내를 나무라지 않았고, 자신을 이기기는 했지만 도적 타조마루가 그 승리에 값할 만큼 품성을 보였다고 주장하면서 자신의 패배가 가치 없는 것이 아니었다는 언질을 남기고 있다.

이처럼 세 사람의 이야기에는 같은 부분도 있고 다른 부분도 있다. 각각의 이야기 중에는 서로 겹쳐지는 대목도 있고, 추정하면 그렇게 발언할 수밖에 없었던 이유를 알 수 있는 대목도 있다. 여인이 타조마루에게 강간당한 사실까지는 대체로 이견이 없는 편이다. 그러나 그 다음은 제각각이다. 타조마루는 여자의 청 때문에 남편을 죽여야 했는데, 그 과정은 정당하게 이루어졌다고 주장한다. 아내는 타조마루에게 강간당한 것은 남편에게 미안한 일이나, 남편은 자신에게 지나치게 냉정했다며 힘없는 여인이 당해야 했던 억울함을 호소한다. 남편은 아내의 배신에 깊은 상처를 입었고, 그 상처 때문에 무사다운 죽음(자결)을 택했다고 말한다.

세 사람의 말은 자신들의 행동에 일정한 정당성을 부여하고 있다. 자신들은 타인의 눈에 비추어볼 때, 부끄럽지 않은 선택을 했고, 결과적으로 비극의 원인이 다른 이에게 있다며 자신의 책임을 부인하고 있다. 그러니까 타조마루는 정당한 결투를 벌인 것에 남자로서 자신의 정당성이 있고, 여인은 남편을 살리고 자신이 죽고자 한 것에서 아내로서의 도리를 다했다고 주장하고 있으며, 남편은 그 누구에게도 원한을 갖지 않고 스스로 죽음을 택했다는 무사로서의 명예를 강조하고 있다. 하지만 이들의 주장은 또 하나의 목격자에 의해 반박된다. 그 사람은 초부이다.

초부는 라쇼몽에서 다른 사람에게 이야기를 들려주다가, 감추고 싶었던 비밀을 들키고 만다. 초부는 남편의 시체를 목격한 것이 아니라, 사건 전말을 숨어서 엿보았던 목격자였던 셈이다. 그런데 남의 사정에 끼어들기를 꺼려하며, 단편적인 상황만을 증언하려고 자신의 위치를 조작했던 것이다. 그러다 보니, 목격자로서 그의 증언이 강도 높게 신뢰를 받는 것도 사실이다. 우선, 그의 이야기를 들어보자.

여자를 강간한 타조마루는 여자에게 함께 살자고 애걸복걸한다. 위협도 하고 유혹도 하는데, 이러한 정경은 남편의 영혼이 했던 진술과 일치한다. 하지만 여자는 타조마루의 유혹에 넘어가지 않고, 두 남자의 결투를 요청한다. 자신이 어떤 대답을 할 수 있겠느냐며, 이긴 남자를 따르겠다는 의사를 표시한 셈이다. 이 대목은 타조마루의 진술과 일치한다. 보는 각도에 따라서는 남편의 진술과도 비슷하다. 남편에게 결투를 해야 한다는 아내의 요청은, 남편을 죽여 달라는 말과 동일하게 들릴 수도 있기 때문이다.

그러나 처음에 남편은 이 결투를 거절한다. 정절을 버린 여자 때문에 결투를 벌일 의사가 없다고 말하며, 타조마루에게 여자를 데려가라고 말한다. 아내는 남편이 자신을 경멸의 눈초리로 쳐다보았다고 증언한 바 있는데, 이 대목에서 남편은 아내를 포기하는 듯한 행동을 취할 수 있으며, 그때의 그 눈초리가 경멸조일 수 있음을 미루어 짐작할 수 있다. 또 남편은 타조마루에게 원한을 품지 않았다고 증언한 바 있는데, 결투를 거절하는 남편의 태도는 분명 원한을 염두에 두지 않은 행위이기도 하다.

남편이 아내를 포기하자, 타조마루 역시 여자를 포기한다. 하지만 여자가 가만히 있지 않는다. 여자는 자신의 아내조차 지키지 못하는 것이 남자냐며 반문하고, 타조마루에게는 그동안 정체되었던 자신의 삶에 자극을 줄 수 있는 남자라고 생각했는데 남편과 다를 바가 없어 실망스럽다고 책망한다. 이러한 여인의 책략에 의해, 두 사람은 결국 결투를 시작한다. 타조마루의 증언 중에 자신이 떠나려고 했는데, 여자가 남편과의 결투를 종용했다는 증언이 있는데, 억지로 시행된 결투는 그 증언과 합치된다.

결국, 두 남자는 결투에 돌입한다. 사실 이 결투에 대해서도 증언이 엇갈렸다. 타조마루는 정당하게 23합을 겨루었다고 했고, 남편은 싸우지 않았다고 증언한 바 있었다. 하지만 초부의 증언에 따르면, 두 사람은 대결이라고 칭하기에도 창피할 정도로 엉성한 결투를 하긴 했다. 칼을 쥔 두 사람의 손은 벌벌 떨었고, 휘두른 칼은 엉뚱한 데를 치기 일쑤였으며, 멋진 자세나 고아한 품격을 잃고 '개싸움'처럼 뒤엉켰다. 그러니 그럴듯한 대결을 했다고도 할 수 없고, 그렇다고 대결을 하지 않았다고도 할 수 없는 어정쩡한 대결이었다.

결과도 엉뚱하게 갈라졌다. 먼저 주도권을 쥔 쪽은 무사(남편)였으나, 남편의 칼이 나무둥치에 끼이는 바람에, 도둑 타조마루가 얼떨결에 승리하고 만다. 어쨌든 이긴 타조마루가 멋진 결투를 했다고 주장하고, 명예로운 싸움이 아니었음에도 결국 지기까지 한 무사(남편)가 결투를 하지 않았다고 주장할 만한 사연을 지닌 전투였다. 몹시 초라한 결투였고 남에게 정확하게 내놓기 어려운 싸움이었다. 두 사람이 그 싸움 아닌 싸움에 몰두하는 사이에, 아내는 도망갈 수 있었다. 어쩌면 처음부터 아내는 두 사람이 모두 죽거나, 결투하는 틈을 노렸는지도 모른다.

세상의 모든 **나들**

전술한 대로, 초부의 증언은 다른 증언에 비해 신빙성이 높은 것처럼 보인다. 초부는 세 사람의 증언에서 각자가 합리화하거나 정당화한 부분을 도려낸 듯한 진술을 내놓았기 때문이다. 야비한 도둑, 간교한 음부, 실력 없는 무사가 감추고 싶었던 점을 들추어냈기 때문이라고도 할 수 있다. 그리고 그 이유를 해당 사항에서 얻을 것이 없는 것처럼 보이는, 초부의 입장에서 찾을 수 있을 것 같았다.

하지만 상황은 급변한다. 초부 역시 이 사건에 이해 당사자임이 밝혀졌기 때문이다. 초부가 여자의 단도를 훔친 것으로 드러나면서, 초부의 말 역시 크게 믿을 만한 것이 아닌 것으로 판명된다. 그러니 여전히 누가 옳으냐, 도대체 무슨 일이 있었느냐는 관심과 의혹이 증폭된다. 이제는 초부의 말도 신뢰할 수 없는 말이 되었고, 초부가 말한 정황도 자신의 입장에 유리하게 윤색되었다는 의심을 지울 수 없다. 하지만 따지고 보면, 이 세상의 모든 일에서 이해 당사자가 없는 해석이 있을 수 있으며, 아무도 개입되지 않은 사건이 있을 수 있겠는가. 결국 이 세상의 모든 일과 사건은 결국 그것을 대변하는 누군가의 시각과 기억에 의지할 때에만 전달, 보존, 증언될 수 있다는 점을 감안한다면, 궁극적으로 객관은 존재할 수 없다. 그저 또 다른 불특정 나들의 기억과 해석만 남을 따름이다.

3. 엇갈리는 기억의 의미

비슷한 듯하면서도 각자 다른 기억은 객관적 실체를 개인이 감지하거나 보존하거나 심지어는 정리할 수 있는가에 대한 심각한 의문을 자극한다. 〈라쇼몽〉의 발언자—목격자도 포함—들은 하나같이 자신이 유리한 입장에서 상황을 바라보고 있다. 그중에서 초부처럼 물질적 이해관계를 앞세워서 사실을 왜곡하는 입장도 있지만, 죽은 무사의 영혼처럼 현실적인 이해보다는 자신의 명예를 지키려는 무의식적 의도를 드러내는 입장도 있다. 타조마루는 자신의 죄를 감하고 정당성을 강조하기 위해서였을 것이고, 강간당한 여자는 당시 사회적 시선으로부터 자신을 보호하기 위해서였을 것이다. 물론 무사는 수치스러운 패배를 덮고 무사로서의 존엄성을 지키기 위해서였을 것이다.

이것은 비단 〈라쇼몽〉에 등장하는 일부 인물들만의 이야기는 아니다. 현실에서는 분명 하나의 사건임에도 불구하고 서로 다른 각도에서 주시되면서 마치 다른 사건처럼 진술되는 사건이 적지 않다. 한 사건을 둔 이견과 반론도 만만하지 않다. 많은 경우, 각 사건에 개입된 이들의 수만큼 다양한 의견이 개진되기도 한다. 특히 기억은 시간이 지나면서 왜곡되기 마련이어서, 심지어는 기존의 기억조차 신뢰할 수 없는 것으로 변하기 일쑤이다. 모든 것은 가변적이고 또 제한적이다. 인간은 인간으로 존재하는 이상, 한 사건의 전모나 진실을 알 수 없을지도 모른다는 기본적인 의구심에서 완전히 벗어나지 못한다.

영화 〈라쇼몽〉은 이러한 숱한 변조의 위기를 지닌/동반하는 기억에 대해 설파한 영화이다. 어쩌면 인간의 기본적 한계에 관한 통찰일 수도 있다. 우리의 기억이 개인의 특수한 조작이 아니라 본질적 조건—즉 존재하고 변명하는 기본적 행위—에서 자연스럽게 파생된다고 말하고 싶었는지도 모른다. 그렇다면 우리는 객관적 실체에 어떻게 접근할 수 있는가, 라는 근원적 질문을 다시 던질 수밖에 없다.

E. H. 카Carr가 말한 역사에 대한 해석은 기억과 실체 그리고 그 해석의 문제에 유용한 참조 사항(인식 틀)이 될 수 있을 것 같다. 역사적 사실이 고정되었다고 믿었던 시대가 있었는데, 그 시기 역사학자의 임무는 고정된 실체를 있는 그대로 기록하는 것이었다. 하지만 '있는 그대로 기록한다'는 것의 의미는 단순하지 않은 문제를 남길 수밖에 없었다. 역사적 사실은 고정된 것이 아니라는 의견이 득세하고 심지어는 역사적 사실 자체가 존재할 수 없다는 의견까지 대두되면서, 역사학자의 시각은 달라지기 시작했다. 끊임없이 변하는 실체를 가진 역사적 사실은 이미 사실—말 그대로 변하지 않는 고정된 실체—이 아니었고, 그렇다면 고정된 어떤 것으로 채록하는 것 자체가 불가능하다는 생각을 공유하지 않을 수 없었다.

〈라쇼몽〉의 살인 사건을 하나의 역사적 사건으로 간주해보자. 이 사건은 몇 사람에 의해 목격되었지만, 목격된 사람들은 서로 다른 증언을 들려주고 있을 따름이다. 분명 단 한 번 일어난 사건인데도, 그들—목격자들(역사학으로 따지면 역사학자들)이 증언하는(기록하는) 사건은 마치 서로 다른 사건으로 여겨도 무방할 정도로 차이를 보이고 있다. 그렇다면 이 살인 사건은 어떻게 판결되어야 하고, 어떻게 정리되어 기록되어야 할까.

〈라쇼몽〉의 작가는 불가능하다고 말한다. 한 사건을 바라보고 평가하는 서로 다른 시각과 입장이 반영되어 있기 때문에, 객관적 사실 자체로 접근할 수 있는 통로 자체가 존재하지 않을 수밖에 없다고 말한다. 이것은 사실이라는 고정된 실체를 편리하게 믿어버리는 일반 사람들의 의식을 각성하기 위한 의도적이고 효과적인 충격을 염두에 두었기 때문에, 실행될 수 있는 방법이기도 했다.

동일 문제 의식을 접한 역사학자 E. H. 카는 다른 방식을 제시했다. 어차피 존재하지 않는 사실이라면, 그것을 바라보는 사람의 입장에서 기술할 수밖에 없다는 사실을 인정한 것이다. 그러니까 역사적 사실은, 그 실체를 바라보는 사람(관찰자, 역사학자)에 의해 그 일면을 드러낼 수밖에 없다고 고쳐 생각한 것이다.

1492년에 일어난 일은 어떠한 사람에게는 신대륙의 발견이었지만, 그전에 신대륙을 발견했던 이들에게는 재방문에 불과할 것이고, 기껏해야 재발견에 지나지 않을지도 모른다. 더구나 애초에 그곳에 살았던 이들의 입장에서 서구인의 방문은 '발견'일 리가 없으며, '재발견'이나 '재방문'은 더더욱 될 수 없었다. 오히려 서구인의 방문은 원주민들을 향한 사실상 침략이었다. 아메리카 대륙에 대한 서구인의 침략을 부인하는 입장에서는, 이러한 사건을 혜택(문명화)이라고 옹호하겠지

세상의 모든 **나**들

만, 이방인(서구 세력)의 침입으로 죽어가는 이들에게는 재난이나 마찬가지일 것이다. 물론 혜택도 재난도 아닌 이들이 이 세상에는 존재할 수 있으며, 어떠한 이들에게는 역사적 의미를 전혀 지니지 못하는 사건일 수도 있다.

당연히, 그러한 일(아메리카 대륙에 도착한 사건)이 일어난 것이 '사실'이냐는 화두로 대두될 수 있다. 콜럼버스가 당도한 곳은 아메리카의 본토는 아니었으며, 논란이 되는 육지 깊숙한 곳도 아니었다. 1492년이라는 숫자도 논란의 여지가 있다. 어떤 사람들에게 그 시점은 조선 건국 100년에 해당하는 시간이고, 마야 사람들에게는 헤아릴 수 없는 숫자로 다시 환산되어야 할 무가치한 기호에 불과하며, 예수를 믿지 않는 이들에게는 무의미한 환산 연대일 수밖에 없다.

문제는 그 어떤 것도 역사적 사실을 고정하는 거멀못이 될 수 없다는 점이다. 오직 있다면 그 사실을 기록하는 현재 관찰자의 시야와 위치일 따름이다. 1492년을 아메리카에 문명을 전파한 원년으로 여기는 이들에게는 이 해가 지리상의 획기적인 발견을 이룬 해이겠지만, 현재의 가난하고 붕괴된 남미 대륙의 운명을 안타깝게 바라보는 이들에게는 문명의 패착이 연원한 시점일 테니 말이다.

이처럼 어떤 시점에서 어떻게 바라보느냐에 따라, 하나의 사건이라고 믿었던 실체는 다른 의미를 간직하게 되는 것이다. 다시, 〈라쇼몽〉으로 돌아가보자. 살인죄를 벗어나려는 이와, 강간과 이후의 사건이 자신의 책임이 아니라는 이와, 무사로서의 존엄성을 지키려는 이와, 물건 입수(절도)를 어떻게든 감추려는 이는 서로 다른 목적을 지니고 있고, 그로 인해 서로 다른 시야와 생각의 출발점을 형성할 수밖에 없었다. 그들은 자신에게 유리한 대로 기억하고 판단하고 이를 저장하여, 그 기억과 증언을 필요할 때 꺼내어 강변하는 수단으로 삼고자했다. 기억은 증거가 되고, 증거는 자신의 정당성을 입증하는 기반이 된다는 측면에서, 그들이 꺼내는 기억은 정체성의 기반이라고 할 수 있다. 즉 자신을 자신으로 만들고, 타인과 구분하는 독자적인 세계이자 능력인 셈이다.

기억이 가진 의미로 인해, 인간들은 엇갈린 심정을 방호할 수 있다. 아니 엇갈린 관점은 거꾸로 기억을 조작하거나 왜곡하거나 심지어는 창조할 수 있는 힘을 발휘할 수 있다. 그 힘으로 인해 사람들은 기억의 힘과 의미를 바라보고 정리할 수도 있다. 그러면서 기억이 항상 자신의 편이기를 간절하게 바랄 수밖에 없을 것이기 때문이다.

4. 기억 = 발언 = 시각 = '나' = 난세

기억이 발언을 만들고 고유한 시각을 형성하고 근본적으로 나를 만든다고 할 때, 기억은 나의 정체성을 형성하는 가장 큰 무기인 셈이다. 따라서 인간은 자신의 기억을 고의로 조작하려는 성향을 본능적으로 지니고 있다.

세상의 모든 **나**들

대표적인 기억 조작이 망각이다. 망각은 특정한 사건을 잊도록 만드는 작용인데, 이로 인해 불유쾌했던 과거로부터 벗어날 방안을 창출한다. 사실 프로이트의 주장대로 한다면, 망각은 기억을 없애는 작업은 아니다. 의식의 차원에서 과거의 사실이 존재하지 못하도록, 기억의 어두운 저장고라고 할 수 있는 무의식으로 내려보내는 것이 망각이다.

기억을 무의식에 가두는 작업은 억제력을 필요로 하는데, 그 억제력이 풀리거나 느슨해지는 순간 통제되었다고 믿었던 기억이 의식의 층위로 떠오른다. 가령 잠을 잘 때 꾸는 꿈이란, 억압의 힘이 느슨해지면서 강하게 속박했던 어두운 기억이 의식의 표층으로 떠오른 결과이다. 하지만 억압 자체가 완전히 사라진 것이 아니기 때문에, 꿈 안의 대상이나 원칙은 왜곡되기 마련이다. 프로이트는 꿈의 표상을 분석하여, 그 안에 내재하는 무의식의 목소리를 읽어낸 적이 있다.

착오(착각)도 기억을 바꾸는 중요한 방법이다. 기억의 일부를 자신이 원하는 방식으로 바꾸어 사실인 것처럼 믿는 행위이다. 사실 객관적으로 존재한다고 믿어지는 사실이 실제로는 거의 존재할 수 없다고 할 때, 착오는 기억과 크게 다르지 않은 정신 작용이 된다. 왜냐하면 기억을 한다는 것은 궁극적으로 개인의 착오에 의해 왜곡하거나 변조한다는 의미와 본질적으로 다르지 않기 때문이다. 모든 기억은 착오이며, 어쩌며 중요한 사실을 고의로 망각한 결과이기도 하다. 그러니 착오는 기억과 다르지 않고, 궁극적으로는 망각과도 같다.

개별적으로 살필 때에도 착오는 어쩔 수 없이 기억이 되어야 한다. 인간이 불완전한 자신의 시각과 저장 능력을 부인할 수 없다고 할 때, 이러한 착오를 통해 기억의 중요한 DNA를 보충한다. 즉 우리는 기억하는 순간, 크고 작은 착오를 감수해야 하며, 결과적으로 이러한 착오가 기억의 중요한 일부임을 인정하지 않을 수 없다.

인간은 자신이 본 것을 기억할 때, 불필요한 것은 망각할 수 있고 어떤 것은 착오로 보이는 왜곡을 통해 자신에 맞게 변형할 수 있다. 이러한 작용은 일종의 선택이고, 선택은 결국 변조와 다르지 않다. 기억이 아무리 정확하다고 해도 주관성을 피해갈 수 없는 이유는 여기에 있다. 그러다 보니 이러한 기억에 의존한 진술, 즉 발언과 생각은 조금씩 다르게 마련이며, 심지어는 크게 달라져 타인과 공유점을 갖지 못하는 경우도 빈번하게 나타난다.

〈라쇼몽〉은 기억이 얼마나 작위적인지, 그리고 그 기억을 바탕으로 한 발언이 개인마다 얼마나 큰 격차를 보이는지, 결과적으로 이러한 불완전한 기억과 발언으로 생겨난 생각이 세상(진실이 있다면)의 모습을 얼마나 왜곡하는지 적나라하게 드러내고자 한 작품이다. 개인이 자기 통제력을 갖고 진실을 말하려 해도, 진실은 진실일 수 없는 경우가 허다하다. 그러니 대부분의 인간이 진실에 접근하려는 노력보다는 자신의 입장에 맞춘 발언을 선택할 수밖에 없다는 점에서, 애초부터 진실을 따지는 일은 무의미하거나 불가능한 일일 수도 있다.

이러한 깨달음은 인간들을 불편하게 만든다. 우리가 믿는 기억이

세상의 모든 **나들**

본래부터 불확실한 것이었는데, 여기에 발언과 생각을 하는 시점에서 그 기억에 작용할 수 있는 수많은 조건들(개인적·사회적 주변 상황)까지 개입하고 있다는 점은, 우리가 보고 믿고 말하고 행동하는 것의 진위를 전적으로 신뢰할 수 없도록 만들기 때문이다.

그렇다면 그러한 기억과 발언과 생각에 기초한 나는 어떠한 존재일까. 〈라쇼몽〉은 은유적으로 이 문제에 접근하며, 어지러운 현실을 이야기한다. 바람직한 생각을 토대로 하지 못한 나들이 세상에 만연하면서, 난세가 시작된다고 믿는 셈이다. 하지만 바람직하지 못한 나들의 출현은 어제오늘의 문제가 아니며, 〈라쇼몽〉만 거론하는 문제는 아니다. 다시 말하면 그들은, 그 수많은 불확실하고 간교한 나들은 인류의 시작과 함께 했던 존재들이다. 기억을 바꾸고 변형하고 왜곡하는 나들은 언제나 있었던 나들이며, 앞으로 있을 나들이다.

그러니 난세는 우리가 사는 세상을 이르는 다른 명칭에 불과할 것이다. 결국 나에 대한 인식은 이러한 인식의 난세에 우리가 존재하고 있고, 그러한 불완전한 세계의 일부라는 점을 인정하는 데에서 출발한다. 완전한 나의 존재로부터 출발하는 것이 아니라, 불완전한 나의 실체를 수긍해야 한다는 점은, 궁극적으로 우리가 나를 파악하기 위하여 기억에 의존하기보다는 기억의 변형에 주의를 기울여아 한다는 뜻이기도 하다.

나는 내가 기억하지 못하는 곳에 있는 존재이며, 기억을 통해 다시 만들어낸 곳에서야 비로소 인식할 수 있는 존재인 것이다.

제 5 부

가면과 '나'

13

여러 겹의 가면을 쓴 '내'가
햄릿을 만들다:
가면 뒤의 가면은 '나'였다

1. 햄릿은 배우이자 연출가

선왕을 잃고 고국으로 돌아온 햄릿Hamlet은 더욱 황당한 소식에 몸을 떨어야 했다. 자신이 왕이 되지 못한 것이 그 첫 번째 소식이고, 자신의 어머니가 장례식에서 흘린 눈물도 마르기 전에 삼촌의 침대로 기어들어갔다는 것이 두 번째 소식이다.

첫 번째 비보는 감히 입 밖으로 내지 못하되, 두 번째 비보는 햄릿이 자신의 재기를 꿈꾸어야 하는 중요한 이유가 되었다. 아닌 게 아니라 흉흉한 소문이 돌고 햄릿은 삼촌 클로디어스Claudius가 형인 선왕 King Hamlet을 살해했다는 증거를 확보한다. 하지만 그 증거는 현실적 물증이 허약한 심증에 불과했다.

햄릿은 자신이 확보한 증거를 보다 강력하게 뒷받침할 필요가 있었다. 그래서 그는 한 편의 연극을 준비한다. 이러한 계획은 때마침 그의 친구들이 입궁했기 때문에 실행될 수 있었다. 햄릿은 자신의 친우이자 지지자인 그들에게 〈곤자고의 살인The Murder of Gonzago〉(일명 〈쥐덫〉)이라는 연극을 부탁한다. 그러면서 몇 가지 당부를 한다.

햄릿이 동료인 배우들에게 몇 가지 당부를 하면서 한 편의 연극 작품을 부탁하는 행위는 동료 배우이거나 연출가의 행위에 필적한다. 실제로 햄릿은 배우이기도 했는데, 이로 인해 햄릿을 현대 연출가의 원형으로 간주하기도 한다.

중요한 것은 햄릿의 부탁이 선왕의 살해와 현 정국, 그리고 자신의 복수와 객관적 물증 확보를 염두에 둔 것이었다는 사실이다. 이러한 의도는 햄릿이 직접 선택한 작품 〈곤자고의 살인〉에 이미 나타나 있다. 이 작품의 내용은 권력을 탐한 조카가 삼촌을 암살하고 삼촌의 지위와 재산 그리고 부인(숙모)을 차지하는 줄거리이다.

그러니까 이 연극을 햄릿의 입장에서 보면, 자신이 클로디어스 왕을 살해하고 클로디어스 왕에게 빼앗긴 왕권과 지위와 여인을 되찾는다는 숨은 의미를 담게 된다.

하지만 이 연극을 클로디어스 왕의 입장에서 보면, 친인을 살해하고 그의 지위와 아내를 빼앗은 자신의 범죄와 유사하다는 사실에 놀랄 수 있다. 비록 자신은 형을 죽였고, 〈곤자고의 살인〉에서는 조카가 삼촌을 죽이는 차이를 보이지만, 가까운 이의 권력과 재산을 부당한 방식으로 탈취한다는 점에서 동일하고, 가장 중요한 목적인 아름다운 애인을 가로챘다는 설정에서 유사하다고 느낄 수밖에 없다.

햄릿이 이 연극을 준비하고, 삼촌과 왕비를 초청하는 장면은 〈햄릿〉에서 애용하는 장면이 아닐 수 없다. 무대는 궁전에서, 그 내부에 새로운 연극 무대를 동반하는 극중극의 공간으로 바뀌고, 클로디어스, 거트루드Gertrude, 오필리어Ophelia, 폴로니우스Polonius 등이 참여하여 이를 구경하는 가상 무대로 설정된다.

햄릿의 위치는 오필리어의 옆으로, 배우들과 클로디어스 왕의 얼굴을 볼 수 있는 제3자의 위치이다. 현대의 연극 개념으로 환원하면, 무대와 객석 사이, 그리고 연기자와 관객 사이가 연출가의 자리이다. 연출가는 한편으로는 무대 위의 배우들과 소통하고, 다른 한편으로는 이를 바라보는 객석의 관객들을 바라본다. 연출가는 두 집단의 사이에 위치하며, 이를 통해 무대를 조율하고 객석을 참조하는 역할을 담당한다.

햄릿도 배우들의 연기를 조율하면서 객석의 클로디어스 왕의 표정을 참조한다. 클로디어스 왕은 불쾌함과 당황함을 감추지 못하고, 연극이 끝나기 전에 퇴장한다. 상황을 정확하게 이해하지 못한 거트루드는 햄릿이 왕에게 무례했다고 생각하고 사과를 종용하지만, 클로디어스 왕의 범죄에 확신을 품은 햄릿은 오히려 득의의 표정으로 응수한다.

햄릿은 연출가로서 자신의 의지를 작품 안에 투영하는 동시에, 객

세상의 모든 **나**들

석의 관객들이 자신-햄릿의 연출작에서 자신의 표정을 읽기를 권유하고 있다. 그러니까 같은 〈곤자고의 살인〉이라는 작품을 보고 있더라도, 클로디어스 왕은 암살자의 모습에서 자신을 발견하고 있고, 햄릿은 암살자의 모습에 미래의 자신의 모습을 투영하고 있는 셈이다. 거트루드 왕비 역시 권력자의 아내에서 암살자의 아내로 이전하는 여주인공(숙모에서 애인으로)의 모습에 불쾌하고 당황한 심정을 감추기는 힘들었을 것이다.

보다 과감한 〈햄릿〉(판본)에서는 오필리어 역시 클로디어스 왕과 성적 관계를 맺는 것으로 암시되는데, 만일 오필리어가 이러한 관계에 처했다면 그녀는 사랑해야 할 누군가(가령 햄릿)를 버리고 사랑해서는 안 될 사람(가령 클로디어스)에게 향하는 부도덕한 자신의 모습을 읽어낼 수도 있다.

〈곤자고의 살인〉은 아무렇게나 선택된 작품이 아니다. 〈곤자고의 살인〉을 〈햄릿〉이라는 전체 연극에서 관람하는 행위는, 그 안에서 연기하는 이들이 자신의 모습을 비추어 보는 거울과 같다. 그 안에는 자신의 흉폭한 모습, 부정한 모습, 부끄러운 모습, 그리고 꿈꾸는 모습이 담겨 있다. 그러니 그들이 극중극 〈곤자고의 살인〉을 통해 바라보고 있는 궁극의 것은 나였다.

2. '햄릿'은 '선왕 햄릿'의 일부이면서,
동시에 '삼촌 클로디어스'의 일부이다

형에 이어 왕위의 오른 클로디어스는 형수였던 거트루드를 왕비로 삼으면서 자신의 지위를 굳건하게 만들고, 뒤이어 조카였던 햄릿을 아들처럼 대우하겠다고 선언하며 다음 왕의 지위를 약속한다. 햄릿으로서는 당장의 왕위는 되찾을 수 없지만, 이러한 언질만큼은 환영할 일이 아닐 수 없다.

문제는 햄릿에게 다음 왕의 지위가 반드시 보장되지 못한다는 사실이다. 클로디어스 왕의 가장 큰 적이 자신이고, 클로디어스 왕에게 자식이 생기면 햄릿의 왕위 승계는 물거품이 될 것이기 때문이다. 더구나 클로디어스 왕에게 자식이 생긴다면, 그 어머니는 자신의 친모일 가능성이 크다. 그때 자신은 어머니나 동생과 대결해야 할지도 모른다.

무엇보다 햄릿은 클로디어스를 멸시하고 있다. 그는 위엄에 가득 찼던 선왕 아버지 햄릿에 비해, 초라하고 보잘것없는 삼촌을 택한 어머니를 크게 나무라기도 한다. 마음속으로 평소부터 클로디어스를 못마땅하게 여기거나 폄하했다는 증거일 수 있다. 그럼에도 부인할 수 없는 것도 있다. 그—클로디어스는 나—햄릿이 부러워하는 것을 가지고 있다는 사실이다.

햄릿의 아버지가 햄릿이라는 점은 햄릿이 아버지의 이름을 따르는

세상의 모든 **나**들

충실한 아들이었다는 점을 간접적으로 증언한다. 유령이 되어 나타난 선왕도 아들에게만 이야기를 걸며, 자신의 억울함을 풀어달라는 부탁을 건넨다. 그러한 측면에서 보면 햄릿은 아버지와 자신의 연계를 하나의 정통성으로 보고 있으며, 자기 동일성의 연장에서 아버지를 바라보고 있다. 즉 아버지는 확대된 자아이며, 현재 자신의 근원이다.

반대로 클로디어스는 자신과 다른 부류의 인물이다. 삼촌이라면 할아버지가 같을 수밖에 없음에도, 햄릿은 클로디어스를 비천한 신분으로 간주하고 있다. 중요한 이유는 클로디어스가 자신이 원하는 것 중 한 여인을 탈취했다고 믿기 때문이다. 자신으로서는 가질 수 없는 여인이지만, 클로디어스는 가질 수 있는 여인이 그녀이다. 바꾸어 말하면 햄릿은 클로디어스가 그 여인을 쟁취할 수 있다는 사실에 분노를 느끼고 있다. 자신에게 적용되는 금기가 그에게는 금기가 아니기 때문이다.

햄릿은 강하게 부정하지만 클로디어스는 자신의 아버지이기도 하다. 신체적 아버지가 되지는 못한다고 해도, 법률적인 아버지(어머니의 남편)가 될 수 있으며, 무엇보다 한 국가의 수장으로서 자신을 지배하는 권력을 가지고 있다. 이러한 사실을 받아들이면, 햄릿은 두 명의 아버지를 인정해야 한다. 고결했지만 죽어 지금은 그 힘이 미약한 아버지 선왕 햄릿과, 비록 자신이 존경하지는 않지만 현실에서 받들고 마음속 깊이 부러워하는 양아버지 클로디어스.

햄릿은 아버지를 자기 동일성의 연장선에서 바라보고 있다. 아버지의 죽음에 복수하는 것은 그 연장선에 있는 아들의 의무이고, 자신역시 이러한 의무를 봉행함으로써 햄릿이 햄릿일 수 있는 이유를 찾을 수 있다고 믿는다. 그렇다면 햄릿은 자기의 일부를 죽인 또 다른일부에 복수를 감행하려고 하는 셈이다.

심리학자들은 햄릿의 의식 세계를 즐겨 연구했다. 그래서 서로 다르지만, 비슷하기도 한 특징들이 속속 발견되었다. 흥미로운 것은 햄릿의 의식이 일정하지 않았으며, 서로 모순되거나 양립하기 어려운감정들로 혼합되어 있었다는 점이었다. 햄릿에게는 아버지를 향한 집착도, 아버지로부터 분리되려는 감정도 있었다. 또한, 어머니에 대한존중도 있었던 반면, 어머니를 정복하고자 하는 욕심도 있었다. 아버지를 향한 분노도 있었지만, 아버지를 향한 추모도 버리지 않았다.

이러한 관점을 더욱 강하게 견지하면, 햄릿에게는 두 개의 서로 다른 자아가 있었다고도 말할 수 있다. 하나는 죽은 아버지를 추모하는자아이고, 다른 하나는 살아 있는 아버지를 증오하는 자아이다. 두 개의 자아는 한 아버지에게는 존경의 염을, 다른 아버지에게는 경멸의염을 보내면서, 한쪽으로 아버지의 유산을 온전히 돌려받고 싶어하고, 다른 한쪽에서는 아버지의 권력을 탈취하여 소유하고 싶어한다.

이러한 두 개의 자아는 낯선 것이 아니다. 정당한 것을 정당하게실행해야 하는 자아와, 본능적으로 무언가를 탈취하기를 바라는 자아. 하나는 강력한 도덕률에 의해 작동하는 나이고, 다른 하나는 은밀한 욕망으로 숨어들어가야 하는 나이다. 〈햄릿〉에서는 이러한 서로 다른 욕망이 함께 작용하고 있었다.

햄릿은 이러한 두 개의 자아 사이에서 고민한다. 가령 형을 죽인 참회에 몸을 떠는 클로디어스 왕을 뒤에서 암습하지 못할 때에는 도덕률에 의해 작동하는 나가 우세할 때이다. 햄릿은 클로디어스의 참회에서 본능적인 양보를 선택해야 했다. 하지만 클로디어스를 무너뜨리기 위해서 연극을 준비할 때에는 인정사정없이 자신의 욕망을 향해 돌진하는 은밀한 욕망에 추동되는 나가 드러난다. 햄릿은 연극을 통해 클로디어스를 죽일 명분을 만들려는 계략가의 면모를 드러낸다.

하지만 그렇다고 해서 어느 한쪽이 다른 한쪽을 완벽하게 지배하지는 못한다고도 할 수 있다. 클로디어스 왕을 암습할 기회를 미루는 도덕률 속의 나는, 그 핑계를 클로디어스 왕이 편안하게 죽어 천국에 가서는 안 된다는 점에 대고 있다. 그러니까 클로디어스 왕이 더욱 비참하게 죽기를 바라는 사악한 나를 끌어들여, 복수를 미루고 있는 셈이다.

반대로 클로디어스 왕의 범죄를 확신하고 나름대로 복수의 명분을 만들었음에도 불구하고, 햄릿은 복수의 순간에서 늘 머뭇거리면서 감성이 아닌 이성의 측면에서 이 문제를 바라보려고 노력한다. 먼 유배지에서 돌아왔을 때에도 그는 당장 클로디어스를 죽이겠다는 의지를 표현하지 않고 있다.

햄릿은 두 개의 혹은 다중의 자아로 무장된 인물이다. 작품 〈햄릿〉

은 그 안에 있는 두 개의 중심 자아를, 하나는 친부로, 다른 하나는 양부로 표현한 셈이다. 그러니까 햄릿은 친부처럼 위엄 있고 훌륭한 인격을 지닌 인물이고자 하는 측면과, 교활하고 속셈 빠르게 자신의 것을 쟁취하는 인물이고자 하는 측면을 모두 지니고 있으며, 두 개의 서로 다른 자아가 번갈아 '그–햄릿'을 지배하고 있음을 보여주고 있다.

이러한 인식에 도달할 수 있다면 〈햄릿〉에서 보이는 것은 관객들의 거울로서의 나이다. 일반 사람들 역시 도덕률과 욕망의 폭주 사이에서 고민하고 있으며, 프로이트 말대로 하면 현실원칙과 쾌락원칙의 혼재된 틈바구니에서 자아를 운영할 수밖에 없다. 그러니 두 개의 서로 다른 인물로, 두 개의 서로 다른 자아를 보여준다고 하는 것은 지극히 객관적이고 타당한 설정이 아닐 수 없다. 〈햄릿〉이 문제적 인물로 주목받는 이유도 아마 이러한 양면성(혹은 그에 기초한 다면성)이 '우리–각자의 나'와 상통하기 때문일 것이다.

3. 또 다른 햄릿, 포틴브라스

〈햄릿〉의 공간적 배경이 되는 덴마크 왕실에는 선왕 햄릿의 죽음과 함께 불어닥친 정치적 위기가 있었다. 워낙 선왕 햄릿이 죽은 이후 격변의 시간을 보내다 보니, 이러한 위기는 크게 부각되지 않았지만, 〈햄릿〉의 초반부에 그 위기는 포틴브라스Fortinbras의 등장으로 가시화된 바 있었다.

포틴브라스는 덴마크의 숙적인 노르웨이의 왕자로, 여러모로 햄릿과 연관성을 지닌 인물로 비교된다. '그-포틴브라스'는 개혁적인 면모를 지닌 인물로, 폴란드로 가는 길을 빌린다는 명분을 들어 엘시노르를 통과하고자 한다. 그리고 왕족이 골육상쟁을 벌이고 멸족한 덴마크 왕실의 참상을 목격하고 이를 수습하는 인물로 재등장한다. 선왕 햄릿과 그 뒤를 잇는 왕자 햄릿, 그리고 왕자 햄릿의 가치관을 존중하는 후대의 왕으로 꼽히는 인물이 이 포틴브라스인데, 개혁(왕자 햄릿)과 희생(선왕 햄릿)의 중간적 존재라는 점에서 주목되는 인물상이 아닐 수 없다.

포틴브라스의 성격은 흔히 햄릿의 성격과 상반된다고 보는 견해가 지배적이다. 포틴브라스는 주도면밀하고 실천적이라는 점을 들어, 상대적으로 햄릿은 우유부단하고 실천적이지 못하다고 여기기 때문이다. 하지만 햄릿 역시 순수한 면과 함께 간교한 면을 지니고 있으며, 우유부단하기는 하지만 동시에 과감한 측면도 지니고 있다. 햄릿이 클로디어스 왕을 죽이는 마지막 결투 장면은 우발적이기는 하지만 그가 실천하지 않는 인물이라는 견해를 불식시키는 증거이기도 하다.

포틴브라스가 햄릿과 차이를 보인다는 견해는, 곧 여러모로 포틴브라스가 햄릿의 위치와 역할을 이어받는다는 뜻으로 해석될 수 있다. 실제로 햄릿이 죽어 왕위 계승이 끊어진 덴마크 왕가의 새로운 통치자로 그가 등장한다는 사실은 포틴브라스가 햄릿의 임무를 이어받은 인물임을 뜻한다.

가령 포틴브라스의 이러한 특징을 부각하여 햄릿의 또 다른 자아로 볼 수 있다면 어떠한 결과를 얻을 수 있을까. 전술한 대로 햄릿은 자신의 두 개의 자아를 통합하기 위해서 애쓰던 중 자신도 사망했다. 죽은 아버지의 모습과, 죽일 아버지의 모습을 동시에 추구했다는 사실은, 한 사람의 자아가 성립되기 위해서 수많은 자아가 동원되어야 한다는 사실을 뜻한다.

햄릿 역시 완성된 자아라고 하기 어렵기 때문에, 그 이후에 오는 또 다른 자아는 햄릿이 간직한 특성과 그 이후의 특성을 통합해야 할 필요를 느낀다. 햄릿이 우유부단했다면, 햄릿 이후의 자아는 실행적이어야 하고, 햄릿이 과감했다면, 햄릿 이후의 자아는 신중하면서도 용의주도해야 했다. 포틴브라스는 실제로 이러한 성향을 지닌 인물로 그려진다.

관객 입장에서 보면, 햄릿은 자신 안에 있는 하나의 자아에 해당한다. 그-햄릿의 모습은 우유부단하지만 때로는 과감했고 말만 앞세운 것 같지만 어떠한 순간에는 충격적인 일을 결행하기도 했다. 보다 신중하거나 더욱 과감했다고 믿어질 수 있는 부분이 있으며, 무엇보다 죽지 않고 삶을 이어가는 모습이 필요했다. 포틴브라스는 이러한 햄릿 이후의 자아, 즉 햄릿이 감당할 수 없었던 또 하나의 나를 보여주는 인물이다. 그러니까 〈햄릿〉의 마무리는 '햄릿적'인 측면과 '햄릿 바깥'의 측면이 다시 통합되는 양상을 보인다고 해야 한다.

셰익스피어가 햄릿을 어떻게 창조했는지는 논란이 분분하다. 하지만 연출가들은 기존의 〈햄릿〉을 통해, 현실의 관찰자들이 원하는 햄릿을 찾아내고자 노력해왔다. 가령 로런스 올리비에Laurence K. Olivier가 연출한 1948년 작 〈햄릿〉은 중후하고 고전적인 인물 햄릿을 내놓았다면, 프랑코 제피렐리Franco Zeffirelli가 연출한 〈햄릿〉은 햄릿(멜 깁슨)을 교활하고 사악한 측면이 강조된 인물로 만들었다. 어떠한 햄릿은 우유부단한 점이 강조되지만, 어떠한 햄릿은 몽상가로서의 연기자적인 측면이 강조되기도 한다. 이러한 차이점은 연출가가 바라보는 햄릿의 다면성을 어떻게 끌어낼 것인가에 달려 있으며, 이러한 연출가의 해석은 동시대의 상황과 해석 그리고 관객들의 기호와 필요에 따라 영향을 받는다고 해야 한다.

그만큼 햄릿은 다중의 나로 이루어진 캐릭터이다. 사실 햄릿을 이러한 **나**들의 집합으로 만든 것은 셰익스피어 이후 이어진 〈햄릿〉에 대한 관심과 연구 때문이며, 이를 통해 더 많은 **나**를 이 캐릭터에 투영하려고 했던 숱한 예술가와 대중의 노력이다. 그들이 자신이 아는 **나**를 그 안에 밀어 넣었고, 우리가 들여다보기를 원하는 '햄릿' 안에는 이러한 흔적이 정신의 지층처럼 쌓여 있는 것이다. 더욱 놀라운 것은 앞으로도 더욱 많은 이들이 자신들의 **나**를 그 안에 끼워 넣으려 할 것이라는 점이다.

4. 가면 뒤의 가면은 항상 '나'였다

햄릿에 덧씌워진 가면은 여러 겹이다. 사실 작품 〈햄릿〉은 햄릿에 씌워진 가면들을 하나의 캐릭터로 만들었다고 해도 과언이 아니다. 뒤집어 말하면 〈햄릿〉 속의 등장인물은 햄릿이 써야 할 가면이기도 했다. 그러니까 가면 뒤의 얼굴은 햄릿이었고, 그 햄릿 역시 일종의 가면이었다.

이러한 가면의 역할에 대해 영화적으로 집착한 작품이 〈야연夜宴〉(펑샤오강)이다. 〈야연〉은 〈햄릿〉의 설정을 그대로 활용했지만, 주인공 햄릿의 위치에 거트루드 왕비의 자리를 마련했다. 그리고 거트루드의 입장에서 바라본 한 왕가의 몰락과 암투를 그려내고 있다. 그래서 심리적 복선은 이 여인의 것이 되며 관찰자의 시선도 이 여인의 눈을 거칠 수밖에 없게 된다.

그녀의 눈에 비친 햄릿은 사실 인간 세상의 어떤 특별한 이야기라기보다는, 인간들이 살아가는 욕망을 한껏 머금은 일상적인 이야기에 가까웠다. 적어도 〈야연〉은 그러한 방식으로 햄릿과 그 주변의 욕망을 보고 있었다.

종species이라는 개념의 서구적 기원은 거울과 같다고 한다. 그러니까 거울을 보듯 "마주보면서 서로를 인정하는 것"을 '종'이라고 했고, "서로를 봄으로써 자신을 아는 것"이 같은 종이라는 것이다. 장-미셸 우구를리앙은 이러한 거울의 효과를 가지고 인간의 종과, 그 종을 마

　　　　　　　　　　세상의 모든 **나**들

주보게 하는 거울의 효과를 설명한다. 그러니까 종은 모든 차이를 넘어서 유사한 것들을 가진 존재의 묶음이다.

이러한 종의 묶음에 '햄릿종'도 포함시킬 수 있다. 왜냐하면 햄릿의 내부에는 또 다른 햄릿, 그의 아버지 햄릿, 그의 삼촌 햄릿, 심지어는 여인 햄릿도 가능했기 때문이다. 그들은 같은 종이었고, 거울 앞에서 유사성을 찾을 수 있는 인간의 무리였다. 그래서 그들은 거울 앞에서 물러난 이후에는 가면을 써야 했다. 그 유사성 못지않게, 그 동질성 못지않게 위험한 자신을 가려야 했기 때문이다.

14

가면 뒤의 거울은 '나'를 비추고 있었다:
'나'는 스파이더맨이어야 했다

1. 〈버드맨〉 속 〈스파이더맨〉

영화 〈버드맨Birdman〉에는 〈스파이더맨Spider-Man〉에 대한 주목할 만한 언급이 있다. 일단, 그 시점은 프리뷰 셋째 날로 거슬러 올라간다. 마지막 등장―에디 역을 맡아 전처 테리(레슬리)가 애인과 함께 잠든 모텔을 찾아가 자살하는 장면―을 앞두고 있던 리건 톰슨은 스태프 출입구가 닫히는 바람에, 극장 바깥을 돌아 객석을 거쳐 무대로 진입해야 하는 웃지 못할 상황을 연출해야 했다. 그때 뉴욕 거리에서는 축제가 한창이었고 축제 인파 중에는 스파이더맨 코스프레를 한 시민도 포함되어 있었다. 속옷 차림으로 거리를 활보하는 리건 톰슨은 곧 축제 인파의 주목을 받게 되었고, 스파이더맨 복장의 시민도 리건 톰슨을 따라 걷는 해프닝이 일어났다.

바쁘게 걷는 리건 톰슨(버드맨)의 등뒤로 스쳐 지나간 스파이더맨의 이미지는 다시 〈버드맨〉에 등장한다. 두 번째 등장 시점은 그다음 날 (공연 개막일) 리건 톰슨이 권총 자살을 시도한 후, 의식이 흐려지는 장면이었다. 오프닝부터 길게 이어온 화면이 커트되면서, 리건 톰슨이 쓰러진 무대 위에는 각양각색의 영화 이미지가 명멸한다. 그중에 스파이더맨도 포함되어 있다. 스파이더맨은 다수의 블록버스터 영화 주인공과 함께 등장했고 또 그렇게 사라졌다.

〈버드맨〉에서 스파이더맨의 흔적은 다른 각도에서도 찾을 수 있다. 프리뷰 셋째 날과 개막 당일 사이의 아침에 리건 톰슨은 거리에서 깨어났고, 역시 어딘가로 바쁘게 가야 했다. 하지만 그는 막상 거리에 남아야 하는지 — 어차피 망할 것이기에 연극 출연을 포기할 수도 있었다 — 아니면 더 비참한 상황에 처하기 전에 건물 옥상에서 자살을 해야 하는지, 그도 아니면 지금까지 그러했던 것처럼 극장으로 돌아가야 하는지, 분명한 선택을 하지 못하고 갈등하고 있었다.

그때 그는 환상처럼 초인적인 용기와 힘을 얻었고, 뉴욕의 하늘을 날아 목적지로 돌아가는 귀환로를 쟁취하듯 찾아냈다. 이때 카메라는 옥상에서 함께 있었던 남자의 시점으로 리건 톰슨이 뉴욕의 하늘을 비행하는 〈어벤져스Avengers〉 같은 쇼트를 포착했고, 이어서 리건 톰슨을 따라 뉴욕 건물 사이를 이동하는 시점 쇼트도 시도하였다. 후자의 쇼트는 마치 〈스파이더맨〉에서 그려낸 것처럼, 고층 빌딩 사이를 아슬아슬한 높이로 이동하는 느낌을 자아냈다. 이것은 날지는 못하지만 건물 사이를 요동치듯 움직이는 스파이더맨 특유의 시각을 보여주는 화면이라 하겠다. 그래서 평소 〈스파이더맨〉을 눈여겨보았던 이라면, 해당 영화에서 전매특허처럼 보여주었던 뉴욕 거리의 시점 쇼트를 덤으로 구경할 수 있었다.

한 가지 아이러니한 사실도 〈버드맨〉과 〈스파이더맨〉을 묶는 근거로 추가될 수 있다. 사실 이것은 표면적으로는 우연이었지만, 내용을 보면 필연일 수도 있는 작은 사건이었다. 블록버스터 영화에서 제외된 자신의 처지를 한탄하며 그토록 재기를 꿈꾸던 리건 톰슨 역을 맡아 연기했던 마이클 키턴이, 〈버드맨〉 출연 이후 대표적인 블록버스터 영화 〈스파이더맨Spider-Man: Homecoming〉(2017)에 출연한 것이다. 물론 이때의 〈스파이더맨〉은 〈어벤져스〉 시리즈로 묶여 있는 속편이었기에, 〈버드맨〉에서 끊임없이 언급되던 〈어벤져스〉와의 연계성마저 찾을 수 있게 되었다.

배우 마이클 키턴의 〈스파이더맨〉 출연은 영화 미학적으로는 관련이 없는 사안이겠지만, 본질적으로 리건 톰슨 역의 연기자를 슈퍼히어로 영화의 후광 속에서 찾았던 〈버드맨〉의 연출 입장에서는 어쩌면 내적으로 연결될 수밖에 없는 결과라고도 할 수 있다. 블록버스터 영화 속에서 잊힌 배우가 예술적으로 완성된 작품을 거쳐 다시 할리우드가 주목하는 배우가 되려는 욕망은 〈버드맨〉의 리건 톰슨이 꿈꾼 욕망이자 퇴물로 취급되는 배우들이 공통으로 꾸는 꿈이기도 하기 때문이다.

세상의 모든 **나**들

2. '나'를 비추는 '거울'에서 '나'를 가리는 '가면'으로

그렇다면 알레한드로는 왜 이러한 〈스파이더맨〉의 존재와 영향 관계를 암시하는 듯한 직간접 발언(영상)을 〈버드맨〉 내에 투영한 것일까. 이를 찾기 위해서는 〈스파이더맨〉의 내용을 다소 진지하게 들여다볼 필요가 있다.

마블의 인기 만화 가운데 〈스파이더맨〉은 일찍부터 영화화된 사례에 해당한다. 특히 2000년대에 들어서면서 세계적인 블록버스터 영화로 제작되는데, 이것은 〈스파이더맨〉의 인기가 다른 '마블'의 만화 캐릭터에 비해 독보적으로 높았기 때문이었다. 2002년에 개봉된 이 〈스파이더맨〉 시리즈는 일단 3편까지 제작되었는데, 속편에 해당하는 〈스파이더맨 2〉가 2004년에, 3부작의 마무리에 해당하는 〈스파이더맨 3〉가 2007년에 개봉되었다. 이 세 편의 〈스파이더맨〉은 2000년대 세계 영화 시장을 뜨겁게 달구었다. 세 편 모두 토비 매과이어Tobey Maguire가 주연을 맡았는데, 매과이어가 역을 맡은 피터 파커가 고등학교를 졸업하고 맨해튼에서 살아가면서 아르바이트를 구하고 대학을 다니는 일련의 청년기(성장기)를 배경으로 삼고 있다. 이후 〈어벤져스〉 시리즈에서도 이러한 유/청소년기 시절을 동일하게 수용할 정도로, 이러한 시간적 배경은 성장의 의미를 강하게 담보하고 있었다.

성장 과정에서 피터 파커는 슈퍼히어로의 힘을 획득하지만, 자신의 또 다른 자아를 인지하고 그 자아와 맞서는 경험을 넘었을 때에만 그 힘을 제대로 사용할 수 있는 최후의 난관도 동시에 인식하게 된다. 그래서 그는 큰 힘을 소유한 특별한 소년이 되었지만 동시에 그 힘을 올바르게 사용할 줄 아는 어른은 되지 못한 시기를 몸소 체험해야 했다. 동시에 진정한 영웅으로 거듭나기 위하여, 자기 안의 또 다른 자아를 융합해야 하는 임무도 수행해야 했다. 〈스파이더맨〉 한 편 한 편은 이러한 성장의 과정과 맞물려 있는데, 결국에는 〈스파이더맨 3〉에서 이러한 도정에서 심각한 실패를 겪으면서, '나―스파이더맨'과 '또 다른 나―또 다른 스파이더맨'의 분열을 피하지 못하고 만다. 단순히 한 개체 안의 갈등하는 자아가 아니라, 격렬하게 대립하고 선악의 가치를 나누어 갖는 극단적인 분열마저 겪어야 했다.

사실 2000년대 〈스파이더맨〉 시리즈는 외부의 적만큼―블록버스터 영화로서의 호쾌한 전투와 스펙터클을 제공하기 위해서 일종의 문법처럼 활용되었다―치열한 내부의 적을 상정하고 자아와의 싸움을 주요하게 부각하고자 한 경우였다. 그래서 영화가 "WHO AM I?"의 질문으로 시작하고, 시리즈 곳곳에서 나와 또 다른 나의 대립을 상정하는 일도 낯설지 않았다. 그리고 각 편의 〈스파이더맨〉에서는 최초의 질문에 대답이라도 하려는 듯, '스파이더맨의 임무와 정체성을 망각하지 않고 책임감을 갖추고 있는 나'의 모습을 보여주고 내면의 다짐을 들려주고자 한다. 내적으로 고백하는 듯한 어투을 활용하여, "내가 누구인지 말할 수 있는" 스파이더맨을 보여주려고 한 것이다. 이것은 〈스파이더맨〉에서 일종의 주제의식으로 작용하고 있다.

　　　　　　　　　　　　　　　　　　　　　세상의 모든 **나**들

사정이 이렇다 보니, 늘 피터 파커는 자기 자신 본인의 삶을 살고 싶다는 욕망(바람)과, 피터 파커 개인만으로 살 수 없다는 욕망(의무) 사이에서 갈등과 길항을 반복하는 인물로 그려진다. 이 역시 〈스파이더맨 1~3〉에서 동일하게 나타나며, 심지어는 스파이더맨의 적대자들에서도 내적 자아와의 분열 양상이 나타나고 있다.

　가령 〈스파이더맨〉의 안타고니스트 '그린 고블린'은 큰 회사의 책임자로서 살아야 하는 처지로 인해, '기업가 오스본'과 '악당 그린 고블린' 사이에서 고민하는 존재로 그려진다. 낮에는 양복과 예절을 갖춘 신사로 행동하지만, 내면에 숨겨진 사악하고 이기적인 욕망이 폭발하는 밤, 즉 폭력의 시간에는 악당으로서의 정체를 드러내곤 한다. 그래서 두 사람은 서로를 잊기를 바라고, 서로를 무시한 채 그렇게 낮과 밤의 시간을 나누어 살았다. 하지만 두 자아이지만 원래 한 개체였기에, 오스본이자 그린 고블린은 거울 앞에 서야 했다.

　거울 속의 두 자아—오스본이 바라보는 거울 속에 사악한 자신의 모습이 떠오르는 장면—는 상대를 응시하면서, 각각의 자신이 그렇게 행동할 수밖에 없는 이유를 변명한다. 한 개체 속의 두 자아로 요약되는 거울 속 대화는, 인간의 내면에서 끊임없이 일어나는 욕망의 서로 다른 지향으로 인해 자아의 두 측면이 겪는 갈등을 시각적으로 형상화하고 있다. 두 사람의 대화는 결국 갈등이며, 번민인 것이다. 그리고 진통 끝에, 뉴욕의 성공한 사업가이자 해리의 아버지인 노먼 오스본은 살인과 폭력에 대한 욕망을 이겨내지 못하고, 거울 속에서 사악하게 웃고 있는 그린 고블린의 유혹에 넘어가고 만다. 오스본의 내면을 그린 고블린이 장악한 것이다.

대저택에서 외롭게 살며 자신만을 대면해야 하는 노먼 오스본이자 그린 고브린 역할을 인상적으로 수행한 윌럼 더포Willem Dafoe는 특유의 연기력으로 한 개체 속의 두 자아를 화면 내에 현실화하였다. 거울을 왕복하며 두 자아를 교차하는 카메라의 시선은, 선과 악이라는 두 대립 축으로 내면의 길항을 요약하고 있다. 비록 거칠고 편향적으로 재단된 선악 대결은 흠이 아닐 수 없지만, 인간의 마음속에 존재하는 두 가지 자아를 끌어냈다는 점에서는 세간의 평가보다는 후한 점수를 받아야 하는지도 모른다.

한편, 이러한 악당 고블린의 자아 분열, 혹은 이중 자아의 양상은 스파이더맨에게도 적용될 수 있다. 피터 파커는 자신만의 이익을 구하다가 삼촌의 죽음을 막지 못했다는 죄책감을 체감하고 난 이후에, 선善으로서 스파이더맨으로의 삶에 전념하고자 한다. 하지만 그의 마음속에는 불평과 아쉬움이 적지 않다. 특히 〈스파이더맨 2〉에서는 남을 위하는 행동, 즉 〈스파이더맨〉에서 '큰 힘에 따른 책임감'에 회의하는 마음마저 일소한 것은 아니었다.

뉴욕의 어지러운 거리 질서를 바로잡는 일에 치중하다 보니, 어느새 그-피터 파커는 똑똑하지만 게으른 학생이 되어 있었다. 수업에 번번이 늦고 과제물을 제때 제출하지 못해, 담당 교수에게 핀잔을 듣기 일쑤였다. 그뿐 아니었다. 피자를 정시에 배달하지 못해 값을 받지 못하고—놀라운 속도로 교통이 엉망인 뉴욕 거리를 질주하는 스파이더맨이었음에도 말이다—결국에는 아르바이트(자리)를 잃고, 살던 집에서 쫓겨날 위기에 처하기도 했다. 여자 친구와의 관계도 애매해서, 늘 늦고 무언가를 감추고 변명을 끊임없이 늘어놓아야 하는 한심한 처지로 몰리고 있었다.

물론 이러한 문제는 남에게 함부로 털어놓지 못하는 또 다른 삶, 즉 스파이더맨으로서의 삶과 임무에서 기인한다. 이로 인해 남과 소통하고, 사회적으로 공인된 피터 파커의 삶은 엉망이 되고 말았다. 피터 파커의 입장에서는 악당과의 대결도 문제이지만, 숨겨진 나와의 보이지 않는 전투 또한 치러야 하는 상황이었다.

이때 남에게 보일 수 없는 또 다른 나와의 전쟁은, 가면의 전쟁으로 요약될 수 있다. 피터 파커는 가면을 쓰고 스파이더맨이 되어야 했으며, 그로 인해 가면을 벗은 삶과 또 다른 삶을 챙겨야 하는 이중고를 벗어날 수 없게 된다. 스파이더맨은 가면을 쓰고 본래의 자아를 가리고 있을 때에만 존재할 수 있는 인물이기 때문이다. 이 문제를 〈스파이더맨〉 시리즈에서 매우 심각하게 다루는데, 특히 이에 대한 민감한 자의식을 발동한 〈스파이더맨 2〉에서는 가면을 벗어도—지하철에서 시민을 구하고 쓰러질 때와 메리 제인에게 정체를 들킬 때—그 정체와 실체를 지킬 수 있다는 역설에 도전하기까지 한다. 이러한 사건을 예외적인 상황으로 인정한다고 해도, '정체를 들키지 말아야 하는 자(아)'와 '그 정체를 드러내고 싶은 자(아)' 사이의 갈등과 길항까지 소거할 수는 없어 보인다.

결국, '피터 파커'와 '스파이더맨'은 서로 양립할 수 없는 세계를 나누어 살아야 하는 자의 운명을 따르고 있었고, 그 혼란을 방지하기 위하여 스파이더맨은 더 철저하게 가면을 써야 했다. 그러니 어쩌면 스파이더맨이 쓰는 가면 자체가 혼란이었다고 해야 한다. 그린 고블린과 최후의 대결을 벌일 때 스파이더맨의 가면은 반쯤 파괴되어 있었고 그로 인해 그린 고블린의 가면을 벗은 노먼 오스본과 실체로서 마주할 수 있었다. 하지만 그 결말은 더 큰 혼란이었다. 노먼 오스본은 가면을 벗어도 그린 고블린의 사악한 마음을 잊지 않았고, 항상 적의 안위까지 염두에 두었던 스파이더맨이었지만 가면을 벗은 상태에서는 그린 고블린의 죽음을 막지 못했다.

영화에서는 갑작스러운 오스본(그린 고블린)의 공격에 피터 파커도, 스파이더맨도 위기에서 벗어나는 데에 급급했다는 식으로 살인의 당위성을 마련했었다. 하지만 당시 상황에서 피터 파커도, 스파이더맨도 그린 고블린이자 노먼 오스본에 대한 처리(생포와 척살 사이)를 두고 명확한 결정을 내리지 못한 상태였다. 그저 가면을 벗고 싶은 욕망에는 충실했지만, 가면이 벗겨진 이후의 세상에서, 어떻게 자신을 다시 감추어야 하는지에 대해서는 확신을 갖지 못하고 있었기 때문이다(그린 고블린은 스파이더맨의 정체를 알고 있었다). 그렇다면 가면 안의 얼굴을 알고 있는 노먼 오스본과는 함께 살아야 할 이유가 많지 않다고 해야 한다. 설령 스파이더맨이 관대함을 발휘한다고 해도, 영화 서사에서 그의 관대함은 상당한 후환後患을 예고할 수밖에 없었다. 영화는 이 장면을 그린 고블린의 죽음으로 처리하여, 동시대의 시점에서 스파이더맨의 정체를 아는 이들을 제거했고, 이로 인해 피터 파커는 스파이더맨의 혼란 속으로 다시금 걸어 들어가야 했다.

영화 밖의 전언까지 포함한다면, 가면을 벗고 정체를 노출할 기회가 찾아왔음에도, 피터 파커의 숨겨진 자아는 다시 가면이라는 위장으로 숨어야 하는 운명을 말하고자 하는지도 모른다. 가면을 쓰고 벗는 것은 그 자체로 운명이었고, 또 혼란이었다. 우리는 그 혼란과 고통에서 벗어나기 위하여 가면 뒤의 얼굴이나 그 세계의 비밀을 끊임없이 발설하고자 하며, 또 다른 타인의 그러한 얼굴이나 그 뒤의 비밀을 탐문하고자 하는지도 모른다. 그래서 〈스파이더맨〉 시리즈에서는 가면을 쓰지 않은 자아를 보여주려는—가면을 썼다가 그 가면이 파괴되는—장면이 빈번하게 포함되어 있다. 그것은 궁극적으로는 가면을 벗고 싶은 욕망을 상징한다고 하겠다.

3. '나'를 가리는 '가면'에서 '가면' 뒤의 '나'의 그림자로

이때의 가면을 사회적 페르소나로 확장하면, 가면을 벗고 싶어하는 욕망을 지닌 스파이더맨은 현대인의 표상으로 보아도 무방하다(스파이더맨의 고뇌뿐만 아니라 무소불위의 능력도 우리 사회는 현대인들에게 요구하고 있지 않은가). 인간이 문명을 건설한 이후, 그 안에서 살기를 원하는 구성원은 타인과 집단 그리고 구성원 전부에게 일정한 약속을 해야만 했다. 그것은 자신의 욕망을 있는 그대로 실현하려 해서는 안 되며, 적어도 타인의 안녕과 자유를 침해하지 않는 한도 내에서 자신의 욕망 역시 보장될 수 있다는 약속이었다.

이러한 약속은 예절, 법률, 에티켓, 관습, 도덕 등의 이름으로 남게 되는데, 그 요점은 자신 안의 또 다른 자아를 가두고 그 자아가 함부로 날뛰는 세상을 만들지 않겠다는 자타의 이중 강제라고 하겠다. 야훼가 세상에 내려보냈다는 십계명도 그중 하나이고, 함무라비 법전도 그러한 약속의 일종이다. 강력한 힘을 가지고 있다고 해도 이를 남발해서는 안 된다는 개인적 윤리로서의 책임감도 포함될 수 있겠다.

스파이더맨이 된 피터 파커는 가면 아래 자신의 정체만 감추는 것이 아니라, 다른 사람들과 더불어 살기 위해서 감추어야 할 욕망도 함께 가두었다. 그리고 그것을 책임감으로, 희생으로, 그리고 함께 살기 위한 최소한의 명분이자 약속으로 실천하고자 했다. 즉 스파이더맨은 피터 파커가 이웃과 함께 살기 위하여 지켜야 할 약속이었고, 자신의 또 다른 자아를 가두는 구속이었고, 이 모든 것을 수용하기 위한 책임감이었다. 하지만 이 책임감은 답답한 것이었고, 무엇보다 자연스러운 것만은 아니었다.

인간은 책임감으로 살아야 하는 시간과 함께, 책임감에서 자유로운 시간을 함께 요구한다. 전자의 시간이 일상과 노동과 규칙의 시간

세상의 모든 **나**들

인 속俗의 시간이라면, 후자의 시간은 욕망과 쾌락과 일탈의 시간인 성聖의 시간이라고 할 수 있다. 피터 파커이자 스파이더맨은 두 개의 시간을 모두 가져야 했지만, 슈퍼히어로로서 앞의 시간이 지나치게 강해지면서 특별한 시간인 성의 시간은 점차 망각되기에 이르렀다.

2000년대 〈스파이더맨〉 시리즈에서 가장 태작이기는 하지만 〈스파이더맨 3〉에서는 이러한 특별한 욕망의 시간이 강하게 투영되어 있다. 〈스파이더맨 3〉에서는 거리를 마음껏 활보하면서 욕망의 사치를 부리고 자신의 뜻대로 인간들 속에서 살려는 방종한 스파이더맨(블랙 스파이더맨)의 모습이 잠시나마 묘사되어 있다.

스파이더맨의 시간을 삭제하고 피터 파커 개인의 시간을 더 많이 확보하려는 노력이 〈스파이더맨 2〉에 주요하게 나타났다면, 피터 파커의 시간을 포기하는 대신 스파이더맨으로서의 자유를 만끽하고 어떠한 방식으로든 그 강대한 힘을 즐기고자 하는 모색이 〈스파이더맨 3〉에서는 돌출했다.

피터 파커나 스파이더맨 모두는 하나가 다른 하나를 완전히 소거하는 결과는 바람직하지 못하고, 개인적(성) 시간이든, 의무적(속) 시간이든, 하나만 누리는 시간이 불완전하다는 결론에는 동의하고 있다. 그래서 이 영화는 블록버스터의 교훈적 메시지를 벗어나지 못하지만, 그 과정만큼은 기존 블록버스터 슈퍼히어로의 영화가 좀처럼 도달하지 못했던 '내 안의 전투'를 그리는 데에는 일정한 참신함을 가지고 있다고 해야 한다.

이때의 화두는 대부분 가면에 관한 것이었고, 이의 확장(판)인 페르소나와 관련된 것이었다. 가면을 쓰고 사느냐 아니면 그 가면을 벗고 사느냐, 혹은 가면을 쓰는 삶에서 무엇을 추구하고 누구와 균형을 이룰 것이냐의 문제를 다루고자 했던 셈이다. 이러한 문제는 결국 가면을 벗고 쓰는 문제가, 한 자아와 다른 자아를 파악하는 문제와 다르지 않다는 결론을 향해 가고 있었다.

그리고 그 귀결점에는 '반드시'라고 말해도 좋을 만큼, 거울이 동반되고 있었다. 노먼 오스본이 그린 고블린과 마주 서야 하는 장면만큼 동일한 장면이, 그의 아들 해리가 똑같은 거울 앞에서 복수를 꾀하는 광신도로 변모하는 장면일 것이다. 해리는 스파이더맨이 자신의 아버지를 죽였다는 분노로 자신을 가누지 못하고 또 다른 그린 고블린이 되기로 결심한다. 거울 앞에서 복수를 해야 하는 피터 파커가 자신의 친구이자 브라더라는 사실은 쉽게 망각된다.

이것은 해리의 문제만은 아니었다. 똑같은 성장기를 지나고 있는 메리 제인 왓슨이나 피터 파커에게도 이 문제는 역시 동일하게 적용된다. 그들은 거울 앞에 서야 하는 운명을 지닌 미성숙한 개체였기 때문이다. 이것이 〈스파이더맨〉의 배경을 어른들의 세계나 성인 이후의 삶으로 초점화하지 않은 이유이기도 하다.

메리 제인은 배우가 되기를 원했고, 결국에는 관객 앞에 서는 연극(뮤지컬) 배우로 성장한다. 극장은 삶의 양태를 비추는 거울이고, 그 안에 모인 관객은 다른 이들의 삶을 구경하며 그 안에 있는 자신의 모습을 찾아내는 이들이다. 극장은 시대와 우리의 거울이고, 배우와 관객은 무대를 사이에 둔 일종의 동일 자아들의 전시장이다. 그들은 자신들의 모습을 찾기 위하여 한쪽에서는 극장을 찾고 다른 한쪽에서는 극장에 선다. 메리 제인은 늘 자신의 삶을 살고 싶다고 했고, 그래서 그녀의 유년은 불화와 가난 속에 있는 집으로 묘사된다.

피터 파커는 그러한 그녀의 성장과 어두움을 목격하면서 함께 자랐고, 그래서 얇은 담장으로 마주 보며 살아가는 두 삶을 누구보다 잘 이해하는 거울 앞에 선 이였다. 그—피터 파커에게 옆집의 메리 제인은 관심의 대상이었는데, 아무래도 그 이유는 불우하고 불완전한 두 사람의 닮은 꼴 유년/청년기의 모습 때문이라고 해야 한다. 〈스파이더맨〉에서는 피터 파커가 메리 제인을 그토록 오랫동안 사랑했던 이유에 대해서도 명확하게 말하지 않고 있고, 메리 제인 역시 자신도 모르는 사랑을 그토록 끈질기고 오랫동안 유지해야 하는 이유에 대해 납득하지 못하고 있다.

다만 그들은 서로가 서로의 삶을 잘 이해하고 있다는 사실을, 오래 전부터 알고 지냈고, 오랫동안 학교를 다니면서 상대의 따뜻한 마음씨와 자신에 대한 호감을 느끼고 있었다는 식으로만 그 이유를 설명하고 있다. 한 가지 중요한 맥락을 덧붙인다면, 그들이 상대의 정체를 오래전부터 알고 있었다는 사실도 포함시켜야 할 것이다. 그 정체가 스파이더맨으로 사는 피터 파커의 비밀인지, 그 누구도 자기 안에 남에게 함부로 털어놓을 수 없는 또 다른 자아를 가질 수밖에 없다는 진

실인지 분간하기 힘들지만, 그들—피터 파커와 메리 제인—은 비밀
과 진실 사이의 차이점을 역시 오래전부터 상관하지 않고 있었다.

이러한 방식은 "나는 너다"라는 동양식 관념을 불러일으킨다. 피터
파커는 메리 제인을 보면서 자신의 모습을 보고 있었고, 메리 제인 역
시 피터 파커의 찌질하고 우울한 모습 속에서 자신의 일부를 발견하
고 있었다. 그래서 힘이 세지고 세상에 널리 알려진—피터 파커는 스
파이더맨이라는 가면으로, 메리 제인은 배우라는 가면으로—상대의
모습에 더욱 강하게 끌리는지도 모른다. 그들의 변화된 가면 속에 들
어 있는 진짜 얼굴을 그들은 서로 알고 있다고 믿었기 때문이다.

〈스파이더맨〉 시리즈는 이러한 믿음이 일시적으로 파괴되는 소요
속에서 연인들의 애정 갈등을 전개하지만, 그 어떠한 갈등도 서로의
진면목을 알고 있고 서로가 서로를 비추는 거울이라는 이유 때문에
사소한 것으로 그치고 만다. 그들의 애정 전선이 복귀되는 이유는 상
대가 자신이고, 자신이 상대의 속성을 가지고 있다는 믿음을 회복했
기 때문이다. 그러한 측면에서 메리 제인과 피터 파커는 서로의 거울
이었다.

그들은 서로의 거울이지만, 각자 그들 자아의 안팎에는 나와 '또 다
른 나'로 상징되는 누군가가 존재한다. 메리 제인은 배우라는 직업으
로 인해, 또 다른 자아를 늘 대신 체험하는 인생을 산다. 〈스파이더
맨〉에서 메리 제인이 배역 때문에 겪는 갈등, 즉 배우로서의 자아와 배
역으로서의 또 다른 자아 사이의 문제는 심각하게 부각되지는 않지만,

간헐적으로 무대 위에서 심한 위축감과 불안을 노출하는 메리 제인의 모습은 배우가 가지는 본연적 이중성을 어렴풋하게 드러내곤 한다.

그리고 앞에서 거론한 것처럼 배우로 살아야 하고, 뉴욕 한복판에 대형 광고판에 얼굴을 올려야 하는 존재로 살아야 하는 것 자체가 일종의 거울 효과라고 할 수 있다. 그녀는 누군가의 시선을 닿는 지점에 있어야 하며, 그 시선들은 그녀의 전신 곳곳을 훑는 탐색의 시선을 근본적으로 함축하게 된다. 그녀가 거울 앞에 선 듯한 느낌을 받게 되는 순간은 시간 문제이다.

4. 〈스파이더맨〉 속, '나'와 '또 다른 나' 사이에

피터 파커에게는 스파이더맨이 그러한 '또 다른 나'이며, 〈스파이더맨 3〉에서는 '붉고 파란 스파이더맨' 옆에 '검고 어두운 스파이더맨'이 나타나면서 또 다른 자아를 다시 나누는 분신으로서의 자아마저 생성된다.

스파이더맨과 악당들 사이에서도 분신 관계가 형성된다. 그린 고블린은 스파이더맨과의 우정을 제안하고, 실제 현실에서도 노먼 오스본은 피터 파커를 아들처럼 대우하겠다고 공언한다. 〈스파이더맨 2〉에서 '닥터 옥타비우스'는 천재 과학자로 역시 그 길에서 소질을 발휘하는 피터 파커의 우상이자 본보기로 설정된다. 닥터 옥타비우스 역시 똑똑한 피터 파커를 깊이 각인하고 있으며, 나이를 초월한 상대이자 동료로 대우하고 있다. 적이지만 피터 파커를 이해하는 친구라고 하겠다.

이러한 존재들은 결국 피커 파커의 또 다른 자아로서 스파이더맨, 그리고 스파이더맨의 분신으로서 또 다른 (검은 슈트의) 스파이더맨, 스파이더맨의 닮은꼴로서 악당들의 거울상을 만들어나간다. 거칠게 말하면 서로 닮은 욕망과 그 욕망의 충돌 지점에서 생겨나는 자아 내부의 대립을 그려낼 수 있는 인물들의 전시장이 〈스파이더맨〉이다. 그러니 서로가 서로를 비추는 거울이 이 작품에는 곳곳에서 남아 있다고 해야 한다.

2000년대 〈스파이더맨〉은 거미줄과 파편화된 거울(유리)로 오프닝을 구성했다. 전편까지의 줄거리와 주요 장면을 회상 형식으로 곁들인 이 거울형 거미줄은 인간의 내면에 기억된 미세한 기억과 함께 현실의 파편처럼 포착된 화면들, 그리고 이를 거미줄 같은 복잡한 연계망으로 묶고 있는 우리 사회에 대한 상당히 의미심장한 전언으로 해석될 수 있다. 무엇보다 거울 이미지를 활용하여 자신을 비추고, 자신의 내면을 비추고, 자신이 사는 사회와 그 안에서 또 다른 누군가로 살아가는 타인의 모습을 이리저리 비추고 있다. 이러한 이미지의 투영과 반사 효과는 비록 블록버스터 슈퍼히어로 영화로 폄하되었지만, 〈스파이더맨〉이 대중의 관심과 욕망을 사로잡기 위하여 자신과 내면, 타자와 사회, 그리고 인류와 문명을 줄기차게 관찰한 결과일 것이다.

5. 〈버드맨〉 속, '나'와 '또 다른 나' 사이로

〈버드맨〉에서도 가면과 거울을 이용한 이러한 효과는 거듭 나타나고 있다. 리건 톰슨의 분장실 거울 속으로 들어온 또 다른 자아는 버드맨이었고, 버드맨으로서 살 수 있다는(더 정확하게 말하면 죽을 수 있다는) 확신이 들었을 때, 리건 톰슨은 스파이더맨처럼 뉴욕의 하늘을 낮지만 경쾌하게 날 수 있었다. 버드맨은 가면을 쓴 자신이었고, 리건 톰슨은 영화뿐만 아니라 그 밖에서도 가면을 쓸 날을 기다리는 존재였다.

동시에 그는 그러한 가면의 세상으로부터 빠져나오고 싶어하는 욕망도 지닌 존재였다. 세상 사람들은 버드맨 가면을 쓴 리건 톰슨에게만 관심이 있었다. 리건 톰슨이 버드맨의 가면을 쓰지 않게 되자 그는 점차 잊힌 존재가 되었으며 작금에는 나이 든 중년의 여인들이 사진 촬영만을 원하는 존재로 전락했다. 그 사실을 지우기 위하여 그는 소위 말하는 진지한 연극에 도전했지만, 그 연극에서 얻을 수 있는 것은 실망과 실패 그리고 실의였다는 사실 때문에 그는 가면을 벗고 자신의 진면목을 드러내는 일이 과연 올바른 일인가 하는 의문에 빠져든다.

때마침 거리에서의 나체 활보에서도 나타나듯, 가면 뒤의 얼굴을 드러내는 순간 그가 얻을 수 있는 세상의 반응은 조롱과 실패에 대한 확신뿐이었다. 그—리건 톰슨은 어떻게 해야 했을까. 그는 가면 뒤의 얼굴을 드러내어 브로드웨이의 배우로 올라서는 일을 대체할 방법을 찾았다. 그것은 그 어떤 가면도 쓰지 않는 길이었고, 결국 그 결심 때문에 그는 코를 잃고 예전의 인상을 잃은 또 다른 사람이 되어야 했다. 가면의 표현 방식으로 하자면, 그는 버드맨의 가면을 벗고 리건 톰슨이라는 본모습을 드러내려고 했지만, 종국에는 버드맨도 리건 톰슨도 아닌, 그렇다고 인기 있는 무비 스타도 진지한 연극배우도 아닌, 어쩌면 두 길을 모두 갈 수 있어 혼란한 어정쩡한 또 다른 누군가가 되어 있었다.

가면 뒤의 얼굴을 거울 속에 비추었더니 그 안에서는 자신도 타인도 아닌 이상한 존재가 있었던 셈이다. 병원에서 카메라에 비친 그 혹은 타인으로서의 리건 톰슨이 그 존재였다. 그다음에는 무엇을 할 수 있을까. 그 존재마저 무화하고 어쩌면 존재할지도 모르는 가면 뒤의 진짜 얼굴을 찾아 떠나야 하지 않을까. 가면 뒤의 얼굴이 실제로 있을지는 모르겠으나, 인간이기에, 진실을 찾기를 원하는 인간이기에 이 길을 포기할 수는 없을지도 모른다. 새로운 스파이더맨을 끊임없이 찾는 대중과 마찬가지로 말이다.

세상의 모든 **나**들

15

가면을 벗고 선 '나'는 창녀였다

1. 매춘과 사회, 욕망의 두 얼굴

매춘의 역사는 꽤 오래된 것으로 짐작된다. 그래서 말하기 좋아하는 이들은 인류 역사와 함께, 매춘이 시작했다고 단언하기도 한다. 실제 연구 사례를 참조해도, 이러한 주장이 허황한 주장만은 아니다. 실제로 매춘은 인간의 문명과 떼려야 뗄 수 없는 관계를 맺고 있으며, 인간이 건설했다고 믿어지는 사회에서 늘, 빠지지 않고 존재했던 사업이자 분야였다.

매춘에 종사하는 이들(대부분은 여성)은 오래전부터 일종의 직업여성으로 간주되기 일쑤였으며, 매춘업은 그 자체로 직업이자 사회 제도의 일부로 취급되기도 했다. 현재 각 나라들은 매춘에 대해 서로 다른 정책을 취하고 있기는 하지만, 합법이든 불법이든 간에 매춘업과 매춘 종사자가 사라지지 않고 존재하고 있으며, 긍정적이든 부정적이든 그러한 상황이 손쉽게 바뀌지 않을 것이라는 점에도 동의하고 있다.

고대 신화와 신전의 기능을 연구하는 이들 중에는, 과거 문명에서 사제나 무녀들이 이른바 창녀의 역할도 겸했다는 주장을 펴는 이들도 일부 존재한다. 물론, 이때 말하는 고대 사회의 창녀 개념은 지금의 매춘부와는 다소 다른 의미를 지닌다. 무녀이자 창녀인 그녀들의 세계는 '성창聖娼'이라는 개념으로 설명될 수 있을 듯하다. 인간의 욕망을 해소하는 섹스를 성스러운 행위로 간주하고, 일종의 종교적 기능 속에 포함시키려는 의도를 지닌 개념이라 하겠다. 실제로 이러한 개념은 신화와 종교의 한편에 편린으로 남아 있다.

비근한 예로, 한반도에 흩어져 있는 관음보살의 육보시 설화를 상기할 수 있다. 이러한 설화 속에서 속세(마을)는 성욕에 굶주린 남성들의 모습으로 그려진다. '인의예지'가 공동체의 규율로 엄격하게 자리 잡고 있고, 집성촌이 보이는 혈족 관계로 인해, 남성들의 성욕은 좀처럼 해결될 기미가 보이지 않은 상황이었다.

이러한 집단 내 위기는 의외의 방식으로 무마되거나 해소된다. 이 공동체에 찾아온 외지 여인이 장본인이다. 그녀는 굶주림과 억울함에 지쳐 있어 누군가의 도움이 필요한 상태였고, 마을 누구와도 혈연관계를 맺지 않은 덕분에 자유로운 성관계가 가능한 위치였다. 마을 남자들은 그녀와의 정사를 꿈꾸었고 하나씩 실현되었다.

세상의 모든 **나**들

욕망의 해소는 뜻밖의 문제를 불러왔다. 그녀가 임신을 하거나, 그녀와의 관계가 탄로 나면서 지탄의 대상이 되거나, 심지어는 그녀가 상해를 입는 사건이 발생했기 때문이다. 마을 사람들은—욕망을 푼 남자들뿐만 아니라 이를 암묵적으로 동조한 이들까지 포함—어느새 거추장스러운 존재가 된 이 여인을 처벌하는 데에 동조한다. 추방하거나 살해하거나 죽음을 방관하거나 심지어는 외면하여 스스로 떠나도록 종용한다. 그 결과 마을 공동체는 일시적으로 안정을 되찾는다.

하지만 끝은 다시 이 여인을 상기시킨다. 마을 사람들은 미안하고 꺼림직한 마음을 금하지 못하던 도중, 절 혹은 산 내지는 바위 등에서 그녀의 흔적을 발견한다. 마을 뒷산 바위 위에 새겨진 석불에서 그녀의 얼굴을 발견하거나, 그녀가 관음보살이 현신하는 마무리가 그것이다. 그로 인해 마을 사람들은 그녀가 성욕에 몸부림치는 이들을 위해 현신한 관음보살이었으며, 그녀의 육보시가 인간에 대한 사랑이자 대자대비大慈大悲였음을 깨닫는다.

이러한 설화는 비단 설화로만 그치지 않는다. 비슷한 모티프를 통해 만들어진 현대 콘텐츠로는 연극 〈바보각시〉나 영화 〈안개마을〉을 들 수 있다. 이러한 콘텐츠에는 마을 사람(주변 남자)들의 깊은 욕망과 그 욕망을 다스리는 방법 그리고 그 이후의 세계(공동체)의 모습을 공통적으로 나타나고 있다.

이러한 성향의 서사를 다른 각도에서 이해할 수도 있다. 문학 이론가이자 사상가인 르네 지라르René Girard는 인간의 문명과 사회가 드러내는 희생양 메커니즘에 대해 흥미로운 관찰을 전한 바 있다. 그의 이론을 적용하면, 집단 내에 암묵적으로 성적 대상으로 전락하는 여성의 위치를 다른 방식으로 정의할 수 있다.

지라르는 인간이 타인의 욕망을 받아들여 자신의 욕망을 만든다고 주장한 바 있다. 이러한 주장의 요점은 인간으로서 '나'의 욕망은 자율적이지 않다는 견해로 모아진다. 이러한 현상은 사회 곳곳에서 확인되기 때문에 반론의 여지가 거의 없어 보이지만, 그렇다면 그러한 타인의 욕망은 어디에서 연원하느냐는 고민은 여전히 남는다.

장-미셸 우구를리앙은 이 고민에 대해 흥미롭지만 당연한 보론을 통해 의문을 상당 부분 해명한다. 《창세기》에 대한 분석을 통해, "인간에게 생명과 움직임, 즉 심리학적으로 욕망을 부여하는 것은 타인"이라는 것이다. '나의 욕망'은 분명 '타인의 욕망'을 수용한 결과이지만, '타인의 욕망' 이전에 '타인'이 있었다는 지적은, 우리가 겪고 있는 욕망의 출발점에 상당히 흥미로운 시사점을 제시한다.

개개인의 '나'는 모여 살게 되면서 타인의 욕망을 서로 베끼고 경쟁하는 관계로 들어선다. 그러면서 서로 닮게 된 욕망은 집단 내에 거대한 무리를 형성하게 되는데, 욕망의 주체자와 매개자 사이의 보이지 않는 경쟁으로 인해 이러한 무리는 내부적으로 붕괴 위기에 휩싸인다. 요즘 세상으로 보면, 사회 내에 이익 집단의 출현으로 설명할 수 있을 것이다.

이러한 집단의 출현은 전체 사회를 위기에 몰아넣을 수 있는 문제

세상의 모든 **나**들

를 불러오고, 거듭되는 문명 질서는 이 위기를 해소할 방법이 '다수에 의한 소수에 대한 폭력(처벌)'이라는 점을 알고 있었다. 군중 역시 이러한 처벌과 폭력 그리고 위기의 해소 사이에 나타나는 관련성을 암묵적으로 인지하고 있기 때문에, 적정 시점이 되면 그 소수를 고르는 작업이 시행된다. 이렇게 선택된 대상이 희생양이며, 희생양을 처벌함으로써 고조된 위기를 해소하는 기제가 희생양 메커니즘이다.

'예수'의 처벌 때도, '아기장수'의 추방 때도, ○양(남) 동영상 사건 때도, '이지매'와 '왕따'로 누군가를 괴롭힐 때도, 이 논리는 표면적으로 해당 상황을 감싸고 있다. 그리고 이러한 집단 폭력은 결국에는 자신들의 사회와 문명을 보호하고 그들이 따라야 하는 공동체적 질서를 준수했다는 자기 만족을 불러일으킨다. 프로이트는 그러한 기억이 토템과 종교를 만들었다고도 했다.

성욕에 굶주린 사회에 이 메커니즘을 적용해보자. 혈연으로 얽히고 질서로 강제된 폐쇄 사회 내에서 성욕을 해소하고자 하는 욕망은 서로에게 복사 전파된다. 하지만 이웃의 아내를 탐할 수 없고, 이웃사촌을 넘어 한집안 여자를 내 것으로 만들 수 없는 상황이었다.

하지만 욕망은 감당할 수 없을 정도로 끓어넘쳤고, 이를 제지하지 않으면 기존의 질서가 붕괴될 위기를 경험했다고 치자. 마침 그때 그 누구에게도 속하지 않고, 그 누구와도 혈연관계를 맺지 않은 여인은 이 문제를 해결할 대상으로 전락하지 않을 수 없다. 결국, 성욕이 그녀에게 쏟아질 명분만 마련하면 되었다. 명분은 다양하겠지만, 결과는 크게 다르지 않다. 그녀는 집단 바깥의 사람이었기 때문에, 즉 희생양으로 간택되었기 때문에, 그녀를 향한 행위는 공동체의 이익을 저해하지 않는 정당한 행위라는 명분이 근간에서 작동했기 때문이다.

그녀를 향한 무차별적 탐닉으로 성욕(욕망)을 다스리는 데에 성공한 당사자뿐만 아니라, 그 성욕으로 인해 '무차별화 현상'에 직면했던 다른 구성원들도 결국에는 안도의 한숨을 내쉬었다. 하지만 그녀의 위치는 사회를 다시 문제의 구덩이로 몰아넣을 우려가 있었다. 이 여인을 통해 억눌린 욕망을 해소하면서, 사회는 팽배한 성적 욕구로부터 안전해질 수 있었지만, 점차 그녀라는 존재는 거추장스러워지기 시작한 것이다.

그녀의 존재와 소유로 인해, 남자들 사회에는 분란이 야기될 조짐이 보였다. 남자들과 집단 구성원들은 그녀로 인한 분란과 갈등에서 벗어나기 위하여, 다시 잔인한 선택을 한다. 그것은 그녀를 제거하는 일이었다. 이야기 속에서 그녀들은 죽임을 당하거나 추방을 당하거나 쥐도 새도 모르게 사라져야 하는 신세로 전락한다.

일종의 사회적 문제를 일으킬 여지가 강력했다는 이유로, 몸의 헌신자였고 사회와 관계를 구했던 그녀는 오히려 마을에서 추방된다. 강렬한 인상을 남긴 주세페 토르나토레Giuseppe Tornatore의 영화 〈말레나 MALENA〉도 같은 결말을 증언한다.

마을 남자들의 선망의 대상이자 욕망의 출구였던 말레나가 향했던 곳은 직업여성들의 세계였다. 아니 말레나는 공용의 여자가 됨으로써 마을 사람들이 원했던 욕망의 출구가 될 수 있었고, 그녀 역시 대다수의 욕망을 받아들임으로써 그나마 온전하게 그녀의 삶을 건사할 수 있었다. 계속되는 마을 남자들의 집요한 압박은 그녀가 창녀의 삶을 선택하도록 만들었다.

하지만 그녀는 동시에 마을의 위험 요인이 되었고, 결국에는 그 남자들의 여자들(아내와 가족) 등에 의해 처벌되고 추방되는 운명을 겪어야 했다. 육보시를 시행하여 마을의 불안을 잠재웠던 관음보살도 그러했고, 뭇 사내들의 욕정을 달래주었던 '바보 각시'도 그러했으며, 성의 역할이 바뀌었지만 〈안개마을〉의 '깨철'도 근본적으로는 다르지 않았다.

마을의 안정은 그녀(혹은 그)가 맡았던 창녀(남)의 역할로 인해 일정 부분 가능했다. 그녀들의 헌신은 다른 이들의 욕망을 달래주었고 공동체의 질서 붕괴를 막았지만, 그들에게 돌아온 죄목은 안녕과 평온을 해친 악덕이었다. 그녀가 한 몸보시는 실효를 상실하는 순간, 선행이 아닌 죄가 되었다. 결국 그녀에게는 성녀의 아우라와 함께 악녀의 죄목도 함께 덧씌워질 수밖에 없었다.

2. 영화와 창녀

마을 남자들이 한 여인을 통해 억눌린 욕망을 해소하고 공동체의 위기를 막아냈다는 점을 다시 상기할 필요가 있다. 이러한 여성의 역할은 일회성으로 끝날 일이 아니었다. 사회는 이러한 여인의 존재를 사회 내에 둘 방안을 끊임없이 모색해왔다.

이를 위해서는 한 가지 선행 조건이 지켜져야 했다. 창녀가 된 여인이 누군가의 독점물이 되어서는 곤란했다. 이미 이 여인의 소유를 두고 생겨난 적지 않은 분란을 상기한다면, 그녀가 누군가의 독점적 소유물이 되는 순간 다시 이익 집단의 준동과 다툼이 시작될 수도 있기 때문이다. 자연스럽게 그녀들은 사회의 한 부분으로 편입되면서도, 그 사회에 강력하게 예속되지 않는 영역으로 남게 된다. 엄연히 존재하지만 그 존재가 부정되고, 그 존재가 부정되면서도 필요성은 인정되는 희한한 세계가 생겨난다. 그 세계는 집창촌으로 대표되며, 매음굴 혹은 지하 세계 등으로 불린다. 분명 우리 사회 내에 있고, 이용자도 있고, 종사자도 있는 세계의 한 부분이지만 좀처럼 그 실체를 규명하기 어려운(혹은 규명하려고 하지 않는) 음지이다.

이러한 음지에 대한 사회의 대처는 제각각이다. 그러한 양상을 살피는 일은 흥미롭지만, 이 글의 범위를 생각해서 간략하게 줄인다. 문제는 이러한 음지에 대한 관심이 상당하며, 설령 그 음지의 이용자가 아니라고 해도 그 세계를 엿보고 싶어하는 사람이 다수 발생한다는 점이다.

이러한 세속의 관심은 영화로 하여금 그 세계를 엿보는 일을 추동시켰다. 즉 영화는 그 음지를 소재적인 측면에서, 공간적인 측면에서,

호기심의 시선과 관심 증폭의 기대를 담아 공개하기 시작했다.

이러한 영화들은 그 영역을 폭넓게 두고 있다. 가령 창녀촌을 직접적인 대상으로 다룬 영화를 상정할 수 있다. 한국의 〈창〉(1997) 같은 영화가 이에 속한다. 스웨덴 영화 〈콜걸Call Girl〉(2012)이나, 멕시코 영화 〈창녀 사비나La vida precoz y breve de Sabina Rivas〉(2012) 등은 창녀가 되는 여인의 이야기를 다루고 있다. 미카엘 마키마인Paul Mikael Maurice Marcimain 감독의 〈콜걸〉은 호기심에 가득 찬 한 소녀가 매춘부가 되고 사회 고위층의 문란하고 타락한 세상을 공개하는 형식으로 영화가 전개되면서 한 여자의 성적 타락이 고발하는 사회적 타락상을 보여주는 의미심장한 사례이다.

이러한 영화의 배경이 되는 창녀촌은 유흥업소나 폭력의 세계와 관련이 있기에, 자연스럽게 여자가 거래되고 소모되면서 그러한 여자 거래를 통해 이익을 보는 이들의 모습이 부각되는 영화도 생겨나고 또 늘어났다. 한국 영화 〈게임의 법칙〉(1994)이 대표적이며, 그 이후에 〈초록물고기〉(1997)나 〈넘버 3〉(1997) 등의 영화로 한때 전성기를 이룬 '조폭영화'의 일부도 여기에 속한다. 미국 영화 〈스카페이스Scarface〉(1983)의 치명적인 유혹도 이러한 범주에 속할 것이다.

이러한 영화들의 등장은 선후를 가릴 수는 없지만, 금지된 세계인 두 세계, 즉 성욕과 폭력이라는 두 개의 자질을 결합할 수 있었다는 점에서 인기와 관심을 끌어모을 수 있었다. 하지만 이러한 대중성은 창녀들의 세계를 온전하게 보여주는 방식에서는 일정한 거리를 둘 수밖에 없었다. 그녀들―창녀들은 불우한 인생을 경험하는 희생양이며, 영화 내에서도 팜파탈femme fatale의 이미지를 풍기지만 궁극적으로는 세계의 강대한 권력에 꺾인 꽃으로 정의되고 만다.

이러한 영화적 성향은 오랫동안 누아르 영화나 갱스터 무비의 발전을 추동하면서도, 정작 그 폭력의 세계에서 또 하나의 음지로 남아 있어야 하는 여인들의 세계 자체에는 둔감하도록 만드는 희한한 결과를 가져왔다.

창녀의 탄생과 존재가 남성 위주의 세계를 유지하고 존속하기 위한 도구이자 절차였듯이, 그녀들을 다룬 영화에서도 매음녀들의 존재는 여전히 부속물이고 액세서리였다. 이러한 문제 의식은 공개적으로 밝히기에도 어려울 만큼 낮은 사회적 인지도를 보이고 만다.

간단하게 말해서, 매음녀들이 인식하는 '나는 누구인가'에 대한 의식적 접근을 차단하고 만 것이다. 영화는 그녀들을 매력적인 존재로 끌어들였지만, 정작 그녀들이 누구인지에 대해서는 관심을 가지지 않는다. 그녀들을 바라보는 이들, 혹은 그녀들을 이용하는 이들이 정의하기를 원하는 그녀만 있을 뿐, 그녀들이 누구인지에 대한 정직하고도 집요한 물음은 사실 드물었다고 해야 한다.

많은 영화들이 이러한 허점을 채우려고 한 노력도 언급해 필요가 있다. 가령 루이스 푸엔조의 〈고래와 창녀La Puta Y La Ballena〉(2004)나 한국 영화 〈나쁜 남자〉(2002) 등이 이에 속할 것이다. 창녀들의 세계를 다룬 다큐멘터리 〈핫 걸 원티드Hot Girls Wanted〉(2015)도 무관하지

세상의 모든 **나**들

않다. 이러한 영화들은 일정한 성취를 거두었고 그 의의를 부인할 수 없다. 하지만 새로운 시각에서, 즉 볼거리로서의 영화적 관음 대상으로서의 그녀들이 아닌, 독립적인 자율 체계로서의 창녀에 대한 인식에서는 문제점도 드러내었다.

창녀의 정체성을 묻는 영화는 포르노와 같은 환상을 불러일으키려는 목적과 분리되어야 하며, 그녀들을 다루는 남성의 힘을 묘사하는 방향과도 달라야 한다. 그러한 측면에서 〈콜걸Bruna Surfistinha〉(2011)은 오랫동안 선망의 대상이었으면서도 현실에서는 질시의 요물로 취급되어 온 성/창녀의 정체성을 물을 수 있는 하나의 대안을 내보인 영화라고 하겠다.

3. 대담하게 자신을 드러내는 영화: 나는 창녀가 되고 싶다

과거나 현재 사회에서 창녀들은 낮은 계층에 속했고 그녀들의 매춘 행위는 비천한 일에 해당하는 경우가 더욱 빈번하다고 해야 한다. 이른바 몸 파는 행위는, 그녀들이 생산 수단을 제대로 확보하지 못한 경제적 약자이고, 사회적으로 정당하게 인정받지 못하는 계층이라는 표식으로 작동하고 있다.

이 표식으로 인해 안타깝게도 그녀들의 몸과 성적 서비스는 그에 걸맞은 사회적 대우를 받지 못한다. 이것은 매음녀들이 자신을 노동자로 인식하지 못하도록 만든다. 그 결과 매춘과 창녀는 대부분의 사회와 역사에서 사회악이나 필요악 정도로 취급되어 왔다.

그런데 이러한 사회악의 개념에 한 영화가 도전했다. 이 영화에서 창녀는 피동적 희생물이 아니라 자발적 사업 주체로 격상된다. 매음업이라는 정당하게 선택한 직업이며, 최악의 조건에서 수용해야 하는 수동적 억압이 아니었다.

2011년에 제작된 브라질 영화 〈콜걸Bruna Surfistinha〉은 매춘부가 사회악이고 개인적 타락이며 여성으로서의 밑바닥 인생이라는 영화적·인식적 전제에 도전한 영화이다. 그 이유는 주인공이 불가항력적인 이유로 창녀가 된 것이 아니기 때문이다.

임권택의 〈창〉(1997)에서 창녀가 되는 이유는 여인이 돈에 팔려 왔기 때문이고, 김기덕의 〈나쁜 남자〉에서 창녀가 되는 이유는 깡패 두목 한기가 여대생을 강제로 그러한 상황으로 밀어넣었기 때문이다. 하지만 마르쿠스 발디니 감독의 브라질 영화 〈콜걸〉에서 브루나Bruna의 선택은 달랐다. 영화에서 브루나는 자신의 의지로 창녀를 선택한다. 부연하면, 고등학생 라켈은 양부모가 있는 집에서 나와 자립하고 싶다는 열망을 품고, 직업으로 매춘부를 선택하고 스스로 브루나가된 것이다.

〈콜걸〉은 라켈이 브루나가 되는 시점에서 일어난 사소한 사건을 설명한다. 라켈(브루나가 되기 이전)은 학교에서 사귀던 남자로 인해 다소 난처한 일을 당하고, 집안에서는 양부모에게 다소 짐이 되는 모습으

세상의 모든 **나**들

로 그려진다. 하지만 그것은 그녀의 일상에 불과했다. 다른 영화들처럼 강력한 이유로 그녀의 삶을 뒤흔드는 계기로 작용하도록 허용되지 않는다. 그녀가 창녀가 되는 결정적인 요인으로 보기 어렵다는 뜻이다. 오히려 그러한 사소한 위기들을 통해, 그녀가 자신의 의지로 자신을 삶을 개척하기고 결정하고 창녀의 길을 택했다고 해석하는 편이 더 온당한 해석일 것이라는 확신만 증폭된다.

그녀의 부모는 그녀에 대해 높은 기대를 가지고 있었고, 학교에서 겪는 일도 심각한 수준은 아니며 경우에 따라서는 그녀가 가지고 있는 인기로 취급해도 좋을 정도로 미미한 수준의 문제였다. 문제는 그녀−라켈이 이 모든 상황을 자신의 것으로 여기지 않는 것에서 비롯되었으며, 좋지 않다고 여기는 상황 전체를 일거에 바꿀 결심을 했다는 점에서 증폭되었다. 그녀는 제발로 성매매업소를 찾아갔고, 그곳에서 살기로 결정했다.

그녀는 첫 번째 손님을 맞으면서 창녀로서 두각을 드러내기 시작했다. 시작부터 심상치 않은 재능을 표출하기 시작했으며 그만큼의 열정도 내보였다. 영화는 그녀의 내면 음성을 보이스 오버로 자주 곁들이면서 그녀가 손님을 대하는 태도에서 관심과 주목을 이끌어내고 있다는 점을 강조한다. 그녀는 손님의 이야기를 듣고 그들의 요구를 차별 없이 수용한다. 화면에서는 그녀가 손님을 받고 맞이하는 장면을 여러 차례 보여주는데 이로 인해 그녀는 제법 능숙한 심리 상담가나 이웃처럼 보이기도 할 정도이다.

영화의 전반부에서 그녀가 그러한 열성을 보이는 까닭을 '돈'으로 몰아가기도 한다. 실제로 그녀의 동료가 그녀가 모은 돈을 훔쳐내기 이전까지는, 브루나의 자발적·이타적 성 행위와 손님 맞이하기가 돈만을 염두에 둔 것으로 보이기도 한다. 하지만 그녀는 노력해서 얻은 돈을 잃고도 실망하거나 분노하기보다는(분노하기는 한다), 마치 매춘을 더 확고부동한 직업으로 삼으려는 듯한 태도를 견지한다. 그녀에게 매춘이 곧 삶의 의미이고, 나아가서는 그녀를 그녀답게 만드는 힘이라고 믿는 듯하다.

4. 매춘과 정체성

이러한 그녀의 직업 정신은 일반적으로 매춘을 바라보는 시각과 차별화된다. 그녀는 매춘을 당당히 직업으로 여겼으며, 매춘에서 보인 뛰어난 성과를 자랑스럽게 여겼다. 손님들에 대한 서비스와 친절함을 일관되게 유지하고자 했으며, 자신이 그것을 누릴 가치가 있다고 판단하고 있었다.

그녀가 스스로 성매매업소를 차리고 이를 인터넷으로 중계하여 막대한 폴로어follower를 모으면서, 이러한 그녀의 신념은 일종의 사회적 신드롬을 형성한다. 그녀는 창녀로서의 일상을 공개하고, 매춘의 의미를 적극적으로 공개하며, 심지어는 고객에 대한 평가(별점과 설명)도

시행한다. 그녀는 점점 더 유명해졌고, 그러면 그럴수록 그녀 역시 매춘과 창녀라는 직업을 간수하는 데에 열성을 쏟았다.

하지만 너무 높고 주목받는 자리에 오르자, 문제가 일어나지 않을 수 없었다. 유명 인사가 된 그녀는 경제적으로 방탕해지고, 육체적으로 마약에 찌들고, 인간적으로 다른 이들에게 이용당하거나 친분 관계에 마찰이 일었다. 친구가 떠났고, 후원자는 돌아섰다. 그녀를 적극적으로 찾아오던 손님들도 뜸해졌고, 마음의 교류를 원했던 누군가를 내치기도 했다. 그녀는 홀로 남았고, 그토록 자랑스럽던 매춘은 공허한 삶의 찌꺼기로 남겨지는 듯했다.

여기까지만 보면 매춘부로서 그녀의 삶은 다른 창녀를 다룬 영화들이 대개 그러하듯, 계몽과 도덕의 시선으로 정리되는 듯했다. 창녀로서의 직업이 가당치도 않으며, 매춘이 어떠한 방식으로든 정당화될 수 없다는, 사회적 검열과 영화적 전제를 용납하는 듯했기 때문이다. 이를 보여주기라도 하듯, 밝고 생기발랄하고 의욕적이었던 그녀의 매춘은 곧 그늘지고 차갑고 냉정하고 더러운 어떤 것으로 전락하는 장면들이 이어졌고, 그녀는 지나친 자포자기 끝에 쓰러지는 최악의 상태에 도달했다.

그녀는 병원 응급실에서 깨어난 뒤 각성한 듯한 포즈를 취하지만, 그렇다고 당장 매춘을 그만두거나 매춘에 대해 혐오 섞인 발언을 내뱉지는 않는다. 그녀의 첫 고객이자 오랜 친구였던 올드슨이 그녀를 내려다보고 보호 어린 시선으로 내놓은 제안을, 그녀는 다시 거절한다.

자신은 누군가에게 의지하기 싫어서 스스로 집을 나왔고 자발적으로 창녀가 된 여자라고 말이다.

매춘으로 만신창이가 되고, 방탕으로 빈털터리가 된 시점에서, 그녀의 말은 곧이곧대로는 들리지 않는다. 하지만 그녀는 올드슨이라는 사회적 책임을 질 수 있는 남자의 제안을 거절한다. 그리고 다시 창녀가 되기로 한다. 대신 시한부 창녀가 되고자 한다. 다른 일을 할 자금을 모으기 위해서다. 그럼에도 그녀는 창녀가 할 수 있는 일과 없는 일, 정당한 창녀와 불행한 창녀 등의 경계와 선을 긋지는 않는다.

그녀는 6개월 동안 700~800명의 손님과 섹스를 하고 그 돈으로 새로운 인생을 살기로 한다. 그리고 실화처럼 소개되는 자막에 따르면, 그녀는 그 일을 해낸다.

여기서 다시 말하기 좋아하는 사람들은 그녀가 결국 창녀가 되는 일을 거부하고 새로운 인생을 살았다고 할 수도 있다. 하지만 그녀가 원했던 일은 자신만의 힘으로 자신의 인생을 사는 것이었고, 그 과정에서 창녀가 되는 일과 그 이후에 그 경험을 소설로 쓰는 일은 크게 다른 일은 아니었다. 그녀는 자신의 삶을 살기 위해서 창녀가 될 수도 있었고, 실제로 되기도 했던 것이다. 이 영화는 그 말미에 자막으로 이러한 여성의 선택을 적시한다. 그리고 그녀가 출간했다는 한 권의 책 《전갈의 달콤한 독O Doce Veneno do Escorpião》이 베스트셀러가 되었으며 세계 여러 나라에 이미 번역되어 있다는 사실을 공표했다. 이쯤 되면 그녀가 누구인지, 왜 매춘을 했는지, 그녀에게 홀로 자립한다는 것이 무엇인지 등은 자명해진다고 해야 할 것이다.

5. 나는 '콜걸'이다

이 영화는 라켈이 양부모와 학교에 얽매여 살아야 하는 자신의 처지를 타개하고 새로운 브루나로 등장하는 영화이다. 그녀는 자신의 본명을 한 고객에게만 말하는데, 아마도 그 고객이 그녀의 남편이 되지 않았을까 싶다. 매춘부가 자신의 이름을 감추고 사회적 가면을 쓴 채로 새로운 이름을 사용하고 그 이름으로 불리기를 바라는 현상은 특별한 일이 아니다. 그녀 역시 과거의 자신과, 현재 창녀로서의 자신을 구분할 필요가 있을 것이기 때문이다.

다만 브루나는 라켈만이 자신이고, 서퍼걸 브루나는 자신이 아니라고 생각하지 않는다. 브루나는 라켈도 자신이지만, 그 무엇보다 창녀인 브루나도 자신의 당당한 일부라고 여긴다. 인터넷 블로그를 시작하고, 자신을 적극적으로 홍보하고, 창녀로서의 자신의 가치관을 숨기지 않고, 자신 있게 매춘을 선택하는 그녀의 태도가 이를 입증한다.

결혼을 하여 매춘과 멀어진 이후에도 책을 써서 자신이 살았던 세계를 알리고 그 세계에서 존재했던 자신의 모습을 감추지 않는 것도 이러한 태도를 보여준다. 그녀는 '라켈'이기도 했지만, '브루나'이기도 했으며, '라켈'을 용인할 수 없어 '브루나'가 되었던 과거를 버리지 않았고, '브루나'일 수 있었기 때문에 더욱 '라켈'다울 수도 있다는 사실도 기꺼이 인정했다.

〈콜걸〉은 이러한 관점에서 볼 때, 대담무쌍한 영화가 아닐 수 없다. 창녀에 대한 적지 않은 영화들이 견지하고 있는 도덕적 전제나 계몽적 시각에 얽매이지 않기 때문에, 이러한 대담무쌍함은 새로운 시각을 열어준다. 창녀가 된 여자들은 불행하거나 안타까울 수도 있지만, 어쩌면 그 자체로 그녀의 선택이 되거나 정체성을 형성하는 계기일 수도 있다는. 발언하기 곤란한 이 문제를 이 영화는 자신 있게 그리고 냉정하게 그려냈기 때문에, 결과적으로 이 영화는 대담무쌍한 전언으로 남을 수 있었다.

제 6 부

'나'와 '나' 사이에
존재하는 것들

16

'나'와 '너' 사이에는 누가 있을까

1. 끼어 사는 사람들: In-Between

르네 지라르의 의견에 따르면, 인간들의 사회(문명)는 일정한 시기가 되면 동일 욕망을 가진 이들로 인해 중대한 위기에 봉착한다. 그것은 사회 내부에 특정 욕망을 공유하는 무리가 생겨나고 이 무리가 드러내는 폭력성이 제어되지 않으면서 무지의 욕망이 폭주하는 현상이 벌어지기 때문이다. 이때 특정 무리의 구성원들이 일반적으로 공유하는 가치관은, 소수의 무리가 공유하는 가치관을 처벌하는 명분으로 작용하곤 한다. 쉽게 말하면 사회를 장악한 대규모의 군중이 박해 세력이 되어 소수의 무리에 대한 처벌을 시행하고 싶을 때, 그 폭력을 정당화하는 수단으로 명분이 만들어진다.

세상의 모든 **나**들

가령 새로운 영토를 개척해야 한다는 욕망이 한 무리의 집단을 감염시키고 있다고 하자. 그들은 자신들이 특정 거주지에 머물러야 한다는 욕망을 실현하기 위하여, 그 이전에 그 거주지에 머무는 이들을 박해할 이유를 만들어낼 수 있다. 실제로 아메리카를 서구인들이 점령하는 과정에서 아메리카 원주민들Native American, Indian은 그들의 희생양이 되었다. 아메리카 원주민들이 가지고 있었던 문화는 미개한 것으로, 그들이 점령하고 있던 땅은 과분한 것으로 재단되었다. 그러자 그 땅에서 아메리카 원주민을 몰아내고 그들을 처분하는 일은 정당한 일이 되었다.

이것은 비단 미국만의 일은 아니다. 일본은 자신들이 아시아 선도 국가이기 때문에, 조선의 요구에 따라 조선을 식민지로 삼았고 문명의 혜택을 베풀었으므로 궁극적으로 식민 지배에 대한 책임이 없다고 주장했던 바 있다. 그러니 그들은 식민지를 강제로 꾸린 적도 없고, 그 책임을 져야 할 이유도 없다는 논리를 끊임없이 내세울 수 있는 것이다.

〈늑대와 춤을Dances with Wolves〉은 이러한 폭력의 시대를 증언하는 영화 중 하나이다. 주인공 존 던바는 남북전쟁에 참여하는 군인이었지만, 두 진영이 무엇을 위해 싸우는지에 환멸을 느낀다. 그 전쟁은 서로가 서로를 지배하기 위한 전쟁이었고, 각자의 진영 논리로 포장되어 미화된 싸움이지만, 궁극적으로는 거대한 욕망을 공유한 두 무리가 자신의 것을 더 갖기 위해서 싸우는 다툼과 다르지 않았다.

존 던바는 남북전쟁의 추악한 실체에 환멸을 느끼고 전쟁터를 벗어나고 싶어한다. '그-존 던바'가 죽음을 각오하고 싸운 덕분에 승리할 수 있었던 북군 지휘관도 이 요구를 무시할 수 없었다. 그러자 존 던바는 살벌하고 끔찍하고 인간의 생명이 파리처럼 무시되는 살육의 도가니를 벗어날 수 있었다.

존 던바가 도착한 곳은, 점령자 백인과 아메리카 원주민이 경계를 마주한 곳이었다. 그곳 역시 적인 아메리카 원주민의 위협에서 무조건적으로 자유로울 수는 없는 장소였지만, 존 던바는 그럭저럭 만족하고 살 수 있었다. 그것은 그곳에서 그가 혼자일 수 있는 자유를 가졌기 때문이다. 어떠한 집단에 의해서도 강제되지 않은 상태로 살 수 있는, 짧지만 강렬한 자유를 누릴 수 있었기 때문이다.

그러던 중 그-존 던바를 방문하는 두 무리가 나타났다. 하나는 늑대이고, 다른 하나는 늑대와 비슷한 인상의 아메리카 원주민이었다. 두 무리의 방문은 잠시 존 던바를 긴장시켰지만, 곧 존 던바는 두 무리를 받아들일 수 있었다. 그들이 생각했던 것보다 사악하지 않고, 위협적이지 않다는 사실을 인지했기 때문이다. 그러자 존 던바는 그들과 친구가 될 수 있었다.

존 던바가 아메리카 원주민으로부터 얻은 이름 '늑대와 춤을'은 이러한 친교의 현장에서 유래했다. 사실 이 작품에서 가장 아름다운 이미지는 존 던바가 그 어떤 편견이나 강요된 믿음으로부터 억눌리지 않은 채, 자연의 일부인 늑대와 춤을 추는 장면이다. 이 장면은 그 자

세상의 모든 **나들**

체로 아름다울 뿐만 아니라, 존 던바라는 개인이 어떠한 존재여야 하는지를 스스로 보여주는 광경이다.

인간은 자신을 규정하고 자신과 비슷한 무리를 모으려는 성향이 있다. 특정 집단의 공유된 욕망은 그 부산물일 가능성이 크다. 그 결과 집단이 만들어지고, 사회가 생성되고, 민족이나 국가 같은 거대한 조직의 탄생도 가능할 수 있었다. 무엇보다 나가 아닌 **우리**를 성립시킬 수 있었다. 늑대 무리도 무리를 이루면서 '우리'를 만들지만, 인간이 만든 **우리**와 차이가 있는 것도 사실이다. 인간의 **우리**는 본능적인 믿음이라기보다는 이성이나 실리 혹은 명분 같은 추상적인 개념을 빙자한 방어 논리에서 연원하는 경우가 더 많다.

하지만 인간과 늑대가 우리가 되는 순간에는, 이성이나 실리 혹은 명분 같은 개념이 틈입할 여지는 없어 보인다. 특정 욕망에서 벗어나 인간은 그 자체로 순수한 **우리**를 만들었다. 그것이 본능적이고 맹목적이라고 해도, 그 자체로 아름답고 솔직한 풍경이 아닐 수 없다.

늑대나 아메리카 원주민과 맺은 평화는 오래 지속되지 못했다. 남북전쟁이 일단락되자 군인들은 서부로 몰려왔다. 못다 한 업무를 수행이라도 하듯, 그들은 또 다른 적을 만들어야 했다. 군인은 싸우는 무리이고, 싸우는 무리는 적을 상정해야 하기 때문이다. 더 궁극적으로 말할 수 있다면, 인간은 다시 특정 무리를 결성했고, 이번에는 그 무리가 공유하는 욕망이 아메리카 원주민 퇴출, 즉 서부 개척이었던 것이다. 그러자 친구였던 아메리카 원주민은 군인에게 박멸되어야 할 대상이 되었고, 존 던바는 아메리카 원주민 친구를 떠나 군인의 무리에 소속되어야 할 운명에 처한다. 그러자 그는 아메리카 원주민 무리와 기병대 무리 사이에 낀 존재로 전락하고 만다.

〈늑대와 춤을〉에서 평화롭던 날들이 파괴되는 장면은 매우 인상적이다. 여느 때와 같이 존 던바는 움막 같은 초소에서 백인도 아니고 그렇다고 아메리카 원주민도 아닌 행색으로, 어제와 같았을 또 하루를 준비하고 있었다. 하지만 그날은 여느 날과는 달랐다. 느닷없이 들이닥친 군인들은 존 던바에게 군인으로서의 사명감과 정체성을 요구하기 시작했다. 존 던바에게 박해 군중이 되어야 한다고 말했고, 소수의 무리를 박멸하는 이념을 공유해야 한다고 강요했다. 하지만 그 소수의 무리는 친구였고, 약자였고, 자신과 멀지 않은 사람들이었다. 존 던바는 어떻게 해야 할까. 그는 군인들의 요구에 따라 아메리카 원주민을 토벌하는 원정 작업을 돕고, 그가 본래 속했던 우리-백인의 무리로 돌아와야 할까.

2. 인간과 외계인의 사이에서

〈늑대와 춤을〉의 세계를 우주로 펼쳐놓은 영화가 〈아바타Avatar〉이다. 〈아바타〉에는 아메리카 원주민을 대신해 외계의 '나비족'이 원시 종족으로 설정되었다. 또한, 서부 대신에 머나먼 행성 '판도라'가 상정

세상의 모든 **나**들

되었다. 그러니 우주를 건너 새로운 행성을 침략하는 인간은, 사실 신대륙을 차례로 점령하며 아메리카 원주민을 몰아내는 백인과 본질적으로 다르지 않다(〈아바타〉에서도 나비족을 힘으로 점령해야 한다고 주장하는 주류 민족은 백인이었다).

그렇다면 〈아바타〉의 퇴역 군인 제이크 설리는 〈늑대와 춤을〉의 존 던바와 동일한 위치를 차지하는 인물인 셈이다. 실제로 두 사람은 모두 군인 출신이나, 점차 군인 신분을 망각하고 그들이 본래 속했던 세계—명령과 폭력—에서 벗어나려는 성향을 지녔다는 공통점을 가지고 있다. 당연히 그 이유 역시 동일했다.

제이크 설리는 죽은 쌍둥이 형제를 대신하여, 이미 제작된 아바타의 조정자로 초청된다. 판도라 행성에는 광물 자원을 개발하여 이익을 극대화하고자 거대 기업이 진출해 있는 상태였는데, 기업의 진출과 광산 개발을 반대하는 원주민들이 이들과 대치하고 있었다. 그리고 기업의 후원을 받으면서 이러한 원주민의 삶과 생태를 연구하는 일련의 연구자 그룹이 공존하고 있다.

기업 측은 원주민의 이주를 독려하여 원 거주지 지하에 묻혀 있는 광맥을 차지하려고 한다. 이를 원활하게 마무리짓고자 원주민 사회에 부가 이익을 제안하기도 했다. 하지만 원주민 나비족은 광물 자원의 가치에 무심하며 개발이라는 미명으로 자신들의 주거지와 전통적 삶의 방식을 포기할 의향이 전혀 없는 상태이다. 그들은 나무를 섬기고 자연과 소통하며 부족의 전통을 따르는 삶의 양식을 고수하고자 한다. 그러니 두 무리 사이의 충돌은 명약관화했고, 〈늑대와 춤을〉의 백인과 아메리카 원주민의 격돌처럼, 인간과 나비족은 일촉즉발의 상황에 놓인다.

그런데 두 무리 사이에서 중재자 노릇을 해야 할 연구자 집단은 뾰족한 대안을 제시하지 못하고 있었다. 제이크 설리는 개발자인 회사와, 희생자로 전락하기 직전의 나비족, 그리고 그 중재자가 되어야 할 연구진의 틈바구니에서 판도라의 생활을 시작한다. 꽤 성과도 거둘 수 있었다. 인간이 침투하지 못한 나비족의 세계에 들어섰고, 그곳에서 그들의 사유와 의식의 일단을 몸소 경험하기도 했다. 그들로부터 적지 않은 신뢰도 얻었다. 아바타를 이용한 성과라고 해도, 함부로 무시할 수 없는 진전이었다. 하지만 두 집단의 대결과 박해를 막을 수는 없었다.

위기는 찾아왔고, 그 위기는 한 무리가 다른 무리를 침탈하면서 시작되었다. 서구인이 아메리카 원주민을 죽이고 추방할 수 있는 명분을 만들었듯, 다국적 기업은 나비족을 몰아내야 할 자체 논리를 생성했다. 그 논리 앞에서 제이크의 연민과 동정은 고려 대상이 아니었다.

나비족의 일원이 될 수 있을 만큼 부족의 신뢰를 얻었던 제이크이지만, 인간의 욕심 앞에서 그는 나비족을 구원하는 인도자가 될 수 없었다. 인간들은 나비족의 중심인 우주수宇宙樹를 공격하고 그로 인해 나비족은 삶의 터전을 잃은 채 멸족滅族의 운명을 걸어야 하는 절박한 운명에 처하고 말았다.

세상의 모든 **나들**

이러한 장면은 백인들의 공격 앞에 풍전등화의 운명에 휩싸인 아메리카 원주민의 운명을 연상시킨다. 아메리카 원주민들은 무참히 패배했고, 그들의 땅을 차례로 내주어야 했으며, 결국에는 부족의 멸족까지 걱정해야 하는 처지로 내몰렸다. 압도적인 화력 앞에 전통의 화살은 무기력했고 실리와 명분 앞에서 그들이 말하는 자연에 대한 경외심은 하찮은 것으로 전락했다.

〈아바타〉역시 전쟁의 양상은 비슷하게 흘러가는 것처럼 보였다. 인간이 지닌 '날틀'과 '화력'은 나비족의 항거 자체를 무력화하였다. 더이상 반항하면 나비족은 멸망의 운명을 받아들여야 할 정도로 심각한 타격을 입었다.

이러한 면에서 두 영화—〈아바타〉와 〈늑대와 춤을〉—의 초중반 설정의 차이는 크지 않다고도 할 수 있다. 아메리카 원주민과 외계인, 백인과 인간, 그리고 서부와 판도라는 그 자체로 동일한 이미지였고, 전투에서의 패배와 승리 역시 정해져 있는 듯했다.

하지만 작은 차이가 나타났고, 그 차이는 결말을 바꾸었다. 나비족은 신심을 되찾은 인간(제이크)의 개과천선과 살신적 헌신에 의해 최종 승리를 얻고 자신들의 땅을 회복했으며, 인간 역시 나비족을 돕는 선택과 모험을 통해 인간으로서 지켜야 할 세계에 대한 정당성을 되찾았다. 물론 나비족을 박해하고 멸족하려 했던 인간들은 이에 대항하는 악의 세력으로 남았다.

그러면 〈늑대와 춤을〉에서 선택한 결말에 대해 살펴볼 필요가 있을 것이다. 존 던바는 숙고 끝에 아메리카 원주민 편에 남기로 결정했다. 실제로 존 던바를 연기했던 케빈 코스트너는 자신의 피에 아메리카 원주민의 피가 흐른다는 사실을 고백한 적 있었고, 그래서 이러한 존 던바의 선택은 더욱 화제가 된 바 있었다.

하지만 존 던바의 합류와 가세가 대세를 바꾸지는 못했다. 존 던바 일인의 힘으로는, 기울 대로 기운 아메리카 원주민의 운명을 되돌리지 못했다. 아메리카 원주민은 패배했고, 우리가 아는 것처럼 역사의 뒤편으로 사라졌다. 그 일부가 남아 아메리카 원주민 보호구역에서 살아가거나 미국 사회의 소수 민족으로 편입되는 변모를 겪었지만, 그들의 자부심과 오래된 전통 그리고 그들이 고수했던 삶과 가치관은 결정적으로 훼손되고 말았다.

이러한 〈늑대와 춤을〉의 결론은 냉정하다고 해야 한다. 〈아바타〉가 선善(인간주의자)에 맞선 악惡(물질주의자)의 패망을 보여주었다면, 〈늑대와 춤을〉은 선과 악의 전통적인 경계에 의문을 던지고 어쩌면 악이라고 막연하게 규정되었던 한 무리의 억울함과 잃어버린 정당성을 강조하는 결말을 고수했다. 그러니까 아메리카 원주민과 존 던바라는 인간주의자들은, 개척주의자들과 군대라는 물질주의자들에 의해 점령당하고 패배한 비운의 역사를 재현한 셈이다.

어떤 것이 더욱 가치가 있냐는 평가는 별도의 문제일 수 있겠다. 하지만 우리는 한 가지는 확실하게 자문할 수 있을지도 모른다. 우리가 이러한 또 다른 전쟁 아닌 전쟁을 목격한다면, 그래서 두 무리의

세상의 모든 **나**들

집단이 명운을 걸고 대립해야 한다면, 우리는 어느 편에 서야 하는지? 혹은 나는 어떠한 가치관을 가지고 나 아닌 존재를 대해야 하는지? 이 문제에 대해 질문을 던지는 일은 언제든 가능할 것이다.

3. 또 다른 선택, 양자의 균형

일본 애니메이션 〈모노노케 히메(원령공주)〉는 두 영화와 비교할 때 흥미로운 관찰을 이끌어낼 수 있는 작품이다. 앞선 두 영화와 마찬가지로 주인공이 한쪽과 어느 한쪽의 사이에 놓이는 설정이 공통적으로 나타나기 때문이다.

재앙신의 급습으로 인해 상처(저주)를 입고 미래의 족장 자리마저 포기한 채 고향을 떠나야 했던 아시타카는, 마을을 떠나자마자 인간과 동물이 벌이는 전쟁의 틈바구니로 휩쓸려간다. 인간들은 불을 사용하여 철을 제련할 수 있었고, 이 철을 통해 총(알)을 만들고 있었다. 총은 그 어떤 무기보다 효과적으로 인간이 상대(동물과 자연)를 제압할 수 있도록 만들었다. 어금니와 발톱으로 대항하는 동물들은 이제 인간의 상대가 될 수 없었다.

한때 신으로까지 추앙받으며 인간의 존경을 받던 각 지역의 동물들은 점차 한 무리의 짐승으로 격하되었고, 이러한 대접을 참을 수 없어 인간에 도전하곤 했지만 번번이 그 화력에 밀려 패퇴하기 일쑤였다. 동물(신)의 무력화를 목격한 인간들은 이 기회에 자연과 동물들에 대한 주도권을 강화하고, 궁극적으로 생태계를 지배하는 주인의 자리에 오르려 하고 있었다. 이에 동물들은 끝까지 저항하고 죽기를 각오하고 싸울 것을 결의한다.

인간에게 버려져 이리 모로 일가의 일원으로 받아들여진 모노노케 히메(원령공주)는 인간을 처단하는 일에 앞장서며, 형질적 특성과는 관계없이 정신적으로 동물의 세계의 일원으로 활동하고자 한다. 반면 인간들은 이러한 모노노케 히메를 배신자로 간주하고 그녀를 죽일 방법을 강구하기에 이른다. 인간들 사이에도 가치관에 따라 내분이 일어났다고 할 수 있으며, 모노노케 히메는 그 결과 존 던바나 제이크 설리의 유형에 가까운 인물 유형이 될 수 있었다.

즉, 존 던바가 백인과 아메리카 원주민 사이에서, 제이크 설리는 인간과 나비족 사이에 끼어 있었던 것처럼, 모노노케 히메는 인간과 동물 사이에 낀 존재였다. 그리고 파괴자이자 박해자로서 소수자를 압박하는 인간(백인) 무리에서 나왔지만 궁극적으로 그 박해 군중이 되지 않고 소수의 희생자 편에 섰다는 공통점도 지니고 있다.

다만 모노노케 히메의 선택에는 한 가지 생략된 점이 있다. 그것은 두 무리(집단) 사이에서 최종적으로 어느 무리에 남아야 할 것인가에 대한 갈등을 내비치지 않았다는 점이다. 그녀는 처음부터 동물의 편이었고, 인간적인 육체나 형질은 전혀 고려 대상이 아니었다. 모노노케 히메는 일찍이 버려져서 이리에게 양육되었기 때문에, 그의 가치관은 동물들의 편에 기울어 있다. 따라서 낀 존재In-Between로서 고심하며 그 거취를 선택하는 단계를 거치지 않는다.

〈모노노케 히메〉에서 이러한 단계를 거치는 인물이 아시타카이다. 그는 동물─재앙신의 해를 입었지만 이에 대해 원망하고 복수를 다짐하는 청년이 아니었다. 그는 사태의 원인인 동물을 증오하거나 인간의 편에서 동물을 박해해야 한다는 생각 자체를 품지 않은 인물이었다. 대신 그는 끝까지 재앙신에게 공손했으며, 마을 사람들 다수를 해칠 위험을 제거하고자 할 때만 재앙신에게 대항했다. 아시타카는 근본적으로 인간과 자연의 공생을 염원하는 인물이었고 그래서 그 두 세계를 교통할 수 있는 자격을 얻은 인물이었다.

이러한 아시타카의 성향은 자신의 고향 마을을 떠나 온 이후에도 변하지 않는다. 그는 인간과 동물 두 세계의 어느 쪽에도 일방적으로 속하지 않는다. 그는 인간의 마을도 방문하고, 이리의 집에서도 잠든다. 그는 두 세계를 왕복하면서 두 세계의 논리와 장단점을 파악한다. 따지고 보면 존 던바나 제이크 설리도 마찬가지였다. 그들은 기본적으로 백인이었지만, 아메리카 원주민이나 외계인의 삶을 공평하게 바라보고자 했던 인물들이었다.

이러한 주인공의 자격은 두 세계 속에 낀 인물이 세 영화에서 모두 필요했던 이유를 알려준다. 각자가 자기 논리를 가지고 대립하는 상황에서, 특히 힘세고 다수인 박해자 집단이 상대적으로 약하고 소수인 희생자 집단을 강박하는 시점에서, 두 집단의 입장과 처지를 냉정하게 비교할 척도가 필요했기 때문이다. 일종의 생태 영화라고 할 수 있는 이러한 영화를 관람하기 위해서는 독립적인 그룹으로 상정된 각각의 무리 사이에서, 그들의 논리를 지켜보고 비교하고 판단하는 어떠한 인물이 필요하지 않을 수 없었다. 존 던바는 백인에게서 나와 아메리카 원주민에게로, 제이크 설리는 인간에게서 나와 외계 생명체로 자신의 관심사를 넓혀갔으며, 결과적으로 후자(희생자)의 가치관을 인정하고 그들이 박해받지 않기를 소망하는 결론을 따른다.

그러한 측면에서 아시타카는 다소 달랐다. 그는 모노노케 히메처럼 동물의 세계에 침윤하고 그들의 가치관을 일방적으로 공유하는 인물이 되기보다는, 인간과 동물 사이의 양자적 균형을 잡는 인물이 되기를 희망했다. 그러니까 아시타카는 인간의 무리와 동물의 무리 사이에 끝까지 남는 선택을 고수할 수 있었다. 어떠한 측면에서 보면 그야말로 진정한 '낀 존재', 즉 In-Between으로 남을 수 있었던 셈인데, 가장 큰 이유는 양자 사이의 균형이었다.

4. 양쪽의 '낀 존재'로 남는 의미

무리와 무리 사이에 홀로 남는 행위는 큰 용기를 필요로 한다. 저명한 문화인류학자들은 집단 내부에서 생겨나기 시작한 동일 욕망이 박해 군중으로 자라나고, 이렇게 생성된 군중이 자신들의 확장을 방

세상의 모든 **나**들

해하는 인물을 적으로 삼는 경향이 있음을 지적해왔다. 그 과정에서 박해 군중은 그러한 중간자를 희생자로 고르기도 하는데, 이러한 간택을 통해 박해 군중은 더욱 큰 규모로 확장되고 더욱 폭력적인 성향을 장착하는 사례도 있다.

이러한 관찰과 연구 결과를 대입하면, 〈모노노케 히메〉처럼 두 세계의 접점에 놓인다는 것은 대단히 위험한 행동이다. 아시타카는 화해와 공존이 불가능해 보이는 동물의 무리와 인간의 무리 사이에 있으며, 두 무리는 일촉즉발의 대결만을 앞두고 있었기 때문이다. 그리고 두 무리는 중간에 낀 아시타카를 먼저 제거하려고 하기도 한다. 이처럼 동물과 인간의 양쪽에 놓인다는 뜻은 곧 두 무리의 어디에도 속하지 않는다는 뜻으로 해석될 수 있으며, 그로 인해 두 무리를 모두 적대적인 세력으로 간주하는 위험을 부를 수 있다는 의미로도 해석될 수 있겠다. 실제로 아시타카도 동물로부터 배척을 받거나 인간으로부터 배신을 당하는 수난을 겪기도 한다.

문제적 상황을 포착하기 위해서는 이러한 낀 존재의 설정이 중요하다. 우리는 〈모노노케 히메〉를 통해 아시타카의 입장이 만들어지는 과정을 주목할 수 있다. 물론 앞의 두 영화 〈늑대와 춤을〉이나 〈아바타〉 역시 비슷한 과정을 겪었다. 이들 작품의 주인공들은 두 세계(무리)를 겪고 그들의 논리를 하나씩 청취하는 과정을 겪었다. 존 던바는 군인이었고, 군인은 강력한 상명하복을 신조로 삼는 집단이었다. 제이크 역시 군인이었고 해병으로서의 신념을 완수하라는 보이지 않는

채근까지 감수해야 했다. 하지만 두 사람은 인간(백인)의 무리가 박해 군중을 이루어 상대를 공격하는 행위에 대해 동의할 수 없었다. 인간 (백인)의 무리가 선택한 명분이 정당하지 않으며, 인류와 문명(자연) 전 체의 생존에 큰 위협이 된다고 생각했던 것이다.

아시타카 역시 마찬가지였다. 그는 자연과 인간의 균형과 생태 보 존을 우선했고, 인간의 일방적인 지배와 폭력이 이를 위협하는 요소 라고 판단했다. 하지만 아시타카는 동물의 편에서만 싸우지 않았고, 자기 증식적 욕망을 가진 인간의 무리를 비난하지만도 않았다. 그는 진정한 균형을 위해 인간과 동물 가운데 위치를 지켰으며, 그 사이에 서 자신이 희생되는 선택도 감수했다. 이러한 차이는 존 던바나 제이 크 설리와는 비슷하지만 미세한 차이를 동반한다. 이러한 미세한 차 이는 아시타카를 더욱 주목하게 만들고 그를 이전 캐릭터와 다른 존 재로 만들기 때문이다. 이러한 존재(의 출현)는 근본적인 질문을 가능 하게 한다(물리적으로 〈모노노케 히메〉(1997)는 〈아바타〉(2009)보다 먼저 제작되었다).

중간에 끼인 자아, 즉 두 세계를 중재하는 '나─주인공'은 어떠한 존 재여야 하는가. 구체적으로 말하면 나는 명령에 복종하는 군인(인간) 이어야 하는가 아니면 희생되는 나비족을 위해 그들이 되어야 하는 가. 혹은 나는 인간의 문명을 건설하기 위하여 동물을 살해하는 행위 를 묵인해야 하는가 아니면 억울하게 죽어가는 동물을 지키기 위해 인간을 공격하는 선택을 해야 하는가. 나는 아메리카 원주민의 무리

세상의 모든 **나**들

에서 죽을 것인가, 아니면 백인의 군인으로 맡은 바 사명을 다할 것인가. 두 무리 사이에 있었던 만큼 질문의 압력도 두 무리에서 연원한다. '나—낀 자'는 그 질문의 압력에서 어떻게든 선택해야 하는 것이다. 그렇다면 '질문을 받는 자—나'와 '질문을 던지는 자들—너' 사이에는 과연 무엇이 남아 있는가.

이러한 질문의 시작은 양자택일의 질문에 가깝지만, 이러한 질문들은 무리 속에 '있는' 혹은 '있어야 하는' 나에 대해 자문하도록 만든다. 무리 속에 있어야 한다고 질문을 받는 나는 누구여야 하는가. 그리고 이러한 질문은 애초부터 인간에 주어지곤 했던, 근원으로서의 자문을 다시 돌아보도록 만든다.

WHO AM I?

나는 이 곤란한 상황에서, 누구(어느 편)에게 속해야 하는가. 그래서 결과적으로 나는 누구가 되어야 하는가.

인간은 스스로 질문을 던질 수 있는 존재이다. 그 질문에는 기본적으로 '누구'라는 질문과 함께 나라는 모호한 속성을 확인하는 단계를 거쳐야 한다. 내가 확실하고 분명하다고 믿었던 이들은 양쪽에 낀 자신을 발견하고, 내가 불확실하고 불분명한 존재일 수 있다는 값진 격언을 찾을 수도 있다. 질문이 나를 의심하게 만드는 것이다.

5. 다시 이어지는 질문들

사람들은 스스로 자신을 가리켜 나라고 한다. 그러니까 백인 군인들도 자신을 나라고 할 것이고, 아메리카 원주민들도 자신들을 나라고 지칭할 것이다. 나비족도, 인간 점령자들도, 동물들도, 심지어는 모노노케 히메도 스스로를 나라고 할 것이다.

나가 없는 주체는 상상할 수 없으며, 이로 인해 인식의 주체이자 행동의 시작은 이 나가 맡는다. 나는 필연적으로 내가 아닌 누구, 즉 너를 만든다. 나와 마주하는 너는 스스로를 나라고 믿는 이들에게 생각의 지향점이자 행동의 맞은편을 보여준다. 나는 너를 향해 자신이 가진 생각과 자신이 할 수 있는 행동을 조준해야 하는 셈이다. 그리고 너라는 주체가 마찬가지로 행했던 나를 향한 생각이나 행동을 마주하게 된다.

결국, 세상은 수많은 나들이 상대로 규정된 너를 대하는 방식으로 결정된다. 그리고 그 나들을 끌어모으는 욕망은 더 큰 나, 즉 무리와 집단과 사회와 문명과 인류를 형성하기 나름이다. 더 큰 나를 만드는 힘은 욕망이며, 특정 욕망을 공유하는 순간 나의 무리는 우리의 무리가 될 수 있다.

흥미로운 점은 나 중에는 이 무리에 들어가기를 거부하는 이들이 필연적으로 존재한다는 점이다. 더 큰 무리가 겨냥하고 마주하는 '너의 무리'에 들어가기를 거부하는 이들도 있다. 그들은 두 무리, '나의 무리'와 또 다른 나의 무리로서 '너의 무리' 사이에 존재하는데, 이들은 늘 두 무리 사이의 압력에서 자유롭지 못하다. 존 던바가 그러하고, 제이크 설리가 그러하고, 아시타카가 그러하다. 이 하나하나의 나들은, 본래부터 소속되어 있던 강하고 큰 규모로 불어난 나들과, 사유와 행동의 주체로서 개별적 자아가 필연적으로 돌보아야 하는 또 다른 나들(즉 너들) 사이에 있다. 이러한 개별적 주체로서의 낀 자들은 선택해야 한다. 무엇을 하고, 어느 편에 서고, 어떻게 생각과 행동을 실천해야 할지에 대해서. 그러자 그 주체인 나는 고민하지 않을 수 없다.

이처럼 고민하는 나는 세상과 사유와 실천의 '옴파로스Omphalos'이다. 모든 것은 내가 있는 것으로부터 출발하고, 모든 사고와 가치는 이를 중심으로 선택되고 실천된다. 그러니 세상에는 우리를 만드는 수많은 나들로 가득할 수밖에 없다. 그리고 그 한 귀퉁이에 우리에 정확하게 포함되지 못한 '예외적인 나'도 마찬가지이다. 다만 그 나를 우리는 낀 존재라고 다소 다르게 지칭할 따름이다. 문제의 핵심은 낀 존재가 따로 있고, 거대한 우리가 따로 있는 것이 아니라는 점이다. 우리는 우리라고 믿었던 많은 나들이 다른 분야에서는, 삶의 다른 측면에서는, 심지어 현실의 일상에서는 또 다른 예외적인 나가 되는 현상을 어렵지 않게 목도한다. 나는 어느 무리에서는 그 일원으로, 다른 무리에서는 비주류의 나(너)로, 어떤 경우에는 낀 존재로서의 예외적 나로 나타난다.

아메리카 원주민을 죽인 백인이라고 할지라도 거대한 주류 사회에서 밀려나 버려진 내가 될 수 있고, 동물을 정복하고 인간의 세계를 만든 정복자라고 할지라도 아무도 그 나의 권력을 인정하지 않는 순간 도태된 구성원으로 전락할 수도 있으며, 아무리 많은 돈을 벌어 회사의 중역이 된다고 해도 나비족을 학살한 죄로 인해 심리적인 상처를 입고 정상적인 사회에서 이탈할 수도 있다. 즉 '거대한 나(들)', 혹은 '하나로 여겨졌던 나(들)'도 결과적으로, '예외적인 나'나 '낀 존재'로 남을 수 있다. 박해자만 늘 박해자가 아니고, 언젠가는 희생자가 될 수도 있기 때문이다.

고대 그리스 연극은 위대한 자, 즉 수많은 나들의 무리를 이끌었던 영웅이 몰락하는 과정을 처참하게 그려낸다. 이때의 나는 위대한 나, 승리하는 영웅일 수도 있지만(과거에는 그러했지만), 어느 순간 박해받는 나, 몰락하는 희생자, 그래서 늘 도태의 위험에 직면한 퇴물, 그 어느 그룹에도 온전히 끼일 수 없는 자가 될 가능성을 가지고 있다(작품의 후반부는 영웅의 파탄을 보여준다).

이 시대의 영화 역시 다르지 않다. 고대의 영웅을 다시 살려내는 방식에 골몰하는 영화일수록, 영웅이 파탄자이고 희생양일 수 있음을 외면하기 힘들다. 그렇다면 세상을 걱정하는 영화들이 동시에 주목하고 자신의 이야기 속에 담고자 했던 '낀 존재'가 누구인지 어렴풋하게나마 알아챌 수 있지 않을까. 그 존재는 다름 아닌 나일 수 있다.

세상에 널려 있는 나는 누구나, '낀' 존재가 될 수 있다. 두 개의 입장 사이에서 선택할 수 없고 한쪽으로 편입될 수 없는 균형을 강요받을 때, 그 문제적 나는 낀 자가 될 수밖에 없다. 우리 모두는 그럴 가능성을 가지고 있는데, 영화는, 그것도 좋은 영화는 그 가능성을 실현하여 보여준다. 백인이 아메리카 원주민을 점령하거나, 인간이 외계의 원시 종족을 공격하거나, 인간이 동물을 척살하려 하는 설정은 이러한 낀 존재를 보여주기 위한 것이다. 그리고 좋은 영화는 우리에게 그 낀 존재에 대한 균형 잡힌 의식을 보여준다. 그–낀 존재를 목격하고, 우리 스스로 '무리'와 나의 관계를 어떻게 조정해야 하는지에 대해 지침을 얻도록 하고자 한다. 세상의 모든 자아는 위대한 자아이면서 동시에 위험한 자아일 수 있다는 조언도 곁들여서 말이다.

5. 영화란 무엇인가

영화에 대한 정의는 넓고 심오하다. 따라서 영화를 어떻게 정의할 것인가에 대해서는 여러모로 다양한 방안을 강구할 수밖에 없다. 다만 '낀 존재로서의 나'를 주목하는 것은 영화가 지닌 하나의 공통점에 기반하여 영화의 한 측면을 보여주는 데에 유효할 것이다.

영화 속의 인물은 어떠한 방식으로든 '문제적 개인'이다. 여기서 '문제적 개인'이라는 의미는 표면적으로만 풀이해도 일반적이거나 평범한 사람은 아니라는 뜻이다. 그러니 자신을 평범하다고 믿는 이들로서는, 그러한 인물(문제적 개인)을 바라보는 것만으로도 상당한 의의나 인식적인 충격을 받을 수 있다는 뜻이 된다.

다른 예를 들어보자. 〈버드맨〉은 흥미진진한 영화이다. 이 영화의 주인공은 두 가지 서로 다른 관점에서 파악될 수 있다. 하나는 가끔씩 등장하는 믿기 힘든 초능력의 소유자로서 버드맨의 관점이다. 다른 하나는 과거의 영광을 되찾기 위해서 악착같이 재기를 꿈꾸는 배우 리건 톰슨의 관점이다. 사실 버드맨으로 빙의하여 사용하는 초능력은 의심스러운 측면이 없지 않다. 버드맨의 빙의를 믿는 자아는 하늘을 날아서 왔다고 주장하거나 믿는 것 같지만, 현실에서는 요금을 못 받은 택시 운전사가 뛰어 들어오고 있다. 상대 배역(랠프)을 가격한 조명기도 결국에는 주인공의 의지인지, 우연의 산물인지 분간하기 어렵다.

반면 리건 톰슨을 재기를 꿈꾸는 한물간 삼류 배우로 간주하면, 그가 시행했다고 믿는 초능력을 혼자만의 착각으로 몰아세울 여지도 있다. 하지만 카메라는 이러한 의구심을 끝까지 보류시키기라도 하듯, 완전한 거짓이나 착각으로 몰고 갈 수 없는 부분적 사실을 남겨둔다. 그리고 계속 묻도록 만든다. 왜, 왕년의 버드맨은 자신의 초능력과 현재의 재기 공연 사이에서 갈팡질팡하는가?

버드맨 역을 맡았던 리건 톰슨은 과거 〈버드맨〉 시리즈 영화로 특급 배우의 반열에 올랐지만, 〈버드맨 4〉에 출연을 거부하면서 그저 그런 배우로 전락했다. 적어도 자신은 그렇게 믿고 있다. 그 이후 그는 예술성이 짙은 배우로 자신을 격상시키고 만인의 인정을 되찾기 위해서 부단히 노력했다. 하지만 그러한 과정에서 그의 현재 모습은 실패에 가깝다.

그는 영광된 과거와 영락한 현재 사이에 있다. 그의 꿈은 영광된 현재를 갈구하지만, 그의 위치는 오히려 영락한 현재에 가까우며, 자칫하면 과거의 영광마저 상실한 채 더 영락한 나락으로 굴러떨어질지도 모르는 상황이다. 〈버드맨〉은 이러한 두 개의 척도 속에서 방황하고 불안해하는 주인공 나의 모습을 뒤쫓는 영화이다.

이러한 문제적 나의 불안한 걸음걸이와 시선에 걸리는 세상은 성공과 실패, 과거와 현재, 예술성과 상업성, 평론가와 관람객, 박수와 야유 사이에서 엇갈리고 있다. 이에 따라 각각의 등장인물들은 이 두 세계를 분할하는 두 그룹으로 분리되며(적어도 리건의 시야에는), 그 사이에 자신이 끼어 있는 느낌을 자아내고 있다.

〈버드맨〉이라는 영화에서는 실제로 이러한 두 개의 척도가 존재하느냐 그렇지 않느냐, 혹은 유의미한 기준이냐 아니냐는 그다지 중요하지 않다(그래서 일부러 믿기 힘든 초능력을 삽입했는지도 모른다). 중요한 것은 버드맨이자 리건 톰슨인 나가 자신의 공연과 후반의 삶 그리고 현실의 가치를 이러한 기준으로 나누고 있다는 사실에 있다. 그 결과, 자신은 그 두 개의 세상 틈새에 낀 존재가 되어버린다.

리건 톰슨이 주목되는 인간이라는 점은 그의 초능력이나 배우라는 직업 때문이 아니라, 리건이 놓인 위치 때문에 결정된다. 즉 리건 톰슨은 자신을 두 무리 사이에 위치시킴으로써, 스스로 낀 존재의 형상을 닮아간다. 그렇다고 이러한 정위와 형상화가 리건 톰슨만의 문제는 아니다. 우리는 리건 톰슨처럼 주목받는 존재이고 싶어하는 욕망과, 그렇지 못한 현실 사이에서 고민하기 일쑤이며, 과거에는 영광된 세상을 살았던 기억과, 현재에는 이에 미치지 못하는 현실을 감내해야 하는 처지 사이에 놓여 있다. 즉 누구나 두 개의 압력과, 두 개의 세력 사이에서 고민하는 존재가 될 수 있다.

전술한 대로 두 무리 사이에 낀 자아는 무리와 무리 사이의 문제이기도 하지만—그 무리를 형성하고 존속시키는 것이 관념이라고 할 때—관념과 관념의 충돌에 관한 문제이기도 하다. 이러한 시각에서 보면 존 던바는 개척 대 보존, 문명 대 야만, 폭력 대 정착, 점령 대 생존 사이의 대립적인 가치관 사이에 끼어든 인물이라고 볼 수 있다. 앞에서도 여러 차례 살펴본 것처럼, 이러한 이항대립은 〈아바타〉에도 적용되며, 이러한 연장선에서 물질 대 영혼, 자본 대 자연, 폭력적 면모 대 인간적 가치 등의 대립 쌍으로 무수히 이어질 수 있다. 물론, 그 사이에 낀 존재인 제이크 역시 두 개의 상반된 가치관 사이에서 고민하고 방황해야 한다.

넓은 의미에서 〈모노노케 히메〉도 다르지 않다. 〈버드맨〉도 마찬가지이다. 버드맨이자 리건 톰슨인 문제적 나 역시 과거 대 현재, 영화榮華 대 영락零落, 예술성 대 상업성, 가치 대 인기, 심지어는 영화 대 연극 등의 다양한 가치 체계 사이에서 끼어 있는 존재일 수밖에 없다. 영화에서 낀 존재가 주목되는 이유는 물리적으로 두 개 이상의 실체 사이에 들어 있기 때문이기도 하지만, 그러한 실체 뒤에 그 실체를 추동하는 세계관이 버티고 있기 때문이다. 그 세계관은 대립된 두 가치 중 한 축을 작동시키는 근본적인 힘이다. 그러니까 낀 존재는 물리적 군중뿐만 아니라, 그 군중을 생성하고 유지하는 공유된 가치관의 틈바구니에 끼어 있기도 한 셈이다.

이때 낀 존재를 바라보는 영화는 두 개의 대립되는 가치관 사이에 존재하는 영역과 그 영역에 놓인 문제적 존재를 들여다보는 행위이다. 〈버드맨〉이 아니라도, 이러한 존재는 늘 작품 속에 등장하고 있다. 그러니 우리가 영화를 보는 주요한 이유 중 하나는 주요한 등장인물이 걸쳐 있는 세계의 양쪽 편을 가늠하기 위해서라고 해도 좋을 듯하다. 우리는 세계를 분할하고 있는 무리나 세력을 찾아보고 그 사이에 있는 낀 존재를 확인하기도 하지만, 거꾸로 낀 존재를 통해 우리의 세계(그것이 영화이든 현실이든)를 구획하고 있는 물리적·정신적·무의식적 지형을 더듬거리며 찾아낼 수도 있다. 범박하게 말해서 예술가는 그 지형을 감지하고 낀 존재를 통해 드러낼 수 있는 소양을 가진 이이며, 그러한 낀 존재를 통해 자신과 세계 사이의 문제를 객관화시킬 수 있는 사람이다. 그렇기 때문에 낀 존재는 비단 어느 작품의 부분이나 일단에서만 나타나지 않고, 결과적으로는 영화라는 매체의 주요한 특질이나 본질로 수용될 수밖에 없을 듯하다. 적어도 인간의 사회가 유지되는 범위 내에서는 말이다.

17

'나'와 '너'가 뭉쳐 '우리'가 되었지만,
'우리'가 갈라지자 '나'와 '적'만 남았다

우리는 스스로도 설명할 수 없는

이상한 존재야Strange creature we are…

무엇을 반대하는지는 쉽게 알 수 있지만

무엇을 원하는지는 쉽게 알 수 없으니…

— 데이미언이 시네드에게 남긴 마지막 편지 중에서

1. 심판이 없는 싸움, 전쟁

장래가 촉망되는 유망한 젊은이가 있었다. 이 젊은이는 곧 세계의 중심인 런던(영국)으로 이주해 개업의(사)가 되려는 꿈에 부풀어 있었다. 마을 사람들은 어려서부터 총명했던 이 젊은이의 선택을 존중해 주었고, 그를 전송하기 위해서 함께 하는 자리까지 마련했다.

흥미롭게도 〈보리밭을 흔드는 바람The Wind That Shakes the Barley〉 (2006)은 이 젊은이의 환송연과 하나의 운동 경기를 결합해 놓았다. 하키를 닮은 헐링은 아일랜드 사람들이 즐기는 운동으로, 〈보리밭을 흔드는 바람〉이 당연하다는 듯 선택한 오프닝 신의 핵심 스포츠였다.

헐링Hurling은 대개의 스포츠가 그러하듯, 팀 전체가 단결하여 하나의 목표(골 넣기)를 지향하는 경기였다. 젊은이들은 나와 상대로 팀을 나누고 자신이 속한 팀을 위해 거친 몸싸움마저 감수하며 경기에 임한다. 하지만 이 스포츠는 엄격한 룰에 의해 진행되고, 심판의 판정은 누구도 되돌릴 수 없는 권위를 지니는 것으로도 유명하다.

켄 로치는 헐링(하키라고 해도 무방하지만)을 영화의 전면에 배치하고 전쟁의 전 단계로서의 긴장감을 불어넣고자 했다. 동시에 전쟁과 다른 스포츠의 일면도 부각시킨다. 그것은 심판이 있다는 것이다. 하지만 이것은 곧 아무것도 아닌 특징으로 전락한다. 전쟁이 시작되면서 심판이 없는 싸움이 시작되자, 양 팀은 언제 그랬냐는 듯 서로를 이기기 위해서 서로에게 잔인해지기 시작했기 때문이다.

2. 떠날 수 없는 데이미언

마을 사람들이 컬링을 함께한 일은 큰 문제를 불러일으킨다. 마을
에 난입한 영국군은 아일랜드 젊은이들을 범법자로 몰아 벽에 세우고
총으로 위협했으며, 아일랜드 고유어가 아닌 영어로 자신의 신분을
밝히도록 명령했다. 그리고 그 명령을 거역한 한 젊은이를 죽였다.

이 유혈 사태가 오프닝 시퀀스에서 컬링 경기와 맞닿아 있고, 그
경기 자체가 데이미언과 관련된다는 점에서, 헐링 경기와 유혈 사태
는 데이미언의 운명과 선택을 가늠하는 장치이다. 즉, 데이미언은 헐
링 경기를 위해 유혈 사태까지 감수해야 하는 아일랜드의 상황을 어
떠한 방식으로든 수용해야 한다. 궁극적으로 이 일은 자신으로 인해
생겨났으며, 자신이 다른 곳으로 떠난다고 해서 사라질 문제도 아니
기 때문이다.

그래도 데이미언은 자신이 떠나야 한다고 믿었다. 하지만 기차역
에서 똑같은 횡포를 목격했다. 영국군과 그들의 무기 수송을 허용하
지 않은 아일랜드 철도 기관사와 역장은, 무장한 군인들에게 치도곤
을 당해야 했다. 결국에는 애꿎은 승객들이 쫓겨나고 데이미언은 출
발을 연기해야 하는 상황에 처했다. 영국은 아일랜드를 짓밟고 있으
며 그 속에서 홀로 평온할 수 없었다. 피할 곳은 없어 보였다.

헐링 경기과 유혈 사태, 운송 거부와 폭력 진압은 결국 데이미언이
외면할 수 없는 아일랜드의 현실을 각인시킨다. 결국 데이미언은 떠

세상의 모든 **나**들

나지 않기로 한다. 대신 IRA의 일원이 되어 형 테디와 함께 지역 저항
군을 이끈다. IRA라는 단체는 'Irish Republican Army'의 약자로, 영
국군의 횡포에 대항하여 아일랜드의 독립을 위해 결성된 군사조직이
었다. 1913년 조직된 전신을 본받았으며, 1916년 더블린 부활절 봉
기로 그 명칭과 체계가 공식화되었다. 데이미언은 IRA 소속으로 점령
군 영국군의 무기를 탈취하고, 그들의 장교를 척살하며, 중앙에서 파
견되는 소규모 군대를 격파하는 게릴라전을 운용했다.

거대한 영국에 대항한 그들의 저항 활동(1919~1921)은 일차적 결실
을 맺고, 영국군과의 협정에 조인할 수 있는 기회를 확보했다. 문제는
협정에 조인하는 과정에서 IRA는 그만 분열되었고, 내부를 분열시킨
견해(이념) 차이와 상호 이익에 따라 내전이 유발되었다는 점이다. 내
전은 데이미언과 그의 형 테디마저 갈라놓았고, 막역했던 형제 사이
에 지울 수 없는 상처를 남겼다. 이러한 형제간 반목은 결국 아일랜드
역사가 체험해야 했던 오판과 비극을 상징했고, 같은 운명을 반복해
야 했던 민족(국가)의 슬픔과도 무관할 수 없었다(가령 한국).

켄 로치는 그 원인을 전쟁에서 찾고 있다. 전쟁은 처음에는 한 팀
이 되어서 싸워야 할 적을 분명하게 보여주었다. 헐링 같은 스포츠 경
기와 유사했는데, 서로 하나가 된 팀만이 승리할 수 있다는 점도 동일
했다. 영국이라는 적은 아일랜드인들이 무엇에 반대해야 하는지를 명
확하게 인지시켰다. 하지만 시간이 흘렀고, 상황이 달라졌다. 이기는
것에만 집착했던 이들은 결국 무엇을 위해 싸워야 하는지를 잊고 전

쟁을 통해 무엇을 얻어야 하는지를 망각하게 되었다. 이제 전쟁은 멈추고 싶어도 멈출 수 없는 거대한 추동력을 얻었고, 어쩌면 일상이 되었다. 그 힘 앞에서 각 개인은 저항하지 못했다.

전쟁이 스포츠 경기와 다른 점이 여기에 있었다. 스포츠 경기는 승패가 결정되면 중단된다. 어쩌면 중단되는 순간 승패가 결정될 수도 있다. 하지만 전쟁은 승패가 결정되어도 좀처럼 중단되지 않으며, 전쟁이 중단된다고 해도 또 다른 승패를 원하는 이들이 생겨날 수 있었다. 적어도 아일랜드의 상황은 그러했다.

데이미언은 그 늪에 빠졌고, 결국에는 자신의 혈육에 의해 처형되는 비극 속 비극을 경험한다. 데이미언이 보냈던 편지 속에 "우리는 스스로도 설명할 수 없는 이상한 존재"라는 말은 그러한 자신과 자신의 동료를 바라보는 물음을 담고 있다. 전쟁은 어떤 면에서는 승부가 나도 멈출 수 없는 게임이었던 것이다.

3. 반복되는 사건들, 장면들, 비극들, 그리고 역사들

〈보리밭을 흔드는 바람〉에는 적지 않은 충격적인 장면이 포함되어 있다. 그중에서 데이미언이 전쟁의 공포를 몸으로 느끼는 경험은 크리스를 처단하는 사건이었을 것이다. 그 순간은 데이미언에게 공포의 시간이 아닐 수 없었다.

데이미언이 속한 조직은 누군가의 밀고로 본거지를 급습당하고 조직원들이 영국군에게 체포되는 불운을 겪었다. 양심 있는 병사의 도움으로 탈출에 성공한 조직은 뒤늦게 그 밀고자를 찾아 나선다. 밀고의 시초는 지주였고, 지주는 하인 중 한 사람인 크리스를 닦달하여 밀고를 시행하도록 강요했다. 데이미언의 조직은 두 사람을 처벌하기로 결정한다.

지주에 대한 처형은 처형자들의 양심을 자극하지 않았다. 지주는 가난한 농부나 노동자로 조직된 IRA와는 기본적으로 다른 노선을 걷는 인물이었기 때문이다. 그는 적과 마찬가지로, 조직이 대항해야 할 대상이었다. 하지만 크리스의 처지는 지주의 상황과는 근본적으로 달랐다. 그는 지주와 지배자(영국군)의 횡포 때문에 본의 아니게 조직원을 밀고할 수밖에 없었다. 배운 것도 없고 현실적인 힘도 지니고 있지 못한 크리스로서는 어쩔 수 없는 선택이었다고 해도 과언은 아닐 것이다. 크리스가 보호하려고 했던 것은 가족이었고, 힘 없는 어머니였다.

하지만 처형 결정은 변동이 없었다. 그리고 그것은 IRA라는 신성한 임무를 수행하는 공통의 목표로 인정되었다. 하지만 데이미언은 이 결정에 기쁘게 수긍할 수 없었다. 크리스는 어릴 적부터 데이미언이 돌보던 아이였고, 크리스의 어머니는 친숙한 이웃이었다. 그럼에도 데이미언은 자신의 손으로 처형을 진행한다. 그 대신 처형하겠다는 동료(반군)가 있었음에도 그는 자신의 손으로 크리스를 죽이고 묻는다. 그리고 자신에게 반문하듯 되뇐다.

조국이라는 게, 이렇게 할 만한 가치가 있는 것이겠지.

크리스의 처형은 두 가지 생각을 불러일으킨다. 하나는 아이러니하게도 그 처형의 방식이 영국군의 그것(처형)과 근본적으로 차이를 보이지 않는다는 점이다. 헐링을 했다는 이유로 체포되고, 자신의 이름을 영어로 말하지 않았다는 이유로 구타당한 것은 누가 보아도 처형의 이유가 되지 못했다. 그런데도 영국군은 재판 없이 저질렀고, 그 일은 남겨진 사람들에게 상처로 남았다. 저항의 빌미가 되었고 증오를 전파시켰다.

그런데 그 증오에서 출발한 IRA도 어느새 그 증오를 닮아 있었다. 억울하게 죽어간 젊은이들과 이웃들을 보호한다는 명분을 앞세웠으면서도, 그들—지배자 영국군과 동일 논리를 적용하여 백주의 대낮에 한 젊은이이자 이웃을 처벌한 것이다. 영어로 자신의 이름을 말하지 않은 사연과, 어머니를 보호하기 위해서 어쩔 수 없었다는 사연 중에 어떠한 것이 사형에 걸맞은 죄목이 될 수 있을까.

하지만 아일랜드 공화국 정부군을 표방하는 IRA에는 자신들의 활동에 신성성을 불어넣으면서 그 이유를 정당화시킨다. 아니, 어떠한 의미에서든, 조국과 IRA를 배반하는 것은 용서받을 수 없는 범죄라고 단정함으로써 자신들의 행위에 대한 정당성을 의심하지 않았다. 안타까운 점은 이러한 단정을 크리스 본인도 인정한다는 점이다.

이것이 인정/불인정의 문제로 정리될 수 있을까. 과연 IRA와 데이

세상의 모든 **나**들

처형 직전의 크리스와 데이미언의 대화

미언 그리고 크리스마저 자신들이 한 선택이 옳다고 확언할 수 있을까. 어쩌면 그들은 자신들이 만들어 놓은 또 하나의 허상—자신들은 신념이라고 믿지만—에 사로잡혀, 더욱 중요한 진실은 망각한 소치는 아니었을까. 혹 그들이 믿는 대로 신념을 방패막이로 내세워, 전쟁을 쉽게 정당화했던 것은 아닐까, 우리는?

데이미언은 크리스의 어머니를 만났고, 저녁을 준비하던 크리스의 어머니는 데이미언을 따라 아들이 묻힌 곳으로 간다. 6시간을 말없이 걷고, 어머니는 데이미언에게 "다시는 너를 만나고 싶지 않다"고 이야기한다.

이러한 처형과 전달 그리고 선언은 데이미언에게 훗날 그대로 돌아온다. IRA의 강력한 저항에 어려움을 겪던 영국은 아일랜드의 일부 자치를 허용하는 협상안을 내세우고, IRA가 이를 수용하자, 이에 발

맞추어 아일랜드 내부에서는 협상안을 거부하는 측의 반론도 폭증하기에 이른다. 영국의 제안은 완전한 자치에 대한 보장이 아니며, 영국 국왕에게 충성을 맹세하는 식의 독립은 진정한 독립이 아니라고 주장하는 의견이 하나의 세력을 형성한 것이다.

테디는 IRA의 간부답게 협상안을 수용해야 한다고 말한다. 반면 테디와 함께 저항 운동에 참여했던 댄이나 데이미언은 이에 반대한다. 완전한 독립이 아니라면 언제든지 영국은 다시 아일랜드를 점령할 수 있다는 위험 논리로 무장했다. 그러자 양측은 서로를 비난했고 급기야는 상대를 적으로 돌렸다. 어제까지 영국을 향해 겨누었던 총칼은 민족 내부로 향하고, 두 진영은 각자의 논리로 상대를 증오하는 사이로 변모했다.

영국을 적으로 삼고 싸우도록 했던 증오가 다시 살아나, 또 다른 적을 만들고 다시 싸워야 하는 논리로 등장한 셈이다. 따지고 보면, 증오는 이전에도 있었고, 어쩌면 이후에도 있을지 모르는 감정이었다. 그러자 모든 것이 갑자기 무의미해진다. 더구나 민족의 비극은 두 형제의 운명을 갈랐다.

두 형제의 반목은 또 다른 처형을 낳았다. 데이미언은 IRA에서 탈취된 반군의 무기가 어디에 있는지 말하고 사면받으라는 형 테디의 권고를 끝내 받아들이지 않는다. 오히려 테디에게 자신이 크리스를 죽여야 했던 이유가 무엇이었는지 다시 생각하라고 항변한다. 하지만 둘 사이에 공유할 수 있는 의견은 없었다. 그러자 데이미언은 밀고자가 아닌 형장의 이슬로 사라질 것을 선택한다.

켄 로치 감독은 초기 IRA 운동을 시작하면서 테디와 데이미언이 끌려온 감옥에, 데이미언을 수감하는 테디의 모습을 카메라로 포착한다. 수감자였던 테디는 누군가를 수감하는 위치로, 그때도 지금도 반군의 위치를 벗어나지 못하는 데이미언은 여전히 포로의 입장으로 남아 있다. 묘한 반복은 그들로 하여금 자신들이 끌려와 고문받던 시절을 회상하도록 만든다.

무엇이 달려졌는가. 테디를 보호하고 대신 죽기를 감수했던 데이미언이 있었다. 하지만 현재에는 테디의 조언과 애원에도 불구하고, 죽음의 길로 가려고 하는 데이미언이 남아 있다. 형제의 정리도, 형으로서의 읍소도, 데이미언의 마음을 돌리지 못한다. 그렇게 하기에는 그—데이미언은 너무 멀리 왔고, 테디 역시 돌아갈 수 없을 만큼 멀리 왔다. 그들은 갈라섰고, 어제의 동지에서 오늘의 적으로 분리되었다.

형제의 반목은 아일랜드의 반목을 보여준다. 아일랜드는 외부의 적인 영국 앞에서는 그나마 일치단결할 수 있었다. 숱한 탄압에도 불구하고 마을 사람들은 IRA를 숨겨주었고, 그들에게 먹을 것을 주었고, 그 응징으로 집이 불타고 수모를 당해도 IRA를 원망하지 않았다. 심지어 자기 아들이 죽고 자신의 머리를 잘려도 그 탓이 IRA에게 있다고는 생각하지 않았다. 민중과 노동자들은 IRA가 조국의 독립과 민생의 평화를 가져올 것이라고 믿었고, 또 그렇게 믿을 수밖에 없었다.

하지만 테디와 데이미언은 조금씩 다른 길을 걷기 시작했다. IRA 자치 법정에서 소작인의 이익을 가로챈 지주(고리대금업자)에게 형벌을 가하고 배상을 부가했음에도, IRA 수뇌부는 그 지주가 무기 구입을 지원한다는 명분으로 사면하려고 했다. 문제는 테디가 대변하는 조직의 일원들은 조국의 독립을 최우선의 가치로 여기면서 협상과 타협을 외면하지 않았던 반면, 지주 계급의 철폐와 사회주의의 도래가 아니라면 진정한 아일랜드의 독립은 이루어지지 않을 것이라 믿는 측도 상당했다는 것이다. 두 의견 모두 아일랜드 사람들의 생각이었다.

이때부터 형제간 반목은 시작되었다. 테디와 데이미언은 서로 다른 세계관(정치관)을 드러내기 시작했고, 아일랜드는 이러한 생각의 차이로 인해 분열과 내홍을 목전에 두고 말았다. 사실 이러한 아일랜드의 상황은 비단 그 나라만의 것은 아니었다. 켄 로치가 아일랜드 독립전쟁을 주목한 이유는, 당시 진행되고 있었던 이라크 전쟁 때문이었다. 이라크 전쟁 역시 크게 다르지 않았으며, 세상의 모든 전쟁 역시 크게 다르지 않았다.

한국의 경우에는 더 말할 것도 없다. 아일랜드와 한국은 여러모로 닮은 점이 많았다. 오랜 전통과 유구한 역사를 지니고 있고, 자체적인 문화와 포용력도 상당한 나라였지만, 불행하게도 이웃 나라의 침략으로 식민지로 전락한 상태라는 점마저 아이러니하게도 비슷했다. 한국은 일본의 식민지로, 아일랜드는 영국의 식민지로 전락했으며, 그에 대한 격렬한 반응을 보인 점도 공통점이었다.

그 이후의 양상도 크게 다르지 않았다. 한국은 일본의 압제에서 벗어나기 위해서 독립 무장 투쟁, 임시정부 건설 등의 저항 운동을 펼쳐 나갔는데, 아일랜드 역시 마찬가지였다. 데이미언과 테디가 참여했던 IRA는 그 소산이었고, 일종의 독립군이었다. 그리고 독립을 쟁취한 이후 두 국가는 그 이후의 행보를 두고 분열 상태로 빠져든다. 아일랜드는 영국의 연방으로 남는 것에 찬성하는 측과 반대하는 측으로, 한국은 남한과 북한으로 분리되었으며, 한동안 피비린내 나는 내전을 경험해야 했다.

그 논리도 비슷했다. 테디가 주장하는 영국과의 안정적인 협상은 남한의 입장과 닮아 있고, 노동자와 농민들에게 진정한 자유를 추구해야 한다는 입장은 북한을 닮아 있다. 자본주의 체제를 옹호하는 진영과 공산주의 논리를 대변하는 진영의 대립으로도 정리할 수 있다. 두 체제 모두 소기의 성과와 정당성을 획득하지 못했지만, 이로 인해 하나의 민족 두 개의 체제로 분리된 점은 동일 수순이 아닐 수 없었다.

데이미언은 그 와중에 친족에 의해 처형되었다. 한국에서도 이러한 처형의 역사는 끊임없이 반복되었다. 자신이 살기 위해서, 혹은 자신의 신념과 체제를 지키기 위해서, 어제의 동지이자 핏줄의 인연을 이은 자들을 죽여야 했던 역사는 비단 아일랜드만의 것은 아니었다. 한국의 사례에서도 이러한 현상은 각별하게 주목되었다. 가령 오태석의 〈자전거〉는 친척과 이웃을 죽인 당숙의 참회를 배면에 깔고 있다. 그는 이념의 대립 속에서 자신이 살기 위하여, 자신의 형과도 같았던 친족을 가두고 불을 질러 살해해야 했다. 20세기 전반의 아일랜드나, 20세기 중반의 한국은 결국 같은 수순을 밟아야 했고, 동일한 비극에 직면해야 했으며, 켄 로치 주장대로 하면 20세가 초엽에 일어난 이러한 전쟁의 양상은 21세기 초엽의 이라크 전쟁에서도 동일하게 나타난다.

전쟁은 명분으로부터 시작되지만, 명분은 곧 사라지고 증오만 남아 전쟁을 이끈다. 서로에 대한 증오는 동일한 피를 부르는데, 영국군이 아일랜드 젊은이를 범죄자로 몰고 그들을 처형했듯, 점령자의 지위를 이어받은 IRA 정부군은 곧 반군과 양민들을 잠정적인 범죄자이자 포로로 몰아붙여 역시 처형했다.

한 여인의 절규를 들어보자.

내가 너희들에게 밥을 주고 도망갈 곳을 제공했는데, 너희들이 이제는 나를 몰아붙여 범죄자로 벽 앞에 세우는구나.

이 여인의 절규를 들은 누가 이러한 참상을 비극이 아니라고 할 수 있을까. 그리고 이러한 비극을 만드는 인간에 대해 다시 생각하지 않을 수 있을까. 과연 이 장본인이 나와는 무관한 존재라고만 안심할 수 있을까. 어쩌면 그녀를 벽 앞에 세우는 '그'가 바로 나는 아닐까.

4. 10년 후 돌아온, 또 하나의 데이미언

데이미언은 형 테디의 손에 죽었지만, 이러한 가정은 이어갈 수 있다. 만약 내전의 와중에서 데이미언이 도망갈 수 있었다면?

이러한 물음에 응답이라도 하듯, 켄 로치는 2014년(10월) 〈지미스 홀Jimmy's Hall〉(2014)을 내놓았다. 이 영화에서는 아일랜드의 상황을 이어받고자 했다. 작품 속에서 1919년에서 1921년은 아일랜드 독립 운동 시기로 규정되고, 1922년부터 시작된 내전은 많은 젊은이들에게 절망을 안겨준 사건으로 전제되었다. 지미 역시 그러한 젊은이였고, 그는 반대파의 집권과 탄압으로 고국을 떠나야 했던 불행한 운명을 진 젊은이였다. 그러한 처지와 운명은 데이미언을 너무 닮았다.

또 다른 데이미언인 지미는, 10년이 지난 후 자신이 떠났던 자신의 고향으로 돌아온다. 더 정확하게 말하면 지미는 동료들이 함께 만들었던 '홀Hall'이 있는 곳으로 돌아온다. 지미의 귀향은 마치 데이미언이 떠나갔다가 돌아온 듯한 이미지를 풍기는데, 이러한 유사한 분위기만으로도 〈보리밭을 흔드는 바람〉의 이후 이야기를 들려주려는 켄 로치의 의도를 알아챌 수 있을 것이다.

귀향하는 지미의 시선에 낡은 홀이 포착된다. 홀은 낡은 지붕을 간신히 얹은 상태로 길가에 덩그러니 버려져 있었다. 지미를 마중 나온 친구는 홀에 대해 미안해하면서 변명을 꺼낸다. 그리고 지미가 이 문제를 해결해주기를 바라는 듯한 언질을 남긴다. 이 홀은 분명 지미와

십 년 넘게 폐쇄되어 있던 회관을
다시 찾은 지미는 옛 추억에 잠긴다.

지미가 돌아보는 홀●

관련이 깊은 곳이다.

〈지미스 홀〉에서는 허물어져 가는 홀에 들어가 과거를 회상(추억)
하는 장면으로 지미와 홀의 시작과 관계 그리고 그 의미를 설명하고
자 했다. 10년 전 기억 속의 홀은 지금과는 달리 마을의 중심이었다.
무언가를 배우고 싶어하는 사람, 어디에선가 놀고 싶어하는 사람, 간
절하게 연애하고 싶어하는 사람, 남들을 가르쳐야 한다고 믿는 사람,
무작정 춤추고 싶어하는 사람들이 다양하게 모여들어, 대화하고, 토
론하고, 결정하고, 실행하는 공간이었다. 배움이 모자란 이들에게는
배움을, 놀이가 필요한 이들에게는 놀이를, 사랑을 원하는 이들에게
는 사랑을, 또 가르칠 수 있는 권한과 의무를, 모든 속박이나 구속에
서 벗어나 마음껏 춤출 수 있는 기쁨과 기회를 제공하는 만남과 교류

● movie.naver.com/movie/bi/mi/basic.nhn?code=118337

세상의 모든 **나**들

와 자유의 장이었다. 모임의 장이었고, 사교의 장이었으며, 배움과 가르침이 공존하고 토론과 상호 존중이 통용되는 공간이었다. 그곳에서 사람들은 자유로움과 인간다움을 만끽할 수 있었다. 적어도 어떤 이들에게는 그러했다.

하지만 그러한 홀의 기능을 반대하는 이들도 있었다. 무식한 이들이 배워서 자신들의 권리를 주장하는 것에 반대하는 사람들이 그들이었고, 가난한 자들이 모여 집단을 이루고 지주에게 반항하는 것을 아니꼽게 생각하는 이들이 못마땅하게 생각하는 그들이었으며, 가르침이 독점의 권리이고 지배가 고유의 권한이라고 믿었다가 이에 도전을 받고 위기감을 느낀 지배층이 또한 그들이었다.

이러한 지배층에는 지주, 관료, 경찰, 종교 지도자 등이 포함되었으며, 자연스럽게 지미의 홀에 모이는 사람들은 빈자, 농부, 소작인, 노동자, 배움이 부족한 자, 자신의 권리를 모르는 자, 힘겹게 반항하지 못하는 약자 등이었다. 물론 그 어떤 구속과 억압으로부터도 자유롭고자 하는 사람들도 홀의 입회인이었다. 그러니까 지미의 홀은 못 가진 자와 못 배운 자, 권력이 없는 자들의 공간이었다. 반대로 지배층과 고위층과 특권층과 부유층에는 탐탁하지 않은 공간이었다.

마을은 두 개의 서로 다른 가치관으로 나뉘었다. 아니 본래부터 나누어져 있던 두 개의 계층이 홀을 둘러싼 생각으로 더욱 첨예하게 대립하기 시작했다. 그리고 그 이유가 홀에 있다고 주장하는 사람들이 지미를 탄압하기 시작했다. 지미가 이끄는 홀은 만악萬惡의 근원이고 사회질서를 해치는 암적인 존재라는 주장이 이어졌다. 역시 반대의 생각도 있었다. 홀이 있기에 가난한 이들은 지주에 대항할 수 있었고, 홀에서 시행된 가르침이 있기에 자신들의 권한과 올바른 세상의 길을 발견할 수 있었으며, 홀에 모여든 사람들(동료)이 있기에 자신들이 무시당하지 않고 편애로 가득한 세상에서 온전하게 살아갈 수 있는 기회와 생각을 가질 수 있었다고 믿는 이들이 분명 존재했다.

지미가 10년 만에 귀향했을 때 홀이 그렇게 중요하냐고 묻는 마을 사람들이 있었다. 그 사람들은 10년 전의 모습을 상상할 수 없었기 때문에 그러한 질문을 던질 수 있었을 것이다. 하지만 10년 전의 홀은 세상의 중심이었고, 세상을 측량하는 척도였고, 세상에 대항할 수 있는 구심점이었다.

켄 로치는 지미의 홀이 보여준 구도와 그 구도가 지니는 의미를, 1930년대 아일랜드의 현실에서 파악하고자 했다. 아일랜드는 독립 공화국이 되었지만 지주와 상업가들의 횡포로 여전히 고통받았고, 영국과의 관계 문제로 내전과 반목이 그치지 않는 격동의 공간이었다. 그러한 소용돌이 속에서 자본의 독립성과 자율성을 주장하며 부자에 의한 빈자의 지배가 타당하고 당연하다는 생각을 가진 이들과, 부자의 생산 수단 독점이 잘못된 것이며 평등한 경제적 권리가 아일랜드의 미래라고 믿는 이들이 여전히 대립하고 있는 각축장이었다.

앞에서도 살펴본 대로, 이러한 대립—계층과 세계관과 정치적 이념을 둘러싼 대립—은 비단 아일랜드만의 문제는 아니었다. 1945년

해방 이후 한국도 동일한 대립과 논란에 직면해야 했고, 결국 6·25전쟁이라는 내전과 분단이라는 반목을 경험해야 했다. 비단 아일랜드와 한국만의 문제만으로 국한할 수 있는 것도 아니다. 분단국가는 세계 여러 나라에서 출몰했으며, 전 세계는 전자의 논리를 대변하는 미국과 후자의 입장을 지지하는 소비에트 연방 양쪽으로 나뉘어 대립했다. 부자 대 빈자, 권력층 대 하위 계층, 자본가 대 노동자, 권력자 대 소외자의 대립은 곳곳에서 출몰했고 좀처럼 사라지지 않았으며 대부분은 더욱 심각한 문제로 나아갔다. 세상의 대립과 마찰은 지미의 마을과 다를 바가 없었다. 그러니 지미의 홀을 바라보는 시각에는 세상을 암묵적으로 분열시키는 대립적 시각이 내재되어 있었다. 지미의 홀은 논란의 중심이고 반목의 이유이기도 했다.

켄 로치는 그 이후 나타날 인간 세상의 원형으로 지미의 홀에 다시 주목할 것을 권고했던 것이고, 그러한 권고를 통해 인간의 역사에 남아 있는 계층과 이념과 대립의 문제를 숙고하기를 바랐던 것이다. 많은 이들이 나를 접고 우리가 되어, 우리를 괴롭히던 적과 싸워야 했다. 그리고 그 적이 무너지면서 ─ 아일랜드 상황으로 환원하면 독립국가의 체형을 유지할 수 있게 되면서 ─ '더 나은 나들'의 세상을 만들려고 했지만, '나들의 세상'은 곧 분열되고, 하나의 나와 또 다른 나로 나누어지고 말았다.

데이미언이 처벌된 세상도, 지미가 추방된 세상도, 그러한 데이미언과 지미가 다시 돌아온 세상도 이러한 이치는 다르지 않았다. 나와 너가 만나 우리가 되고, 그 우리가 더 큰 우리가 되었지만, 궁극에는 그 우리가 나누어지면서 나와 적만 남았다. 처음에는 나와 나의 시작이었는데도, 언제부터인지 나는 내가 아닌 적과 동거하고 있었다. 그렇다면 우리 가운데 적은 누구였을까. 아니 나는 누구여야 하는가. 혹 그렇게 생겨난 적이 나는 아니었을까. 질문은 질문을 부르지만, 그 답은 그렇게 명확하지 않다. 확실한 것은 나와 너의 동거가 우리도 만들지만, 그 사이에 적도 만든다는 점이다. 그것은 오래 반복되는 인간 나에 대한 말할 수 없는 진실이기도 하다.

인간은 반복하는 존재이다. 그래서 살 수 있는 존재이기도 하다.

세상의 모든 **나**들

18

돌아오지 않는 '나'를
'너'와 함께 마중 가다

1. 20년 기다림에 지친 어느 날

한 남자가 도망치고 있다. 추레한 얼굴, 뿌옇게 흐려진 안경, 비를 피하려고 뒤집어쓴 밀짚. 남자는 초라한 안색과 불안한 시선으로 한 곳을 바라본다. 그곳에 한 모녀母女가 살고 있었다.

이들 모녀는 여태까지 남편이나 아버지 없이 살아가고 있었다. 하지만 공산당의 지시를 어기고 탈출한 남편이자 아버지로 인해, 모녀는 고민에 휩싸인다. 엄마는 딸을 보호해야 했고, 딸은 자신의 배역을 보호해야 했다. 결국, 두 사람은 자신이 지켜야 할 것들을 위해, 자신이 잃어버려서는 안 되는 사람을 떠나보내야 했다.

아내 펑완위는 딸과의 안위를 위해, 오랜만에 그리고 힘겹게 돌아온 남편 루옌스를 내치고 만다. 돌려도 열리지 않는 현관문 때문에 남편은 비 오는 거리로 쫓겨나야 했고, 묵을 집을 찾지 못해 결국 고향을 떠나야 했으며, 결국에는 기차역에서 공안들에게 붙잡히고 말았다. 아내 펑은 그렇게 남편을 돌려보내고 내내 마음 아파하였고, 기차역에서 그때 입은 상처로 기억마저 상실하고 만다. 그리고, 그녀는 다시는 그를 다시는 알아보지 못한다.

루옌스와 펑완위의 딸 단단은 학교에서도 손꼽히는 무용수이다. 단단이 추는 춤은 문화대혁명이 세상에 생산해낸 광기의 춤에 다름없지만, 어린 단단에게 그 춤은 세상 어느 것보다 소중한 것이었다. 그렇게 소중한 춤(배역)을 기억도 안 나는 아버지로 인해 빼앗길 위기에 처하자, 단단은 아버지의 귀환을 밀고하고 자신의 배역을 지키려고 한다. 하지만 밀고자의 운명이 대개 그러하듯, 그녀는 배역도 잃고 이웃의 신뢰도 잃고 어머니마저 잃고 만다.

하지만 그녀가 잃지 않은 사람도 있었다. 더 정확하게 말하면 그녀를 포기하지 않은 단 한 사람이 있었다. 문화대혁명이 끝나고 고향으로 복귀한 아버지 루옌스는, 딸의 밀고와 배반을 기억하지 않는다. 그리고 세상 그 누구보다 반갑게 딸을 맞이한다. 그러나 딸은 자신의 기억과 배반 때문에, 아버지에게 다가가지 못한다. 대신 단단은 '이상한 어머니', 즉 아버지가 붙잡히자 단단 자신을 쫓아내고 아버지를 내내 기다리기만 하는 어머니에 대해 알려준다. 그녀—단단 역시 어머니를 어쩌지 못하고 살고 있었다.

루엔스는 이번에도 자신의 집으로 들어가지 못한다. 아내는 남편 루엔스를 알아보지 못하고, 이웃과 딸의 증언에도 불구하고 자신을 다른 사람으로 오인하고 있다. 아무리 설득하고 설명해도 아내는 자신을 알아보지 못했다.

아내에게 다시 나타난 남편은 낯선 남자일 따름이었다. 그녀의 남편은 단단이 밀고하고 자신의 눈앞에서 끌려간 덥수룩한 남자였고, 그때 이후로 다시는 돌아오지 못하는 사람이어야 했다. 루엔스는 아내의 고통을 인정해야 했고, 그녀의 기억이 돌아올 때까지 ─ 자신의 집이 아닌 ─ 자기 집이 보이는 작은 창고에 일시 기거하기로 한다. 유일한 위안은 자신이 보냈던 편지, 5일에 고향에 도착한다는 편지만은 그녀가 잊지 않고 있다는 점이었다.

그리고 그녀는 매달 5일이 되면, 남편을 마중하러 마을 기차역으로 향한다. 하지만 기다림만 있을 뿐, 재회는 있을 수 없는 날들이 계속되었다. 아내의 이러한 습관을 확인한 루엔스는 일부러 기차에서 내려 손님이 되어 나타나기도 했고, 아내와 함께 마중 대열에 끼어 말을 걸어보기도 했다. 하지만 그녀는 달라지지 않았다.

5일마다 기차역에서 펑이 만나기를 희망하는 사람은 남편이었지만, 묘하게도 이미 돌아온 남편은 아니었다. 어쩌면 그녀의 마음속에서, 남편은 절대로 돌아와서는 안 되는 어떤 사람일 수도 있다. 그만큼 그녀의 마음속은 어지럽고 무참한 상황이었다. 그녀는 돌아오지 않는 남편을 통해 그렇게나마 자신의 삶을 붙잡고 싶었는지도 몰랐다.

영화 〈5일의 마중歸來〉(2014)은 펑의 이러한 기억 장애를, 머리를 부딪쳐 입은 심인성 기억 장애로 설명하고 있다. 루옌스가 떠난 자리에 흩어진 빵 조각과 핏자국은 그녀의 내면 상처를 보여주는 듯했다. 하지만 이 작품에서 그녀의 진정한 상처는 그−루옌스를 기다린다는 점이다. 펑은 루옌스를 계속해서 기다린다. 돌아오지 않을 것이라는 의심이 들었지만, 그녀는 그의 빈자리를 돌아올 수 있다는 기대로 메워야 했다. 지난날의 잘못을 기억하고 만회하려면 말이다.

그 잘못은 실상 그들 외부에서 시작된 것이었다. 중국 현대사의 전환점이자 최고의 비극인 문화대혁명이 그것이다. 중요한 사건답게, 지금까지도 역사 속 문화대혁명에 대한 평가와 생각은 각양각색이다. 역사 속 문화대혁명은 긍정적인 측면도 부정적인 측면도 있었던 사건이었으며(이전까지는 주로 부정적인 측면만 강조되었지만), 역사의 정당성을 간직하기도 했고 부정적인 정치 현실을 반영하기도 했던 기억이었다. 일방적으로 정의하기에는 내부 사정과 서로 얽힌 관계가 복잡했지만, 시간이 지나 바라보면 단순한 측면도 적지 않았던 해프닝이기도 했다. 문화대혁명은 정치적이기도 했고, 동시에 경제적이기도 했으며, 어떤 측면에서는 사상적인 동향이나 일상적인 면모도 동시에 지니고 있었다. 시대의 당위를 따르는 속성도 있고 한 인간의 이기적인 행태나 무차별적 집단의 횡포를 담아낸 문제이기도 했다.

무엇보다 문화대혁명은 가족과 사회, 지식인과 민중, 혹은 역사와 노동의 경계를 허물었고, 집단주의의 패악과 함께 실패한 사회 운동

세상의 모든 **나**들

으로서의 문제를 남기기도 했다. 장이머우 감독은 이러한 문화대혁명을 한 여인의 기다림으로 표현했다. 그 기다림은 그동안 너무 미안하고 그리워서 자신의 자리를 비울 수 없도록 만들었지만, 막상 그 사람이 돌아왔을 때는 온전한 정신으로 마주할 수 없었던 이중적 기다림이기도 했다.

2. 루엔스가 탈출하던 날

〈5일의 마중〉에서 루엔스가 공연단을 탈출했던 이유는 명확하지 않다. 아마 오랜 수감 아닌 수감 생활에 절망을 느끼고 가족을 보고 싶었기 때문으로 풀이된다. 단단이 세 살 되던 해에 끌려간 루엔스는 이후 원하지 않는 곳에서 지내야 했고, 한동안 가족도 볼 수 없었다.

문화대혁명 시절 지식인은 대체로 불순분자 내지는 재교육 대상자로 분류되었다. 공산주의 혁명을 완수하기 위해서 지식인은 특권을 버리고 '하방'을 통해 노동자/농민으로 신분이 바뀌어야 했으며, 때로는 새로운 지식(공산주의에 대한 열망)으로 민중의 일원으로 새롭게 교육되어야 할 사회악으로 취급되었다. 하방이란, 홍위병 등으로 세력을 갖춘 젊은이들이 지식인들을 '반동'으로 몰아 농촌으로 내려보내 강제 노동이나 부역에 참여하도록 종용한 행위를 가리킨다. 루엔스역시 이러한 하방의 일원이 되어 공연단에 차출되었던 것으로 보이는

데, 루엔스의 탈출은 하방을 지시한 입장에서 볼 때 반역, 불법, 범죄 행위나 다름없었다.

그러니까 루엔스는 하방 조치로 가족과 떨어진 것으로 짐작되나, 영화 〈5일의 마중〉은 그 이유를 분명하게 보여주지는 않는다. 그리고 어떻게 해서 루엔스가 공연단에서 복무하게 되었는지도 설명하지 않는다. 다만 탈출을 꿈꾸는 루엔스에게 공연단이 강제 수용소나 다를 바 없었다는 사실만은 분명하게 보여주고자 했다. 루엔스가 수용소를 탈출하여 가망 없는 도피 생활을 감행한 이유에 대해서는 깊게 언급하지 않았음에도 불구하고, 문화대혁명이 한 영혼에게 남긴 상처가 상당히 깊다는 사실에 대해서는 이견의 여지가 없도록 만들었다.

결과적으로 장이머우 감독은 탈출 동기를 일일이 설명하는 것에 심력心力을 낭비할 필요가 없었다고 생각한 것 같다. 아마도 그 시기를 이해한 사람이라면, 누구라도 그 동기를 알 수 있다는 뜻일 것이다. 대체로 중국에서도 문화대혁명은 암울한 시기로 평가받고 있다 (마오쩌둥의 과오라는 평가가 공식적으로 내려진 바 있다). 문화대혁명의 초기에는 혁명의 의미와 가치를 간직한 긍정적 의의가 나타나기도 했으나 중국의 각 지역으로 전파된 이후 문화대혁명은 순식간에 평정심을 잃고 사람들을 편견의 도가니로 몰아넣는 광란으로 변질되었다. 하방을 시행해야 하는 지식인에게도, 멀어져야 했던 이웃도, 누군가를 감시하거나 다시 잡아들여야 하는 이유도, 어느 것 하나 분명하지 않았다. 그런데도 문화대혁명은 그 안의 사람들을 광기로 물들였다.

세상의 모든 **나들**

그런 면에서 그 안에 휩쓸렸던 사람들은 모두 피해자였다. 그 시절을 살아야 했던 사람들은 어차피 그 방법 이외에는 다른 방법이 없었다고 말할 테니 말이다.

다시 본래의 문제 제기로 돌아가자. 살벌하고 몰인정한 사람들이 판치는 세상에서, 루옌스는 왜 집으로 탈출을 감행했을까. 그의 집을 지키고 있는 사람들 역시 도망친 지식인을 신고하거나 다시 붙잡아들이는 데에 협조해야 했는데, 그 위험을 무릅쓰고 그가 돌아온 이유는 무엇일까.

루옌스의 대답은 그의 말이 아닌 선택에서 찾아야 했다. 그는 비를 맞고 거리를 헤매고 위험한 탈출을 감행하면서도 자신이 끝내 원했던 한 가지 목적을 포기하지 않았다. 그 목적은 그의 행동에 묻어나왔다. 가족을 만나는 것. 잃어버린 자신을 찾을 수 있는 확실한 방법 중 하나가 그것이었을 것이다. 그 이상은 추정해야 하지만(장이머우는 이러한 심리 작용과 탈출의 이유를 추정하도록 만들었다), 그 이유는 분명 가족과의 상면이었음에 틀림없어 보인다.

하지만 루옌스는 집에 돌아올 수 없었다. 출입문은 잠겨 있었고, 가족은 그가 집으로 들어오지 않기를 바랐다. 아내의 숨죽인 기다림은 복잡한 심회를 담고 있지만, 남편을 만나고 싶다는 열망보다는 남편을 만나 위험을 무릅쓰면 안 된다는 걱정으로 기울었다. 그렇게 문은 잠겼고, 남편은 들어오지 못했다.

더구나 딸 단단은 잃어버린 배역(주역)을 되찾기 위해 아버지-루옌스를 밀고했다. 아이러니한 것은 단단이 그토록 원하는 무용을 아버지 루옌스의 지원 덕분에 할 수 있었다는 사실이다. 처음부터 루옌스는 단단이 무용을 해야 한다고 믿었고, 그-루옌스의 열망을 무시할 수 없어서 펑-아내는 그 소원을 들어준 것이었기 때문이다. 그렇게 아버지가 마련한 무용을, 아버지 때문에 잃었다고 판단하자, 단단은 아버지를 밀고해서라도 그 배역을 되찾으려 한 셈이다.

그만큼 단단이 추던 춤은 그 시점에서 단단을 단단으로 만들어주는 자기 정체성의 산물이었다. 춤으로 대표되는 사회적 시선이 그녀를 정의했고, 그녀는 그 시선을 지키기 위해 노력해야 하는 존재여야 했다. 그러자 단단은 자신의 정체성을 지키고, 자신이 차지한 사회적 지위(무용에서 맡은 중요 배역으로 상징되는)를 지키기 위해서, 아버지를 차가운 거리로 내모는 선택도 감수해야 했고 결국에는 가혹한 수형소로 끌려가도록 만들었다.

루옌스가 믿었던 세상의 마지막 보루는 무너졌고, 루옌스 역시 자신을 자신으로 주장할 수 있는—그러니까 지식인이 문화대혁명이라는 가혹한 시절을 살아야 하는—이유를 상실하고 말았다. 물론 아내 펑은 남편과 자신에 대한 존재 이유와 딸에 대한 마지막 신뢰를 상실했고, 딸 단단은 어머니와 집과 무용을 상실했다. 루옌스의 선택은 결국 모든 이들에게 상실감을 확인시켰는데, 그러한 선택을 왜 했느냐고 루옌스를 나무랄 수 없다는 점은 상기할 만하다. 그만큼 문화대혁명은 가혹했던 역사의 한 대목이었다.

세상의 모든 **나**들

3. 문화대혁명과 춤, 타인의 욕망에서 자신의 내면으로

문화대혁명은 낡은 병폐를 몰아내자는 애초의 혁명 취지와는 달리 점점 마오쩌둥 정권 옹위와 일인 우상화 작업을 위한 기반으로 변질되었다. 공산주의 체제의 공고한 정착을 도모한다는 생각은 사라졌고, 마오쩌둥이라는 '불멸의 태양'을 추앙하고 찬양하는 행위에 몰두해야 한다는 식의 결론으로 귀결되고 말았다.

특히 이 시절의 춤은 집체의 형식을 띠고 있으며, 마오쩌둥 개인 찬양을 공고하게 내세우는 주제를 담아내고 있었다. 단단이 루옌스가 탈출할 무렵 추고 있던 춤도 집체의 형식을 따르고 있으며, 체제 선전의 도구로 활용되는 내용을 담고 있었다.

구체적으로 말하면, 총을 들고 봉기하거나 집단을 이루어 하나의 목표를 향해 돌진하는 형식을 구가하고 있으며, 그 안에는 가장 중요한 한 사람의 배역을 제외하고는 군중의 일원으로 파악되어야 한다는 전체 논리를 적용받고 있었다. 초반에 단단은 가장 주목받는 배역을 맡고 있었지만, 곧 군중의 한 구성원으로 전락하는(?) 아픔을 겪어야 했다.

주목해야 할 것은 이 춤이 개인의 자유로운 사상이나 욕망 혹은 예술관을 드러내는 춤이 아니라는 점이다. 이러한 춤의 목적은 비단 전문화된 공연에서만 나타난 것은 아니었다. 어느새 중국 인민들은 마오쩌둥을 찬양하는 충성무를 추고 있었으며, 거리에서 집에서 학교에서 이 춤은 자신의 사상을 대중에게 검증하고 그 충성심을 드러내는 표식으로 공인되기에 이르렀다.

연변 조선족 작가 김훈은 이러한 '충성무'(혹은 충자무)를 추는 사람들의 말로를 비판적 시각으로 그려낸 바 있다. 관련 작품 〈망각된 인간들〉에서도 확인되듯, 충성무는 점차 국민(문화대혁명 시기의 중국 국민)의 의무로 변질되었으며, 불멸의 태양으로 불리는 마오쩌둥을 상징한 〈마음속의 붉은 태양〉이나 그—마오쩌둥의 장수를 염원하는 〈만수무강〉 같은 개인 우상화 작업의 일환으로 악용되었다. 마음만으로도 모자라 옷깃에는 마오쩌둥 배지를 달아야 했고 연신 구호를 외쳐야 했다.

순금　자, 이젠 그만 말하고 자오. (그냥 충성무를 추고 있는 홍심에게) 인젠 홍심이도 그만 춤추고 자오.

홍심　전 아직까지도 모 주석께 충성을 다하지 못했습니다.

순금　모 주석은 지금 한창 주무시고 있는데 잠을 깨워서야 안 되지.

홍심　불멸의 태양도 잘 때가 있습니까?

순금　있지 않구.

홍심　에그, 그럼 나도 인젠 자야지. 태양이 깨어나면 날 깨워주십시오.•

• 김훈, 〈망각된 인간들〉, 《망각된 인간들》, 중국: 연변인민출판사, 1989, 11~12면.

하지만 문화대혁명의 참여 일원(뜻에 동조)이었다고 해도 출신 성분이 좋지 않은 이들은 춤을 추는 것에 제약이 따랐다. 인용 대목에 소개된 '홍심'은 출신 성분이 좋지 않다는 이유로 충성무조차 출 수 없었던 계층(인물)으로 분류되었고 공식적인 안무 활동에서 제외되었다. 부농, 우파 악질지주, 혁명 반대주의자, 혹은 지식인들은 '흑오류'로 분류되었는데, 이에 속한 이들은 각종 탄압과 위협에 시달려야 했다.

그녀─홍심은 아이러니하게도 문화대혁명 시절에 추지 못했던 춤을 정신병원에서 마저 추고자 한다. 출신 성분이 좋지 못하다는 이유로 문화대혁명의 광풍에서 제외되었던 그녀가, 그러한 광풍이 사라지고 아무도 그 춤을 기억하지 않는 시대에 홀로 춤을 기억하는 셈이다. 춤을 추어야 할 때는 추지 못하고 추지 않아야 할 때 추는 이러한 아이러니는 이 춤이 지니는, 나아가서는 문화대혁명 시절 이른바 충성무로 대변되는 집체 형식의 춤이 지니는 모순을 단적으로 보여준다. 그토록 광적인 열풍 속에서 춤은 어쩌면 살아남기 위한 몸부림이었을지 모른다.

다시, 단단이 추는 춤으로 돌아가자. 단단은 자신의 바람이 아닌 아버지─루옌스의 바람에 의해 춤을 시작하지만, 곧 소질을 보이면서 무서울 정도로 춤에 집착하기 시작한다. 그것은 춤 자체가 주는 미적인 즐거움에서 기인하지 않는다. 오히려 어려운 시대를 살아야 하는 혼란한 계급 구조 내에서, 춤이, 자신의 계급을 지키고(어린 단단에게는 최상위급 계급으로 올라서는 일이 주인공 배역으로 여겨졌다), 자신의 정체성(단단은 춤을 통해 불안한 계급이라는 점을 이겨내고자 했다)을 대내외에 보증할 힘이라는 사실을 깨달았기 때문이다.

하지만 탈출한 아버지로 인해, 그 꿈은 산산이 부서졌고, 밀고를 통해 이를 바로잡으려 했지만, 어머니마저 잃는 참담한 결과를 마주해야 했다. 결국 그녀가 선택한 삶의 한 지점은 노동자였다. 아름답고 우아하게 내뻗어야 할 손은 공장 기계의 살벌한 소음과 위험 속에 노출되었고, 예술적 혼을 담아야 할 얼굴에는 피곤과 속박에 지친 무표정만 떠올라 있었다. 그녀가 아버지—루엔스를 만나고 어머니와 집에 소개하고 결국에는 어머니를 지켜보는 과정은 이제는 춤과는 거리가 멀어진 한 여인의 고단한 인생을 상기시킨다.

그러다가 그녀가 가족들—펑은 루엔스를 여전히 알아보지 못하지만—앞에서 붉은 치파오를 입고 춤을 춘다. 상황은 달라졌고, 춤의 의미도 달라졌지만, 그 순간만큼 그들은 가족이 되었고(펑도 루엔스를 알아보는 듯했다), 그토록 루엔스가 딸 단단에게 춤을 권했던 이유도 알 수 있을 것 같다. 그때만큼 단단이 추는 춤이 매력적인 순간도 없었다.

춤이 도구로서 수행해야 할 목적을 벗어버리고, 춤추는 이 본연의 자아를 드러내고, 그 목적을 그저 춤을 추는 행위 그 자체에 둔 공연이었다. 집체를 위해 동원된 춤과 기본적으로는 흡사하고 어떤 의미에서는 같은 근원의 춤이라고 해도, 추는 이의 자아와 내면이 투영되면서 그 춤은 다른 춤이 될 수 있었다. 그 춤은 단단의 것이었고, 단단만 출 수 있는 춤이었다. 단단은 자신을 잃어버렸다고 생각했던 지점

세상의 모든 **나**들

단단의 춤●

에서 자신을 되찾고 자신의 춤도 되찾은 셈이다.

어떤 의미에서 단단에게 춤은, 자신을 일깨우는 힘이자 계기였으며 비유적으로 볼 때 각성의 몸부림이었다고 해야 한다. 특히 자신의 것이 아니라고 믿었던 아버지의 의미를 되찾고(단단은 처음에는 루옌스를 아버지라고 부르지 못하다가 점차 아버지라고 부른다), 어머니와 집을 되찾으면서, 그녀—단단 스스로 자신의 춤을 인정할 수 있게 되었다.

● 이병창도 이러한 단단의 변신을 긍정적으로 바라보고 있으며, 치파오를 입은 그녀의 모습을 아름답게 평가하고 있다(이병창, 〈'5일의 마중'과 돌아오지 않는 혁명〉, www.vop.co.kr/A00000805091.html).

4. '나'를 찾아 '아내'와 함께 역으로 마중 나가다

루엔스가 할 수 있는 일은 무엇일까. 〈5일의 마중〉에서 루엔스는 아내의 기억을 되돌리기 위해서 다양한 방법을 시도한다. 이웃을 대동하고 자신의 신분을 밝히기도 했고, 자신을 기다리는 아내를 위해 기차역에서 내려 출입구를 빠져나오며 마중을 성사시키려고 하기도 했다. 피아노를 치면서 그녀의 기억을 되살리는 방법도 사용해 보았다. 하지만 그 어떤 방법도 통하지 않았다.

3년 전 공연단에서 탈출하여 루엔스가 집으로 돌아왔을 때와, 본질적으로는 달라진 것이 없었다. 아내의 문은 닫혀 있었고, 자신은 아내 곁으로 돌아갈 수 없었다. 아내는 문 뒤의 세상에서 숨죽이며 자신을 찾고 있었지만, 어쩐 일인지 그 문을 열고 나와 자신을 마중하려고는 하지 않았다. 하지만 그녀-아내가 자신을 잊은 것은 아니었다. 아내는 늘 5일이 되면 자신-남편을 찾아 역으로 갔고, 모든 승객이 역을 빠져나와 흩어질 때까지 그곳에 머물렀다. 그녀-아내는 분명 그-남편을 찾아 헤매고 있었고, 잊지 않고 기다리고 있었다.

루엔스의 선택은 몇 가지였다. 일단 그녀에게 편지를 써서 그녀의 삶을 되도록 제자리로 돌려놓는 것이었다. 딸 단단을 다시 함께 살도록 조치한 것은 그 일환이었다. 그리고 아내가 당했을 것이라고 믿어지는 한 사건의 복수를 감행했다. 하지만 가해자라고 믿었던 상대 역시 몰락한 상태였고, 그-가해자 역시 역사의 피해자였다는 또 다른

세상의 모든 **나**들

확인만 해야 했다. 아내의 상처는 비단 자신을 떠나보낼 때(공안에 의해 수용소로 붙잡혀 갈 때) 입었던 머리의 상처만은 아니었고, 그 후에 얻은 마음의 상처는 단시일에 해결될 문제도 아니었다.

그가 할 수 있는 일이 하나 더 있다면, 그녀−아내 곁에 머무는 것이다. 그는 남편이 아닌 이웃으로 그녀를 대했고, 멀리서 돌보았으며, 가끔 방문했다. 이야기를 나누기도 하고, 짐을 들어주기도 하고, 암중으로 보호자 역할을 하기도 했다. 그리고 그녀의 마중에 동참하기로 한다.

자신의 이름을 쓴 피켓을 들고 휠체어에 앉은 아내 옆에서 역을 바라보면서, 승객들이 흩어지기를 기다리면서, 루엔스는 과연 어떠한 생각을 하고 있었을까. 오지 않는 자신을 기다리는 심정은 과연 평온할 수만 있었을까. 그렇다면 가망 없는 기다림을 통해 루엔스가 얻을 수 있는 것은 무엇이었을까.

문화대혁명은 비단 10년의 아픔만은 아니었다. 헤어졌던 가족들, 죽은 친구들, 등 돌린 이웃들, 흥했거나 망했던 사람들, 사람 사이에서 벌어졌던 은원을 기억하는 사람들 모두는 이 10년을 통해 너나 할 것 없이 자신을 잃어버리고 말았다. 10년 후에, 혹은 20년 후에 되찾은 나는 예전의 나가 아니었으며, 어떠한 경우에는 그러한 나조차 되찾지 못하고 그냥 사라지도록 내버려 두어야 했다.

자신을 마중하러 나가야 하는 루엔스는 이러한 아이러니를 단적으로 보여준다. 루엔스에게 가장 어려웠던 시기에 가족이 전부였던 것은 가족을 통해 잃어버린 자신까지 되찾을 수 있을 것이라는 막연한 기대와 희망 때문은 아니었을까. 지식인이 자신의 지식을 버리고 타인에게 짐처럼 얹혀서 살아야 했던 시절은 지식인으로서의 나가 죽은 (사라진) 시간이라고 해야 할 것이다. 물질적 빈곤이 격심하지 않았음에도(영화에서는 물질적 빈곤에 대해서는 거의 언급하지 않는다), 루옌스가 공연단을 탈출할 수밖에 없었던 까닭은 정신적인 공황과 정체성의 혼란 때문이었다.

사실 이러한 문제를 호소한 이는 루옌스 하나만이 아니었고, 이 문제를 증언하는 이는 장이머우만이 아니었다. 그러니 〈5일의 마중〉에서 텍스트의 빈 문맥은 일반적인 문화대혁명의 참상으로 메울 수 있고 또 메워야 할 것이다.

그렇다면 집으로 돌아온 루옌스, 정확하게 말하면 집 근처로 돌아온 루옌스는 아직도 자신을 찾지 못했다고 보아야 한다. 아내를 돌보고 자식(단단)을 제자리로 돌려놓았지만(집으로 들여보내고 자신의 가치관을 형성하도록 돕는), 정작 자신의 위치와 삶은 제자리로 돌려놓지 못했다. 가장 결정적인 이유는 아내 펑에 대한 미안함과 회복되지 못한 가족 관계였다.

루옌스는 점점 잃어버린 자신을 되찾아야 한다는 강한 당위성을 인식했다. 아내에게 다가가려는 노력은 거꾸로 자신을 되찾으려는 노력과 정비례했다. 하지만 그 결과는 소기의 성과를 거두지 못하고, 그는 아내의 주변을 맴돌면서 자신이 아닌 자리에 머물러야 했다.

루엔스가 화를 내는 장면이 하나 있다. 아내가 문을 열어주지 않아도, 딸이 자신을 밀고해도, 공안들에게 비참하게 끌려가거나, 어이없게 풀려나 집으로 돌아올 때도, 좀처럼 그는 화를 내지 않았다. 심지어는 표정의 변화가 거의 없을 정도로 그는 무표정하고 무감각했다. 아내의 병세를 걱정할 때는 살짝 찌푸리기는 했지만, 그 역시 언제 그랬냐는 듯 원래의 표정으로 돌아가곤 했다.

하지만 그에게도 내면의 분노를 표출했던 사건이 하나 있었다. 자신이 부재하는 동안, 자신의 아내를 능욕한 상대에 대해 알았을 때가 그때이다. 그는 복수를 하기 위해서 그자를 찾아 나섰다. 이때 그의 심정은 복잡했지만, 그의 표정은 분명 분노였다. 하지만 그 역시 오래가지 못했다. 가해자 역시 피해자였다는 인식은 그—루엔스로 하여금 분노를 계속 유지하는 것을 방해했다.

가족이 될 수도 없고, 아내의 기억을 되돌리는 일도 실패하고, 심지어는 그 간단한 복수마저 할 수 없다면, 그는 남은 인생을 무엇으로 살아내야 했을까. 그의 머리 위로 백설이 앉고, 임시로 마련한 틈새집이 어느덧 거처로 굳어진 이후 그는 모종의 결심을 하지 않을 수 없다. 그것이 자신을 찾기 위해, 아내와 함께 나간 마중이었다. 말 그대로 자신을 찾는 일에 뛰어든 셈이다.

모든 이야기의 본질에는 나를 찾는 서사와 그 이유가 내재되어 있다. 정도의 차이와 방향의 문제가 개입되기는 하지만, 궁극적으로 나를 찾는 여정은, 함부로 배제될 수 없는 서사의 깊은 본질에 해당한다.

작품에 따라서는 그 나가 다양하게 변주될 수 있을 것이다. 때로는 그 나가 우리 속에 파묻혀 있을 수도 있고, 너를 통해 역상으로 드러날 수도 있으며, '그' 혹은 '그들'을 거쳐 다른 루트로 표출될 수도 있다. 그럼에도 이야기의 본질이 나를 찾는 모험일 수밖에 없다는 당위는 크게 변하지 않는다.

〈5일의 마중〉은 흥미롭게도 직접적인 방식으로 나를 찾고 있다. 피켓에 걸려 있는 이름은 나의 이름이었고, 찾고 있는 이는 분명 자신이었다. 하지만 그 나는 찾아지지 않았고, 그것은 나를 찾는 일이 얼마나 어려운지를 상징계에서 보여주고 있다.

〈5일의 마중〉은 문화대혁명이라는 가혹한 수난에서 잃어버린 것이 비단 가족과 지식인의 자리만이 아니라, 궁극적으로는 세상의 중심이 되어야 할 나였음을 보여주는 작품이었다. 그렇다면 역이 아닌 어떤 곳이라도, 돌아오지 않는 나를 찾아 나설 수 있을 것이다. 아내의 옆에 서서 자신의 이름을 든 사람은 아내를 위해 자신을 희생하는 남편이기도 하지만, 한 인간으로서 자신을 잃어버린 나를 찾아 나선 본래의 자아일 수도 있다. 언제나 그렇지만, 나는 맨 마지막이 되어서야, 잃어버린 것 속에 내가 있었다는 사실을 인지할 수 있는 듯하다. 아마, 그 정체를 너무 찾기가 어려워서일 것이다.

세상의 모든 **나들**

19

'나'에게 가장 나중 오는 것은…

버킷 리스트: 죽기 전에 꼭 해야 할 일이나 하고 싶은 일들에 대한 리스트

인생의 끝에서: 그를 기억하는 이들이 그 삶을 말해준다.

1. 죽음과의 대면

인간이 결국 죽는다는 사실을 끝까지 부인할 수 있는 사람은 과연 얼마나 될까? 그럼에도 자신이 죽는다는 사실을 막연하게라도 부인하려는 사람 역시 상당수에 달할 것이다. 영화 속에서 인용된 통계에서도 말하고 있는 것처럼, 살아 있는 사람들은 자신이 죽는 날짜를 알고 싶냐는 질문에, 대다수가 그렇지 않다고 말했다(96%). 4%에 속하

는 사람도 막상 자신의 삶이 1년 정도밖에 남지 않았다는 사실을 듣는 순간, 더 이상 담담함을 유지하기 힘들었고, 결국 96%의 사람들처럼 자신이 죽는 날을 알고 싶지 않았다는 사실을 인정해야 했다.

이처럼 인간이 언젠가는 죽어야 한다는 사실을 이해하는 것과, 자신이 죽을 수밖에 없는 존재임을 수용하는 것 사이에는 상당한 차이가 존재한다. 인간이 죽는 것은 막연한 진리이지만, 내가 죽을 수도 있다는 것은 자신 앞에 놓인 현실이기 때문이다. 결과적으로 '인간의 죽음'과 '자신의 죽음'은 궁극적으로는 동질의 죽음을 가리키지만, 이 개별적 사실을 받아들이는 자아의 반응, 즉 나의 입장은 절대로 동일하지 않다.

인간의 죽음은 보편적인 진리와 기율의 문제이다. 하지만 나의 죽음은 현실의 문제이고 심리적 당혹(감)의 차원에 속한다. 때로는 자살을 결행해야 할 만큼 충격적인 아픔이기도 하다. 하여, 사람들은 건강하거나 젊을 때, 죽음의 문제를 가급적 뒤로 미루어두거나 당분간 외면하고 싶어한다. 하지만 어떠한 명분이나 핑계도, 죽음 앞에서는 결국 힘을 잃고 만다. 죽어야 할 순간은 다가오고, 그 죽음을 피할 방도는 웬만해서는 찾을 수 없다.

인간이 만든 영화는 끊임없이 죽음의 문제를 다루어왔다. 악한은 당연히 죽어야 한다거나, 인간의 능력을 넘어서는 초능력자가 나타나 죽음을 연장한다거나, 영원히 사는 방식(정신으로라도)에 대해 궁리했다고 은근히 강론을 펴기도 한다. 이러한 영화의 오래된 관심은 현실

세상의 모든 **나**들

의 관점에서 죽음을 체험할 수 없는 이들에게 죽음의 의미를 납득하도록 만들고, 가급적 수용하도록 만들려는 의도마저 담고 있다.

죽음에 대한 관념은 비단 개인의 문제만은 아니다. 극복과 대안으로만 요약될 문제도 아니다. 가령 한 개인이 속한 사회나 민족 혹은 세대로 인해 이러한 문제 의식도 상당한 영향을 받기 때문이다. 가령, 한민족韓民族의 생사관에서 죽음은 삶과 함께 있어야 한다. 죽을 날을 앞둔 할머니가 자신의 수의와 묘자리를 스스로 준비한다든가, 자식들이 하지 않을 것을 대비해 죽기 전에 자신의 천도굿(산오구 혹은 산씻김)을 미리 한다거나 하는 조치들이 이러한 생사의 공존을 보여주는 징표이다. 이러한 의식을 지향하는 이들은 삶의 연속선상에서 죽음을 받아들이려는 의식이 강하며, 그렇게 생의 마지막을 준비하도록 관행화된 사회·민족·역사적 관습을 거부하지 않고 있다.

이러한 모든 관습과 절차 그리고 마음가짐에도 불구하고 죽음은 두려운 것이며, 또 피하고 싶은 것이라는 사실에는 이견이 없어 보인다. 그래서 사람들은 죽음의 문제를 단순하게 간과할 수 없으며, 영화는 이러한 사람들의 심리를 반영하고 있다. 특히 영화가 죽음을 다루면서 중시하는 것은 죽음 자체에 대한 물음, "죽음이란 무엇인가"에 대한 규정이나 설명이기보다는, "나에게 죽음은 어떤 의미인가"라는 다소 개인적인 차원에서의 질문과 그 답변이라고 하겠다. 그러한 측면에서 죽음은 나를 규정하는, 어쩌면 마지막으로 규정하는 또 하나의 지점이라고 해도 좋을 듯하다.

2. 버킷리스트를 만드는 사람들

죽음 앞에 선 두 노인이 있다. 두 사람은 매우 다른 인생을 살아왔다. 한 사람은 평생 가족을 위해 정비사 일을 맡으면서 자신의 꿈(역사 선생님)을 포기한 카터 체임버스(모건 프리먼)이고, 다른 한 사람은 억만장자의 사업가로 남들이 부러워할 경력과 재산을 확보한 에드워드 콜(잭 니콜슨)이었다.

두 사람은 갑작스러운 건강 악화로 병원에 입원했고, 에드워드가 평생 신조(병원 운영 철학)로 삼은 '2인 1실'의 규준에 따라 한 병실에 머물게 된다(에드워드는 해당 병원의 소유자이기도 했다). 그리고 나란히 6개월이라는 시한부 인생을 통보받는다.

처음 두 사람은 서로 전혀 맞지 않은 인생으로 거리를 두고자 했다. 카터를 찾아오는 문병객은 에드워드가 환영할 만한 인사들이 아니었다. 에드워드에게는 카터가 열광하는 퀴즈쇼나, 소곤소곤 나누는 대화도 여간 거슬리지 않았다. 그뿐만 아니라 커피 루왁을 이해하지 못하는 카터는 야만인이나 다를 바 없었다. 마찬가지로 카터에게 주변에 사람 하나 없는 에드워드의 인생은 그리 대단한 것이 아니었다.

하지만 오만하고 냉정한 에드워드도 죽음에 이르는 시간 앞에서는 자신을 내려놓아야 했다. 자신의 인생을 성공한 것이라고 은근히 자부했던 카터 역시 마찬가지였다. 남은 삶에 대한 통보는 두 사람의 인생관을 바꾸었고, 두 사람은 서로를 알아볼 수 있게 되었다.

세상의 모든 **나**들

그러자 에드워드는 카터가 작성하는 버킷리스트에 관심을 기울이게 된다. 이 상황을 솔직하게 말하면 에드워드는 죽음 앞에서 이에 대항할 수 있는 일이 거의 없는 자신을 발견할 수밖에 없는데, 그때 구세주처럼 버킷리스트를 가진 한 친구를 만나게 된 것이다. 버킷리스트를 작성만 하고 실행을 머뭇거리던 그 친구는 리스트를 실행할 동력을 얻는다. 그러자 두 사람은 마지막 여행을 시작한다.

죽음 앞에서 흔히 선택하는 것이 여행이라고 한다. 답답한 병실, 구속 같은 현실, 얼마 남지 않은 시간에서 벗어날 수 있는 방법 중 하나는 막연하지만, 그곳을 떠나는 일일 것이다. 그래서 그런지 생의 마지막을 다룬 영화에서도 마지막 여행은 즐겨 다루어지는 모티프이다. 여행은 언제나 그렇지만 닫힌 자아를 여는 중요한 방식 중 하나로 작동한다. 영화 〈버킷리스트The Bucket List〉(2007)는 이 여행을 버킷리스트를 실천하는 여정으로 선택했다.

3. 가족을 찾아가는 여행

그렇다면 그들이 생의 마지막에 그토록 염원했던 버킷리스트를 들여다보자. 삶의 마지막에 처한 에드워드는 같은 처지의 카터가 끄적거린다는 낙서를 궁금해했는데, 우연히 본 그 낙서에는 "죽기 전에 꼭 해야 할 일이나 하고 싶은 일들"이 제법 굵직하게 적혀 있었다. 영감을 받은 에드워드 역시 그 리스트를 추가하기 시작했고, 결국 그것이 생의 마지막에서 두 사람이 해야 할 일이라고 카터를 설득했다.

두 사람이 버킷리스트에서 최초로 실행한 일은 스카이다이빙이었다. 두 사람의 반응만 보아도, 이 일은 에드워드가 추가한 것이 분명하다. 두 노인은 아찔한 하늘 위에서 지상으로 뛰어드는 이 무모한 놀이에 모두 찬성한 것이 아니기 때문이다. 카터는 자신이 원했던 일은 아니었지만, 에드워드를 위해 그 일을 수용했고, 결국에는 욕지거리를 내뱉으며 비명과 함께 이 일에 달려들었다.

대개 스카이다이빙은 젊은이들이 희구하는 스포츠로 알려져 있고, 웬만한 용기를 갖지 않고는 시도하기 어려운 종목으로 이해되어왔다. 일반적인 시선으로는 노인에게 권장할 만한 스포츠가 될 수 없었다. 하지만 그들은 추락의 의미를 이해하고자 했고, 무엇보다 생의 마지막에서의 추락을 곱씹어볼 이유가 있었다. 실제로도 뛰어내리기를 주저하는 카터와, 조금이라도 비행(추락)을 즐기려는 에드워드는 분명 달랐지만, 추락한다는 것의 의미를 확인하고 싶다는 심정만큼은 동일하다고 해야 한다. 그들은 이 단순하지 않은 첫 번째 행위를 통해, 그들이 걷고 있는 내리막길(추락)을 직시할 필요가 있었는지도 모른다.

한 가지 더 있다면, 그들에게 인생에 뛰어내릴 수 있는 용기를 확인할 필요가 있었다고 해야 한다. 아이러니하게도 용기는 죽음 앞에 선 자들이 필수적으로 갖추어야 할 덕목이라고 할 수 있다. 자신의 생을 정리할 수 있는 용기는 일상의 용기와는 다른 큰 용기이니 말이다.

죽음 앞에 선 자들이라면 반드시 벼를 필요가 있는 덕목이기도 했다. 더 좁혀서 말하면, 카터와 에드워드는 인생을 마감할 용기뿐만 아니라, 자신 앞에서 놓인 버킷리스트 여행을 시작할 용기도 필요했다. 스카이다이빙이 최초 도전으로 선택된 것은 그 용기가 본격적으로 필요하다는 뜻일 것이다.

카레이싱도 그들에게는 의미 있는 일탈이었다. 평생 타고 싶었던 차를 몰고 경기장 트랙을 질주하는 그들에게는 젊은이 못지않은 호승심이 불타고 있었다. 특히 카터의 변화는 놀라웠다. 자동차 수리공으로 평생을 일하면서도, 자신이 갈구하던 차(무스탕 셸비)를 한 번도 타보지 못했다는 아이러니를 극복할 더할 나위 없는 기회였기 때문이다. 심지어 카터는 에드워드의 차를 들이받고 위험한 질주로 몰아넣는 강력한 에너지를 보여주기도 한다. 평생 얌전하게 일하며 퀴즈를 풀던 그의 이면에 숨겨진 호승심이자 폭력성이었던 셈이다.

하지만 이러한 모험만이 그들이 버킷리스트를 채운 것은 아니었다. 스카이다이빙과 카레이싱은 분명 스릴 있는 종목으로, 죽기 전에 하고 싶은 것들의 목록에 들어갈 만하다. 일반인들이라면 이러한 스포츠가 가져오는 짜릿함에 푹 젖어들고 싶어하는 것은 당연한 이치이기 때문이다. 그래서 이러한 짜릿한 모험은 다른 각도에서 보면, 다소 일반적인 일일 수도 있다. 삶의 끝에서 해야 할 일들이 살아서 하기 어려운 일들만은 아니기 때문이다. 삶의 끝에서 해야 할 일들 중에는 삶을 마무리하거나 죽음을 맞이할 차분한 준비도 포함되어야 했다.

그들은 여러 곳에서 모험을 함께했다. 탄자니아 세렝게티 초원에서 총 쏘기(비록 사자 사냥은 취소했지만), 만리장성에서 오토바이 타기, 혹은 문신 새기기, 산에 오르기(정작 살아서는 정상에 도달하지 못했지만 그들의 영혼은 산에 올랐다), 대화하기 등이 그것이다. 모두 자신들이 해보고 싶었던 일들이었고, 그로 인해 죽기 전에 자신이 누구여야 하는가를 돌보는 과정의 일부였다.

그들의 말처럼, 두 가지 질문에 답하는 과정이었다고 해도 좋다. 하나는 "나는 삶의 기쁨을 찾았는가", 다른 하나는 "나는 남들에게 삶의 기쁨을 주었는가". 평범한 이 질문은 내세를 믿었던 이집트 사람들이 저승의 문턱에서 받았다는 질문이기도 했다. 그 질문은 동시에 현재를 살아가고 죽음의 문턱에 온 에드워드와 카터가 대비해야 할 질문이기도 했다. 그러니까 인생을 정리하는 문턱에서 이 질문은 자신을 돌아보고, 자신의 인생을 돌아보는 중요한 자문의 의미를 지닌다.

에드워드는 '나는 삶의 기쁨을 찾았는가'라는 질문에는 '예스'라고 대답하지만, '남들에게 삶의 기쁨을 주었는가'에 대해서는 분명하게 대답하지 못하고 머뭇거린다. 더 주목되는 것은 이 질문이 카터에게 돌아가자, 카터는 아예 침묵했다는 것이다. 어쩌면 〈버킷리스트〉를 관람하는 이들은 흔히 카터가 두 가지 질문에 '예스'라고 대답할 수 있다고 여길 수 있다. 그는 누구 못지않게 남을 위해서 산 사람이었다. 본래 역사 선생님이 되고 싶었지만, 첫 아이를 임신했다는 소식에 대학 공부를 그만두고, 가정을 돌보는 직업인이 되어야 했다. 40여 년을

세상의 모든 **나**들

정비사로 일하면서 세 자녀와 아내를 건사하는 일에 최선을 다했다고, 스스로 자부하고 있는 인물이기도 했다. 그러한 그가 두 가지 질문에는 막상 제대로 답하지 못했던 것이다.

하지만 죽음의 문턱에서 시행된다는 질문에 대해서는, 대답을 망설인다. 카터는 자신의 기쁨을 누린 적이 없고, 타인에게 기쁨을 준 적이 없단 말인가. 그들의 버킷리스트 여행은 그 대답을 슬며시 던져주는 여행이기도 했다. 의외로 카터는 분노하고 있었다. 그 이유는 자신이 죽어야 하고 시간이 얼마 남지 않았다는 사실에서 연원할 것이다.

병원에 있던 카터는 자신에게 남은 시간을 알기를 원했고 그것을 안다고 해도 담담할 수 있는 사람이라고 스스로 과신했다. 하지만 막상 6개월밖에 남지 않았다는 사형 선고 같은 대답에, 카터가 믿었던 자신의 평온은 유지되지 못했다. 담담함을 잃었고, 순간적으로 폭발하는 분노에 대처하지 못했다. 눈앞이 어두워지고 머릿속이 하얗게 변하는 느낌으로, 그는 현실의 충격을 견뎌야 했다.

버킷리스트 여행은 에드워드가 제안하고 카터를 유혹하면서 시작되었지만, 실상은 카터가 더 바랐던 것이 아닐까 싶다. 40여 년을 옥죄었던 삶으로부터 이탈하고 싶었기 때문일 것이다. 마침 그의 아내-버지니아가 그를 다시 병원으로, 그리고 그 오래된 구속으로 돌려놓을 기미가 보이자, 카터는 서둘러서 에드워드의 제안을 받아들인다. 달려왔던 속도와 방향대로 다시 그 자리에 있어야 한다는 사실이 그의 결정을 도운 셈이다.

거듭되는 버지니아(아내)의 만류와 돌아와 달라는 부탁에도 카터는 여행을 고집한다. 몸에 이상 신호가 오고 에드워드의 조심스러운 귀가 제안이 있었음에도 불구하고, 그―카터가 본래 살았던 세상으로 돌아가지 않으려 했던 이유는 무엇일까. 다시 말하면 그가 벗어나려고 했던 세상은 무엇이었을까.

영화는 조심스럽게 그 대답으로 그의 가족, 즉 카터와 그를 둘러싼 가족의 풍경을 비춘다. 카터의 탈출 의지를 촉발한 것은 가족이었다 (오해를 막기 위해서 미리 말한다면, 그의 귀환 의지를 촉발한 것도 가족이었다). 카터의 인생은 가족으로 인해 행복했고 그래서 자신의 삶을 스스로 걸을 수 있는 평생의 힘을 얻었지만, 지금―버킷리스트를 위한 여행 시점―만큼은 떠나 있고 싶다고 말했다. 장성한 아이들이 집을 떠나고 아내와 둘이 남겨졌을 때의 공허함과 쓸쓸함에 대해서도 말했다.

이러한 감정은 실제로 느끼지 못하고는 설명할 수 없는 것이지만, 카터에게는 혼자만의 시간이 필요했다고도 볼 수 있다. 아이들과 함께, 혹은 아내와 단둘이서 보냈던 시간을 멀리할 수 있는 시간도 그에게 필요했던 것일까.

최초의 기우와는 달리 에드워드는 친절한 남자였다. 그는 카터와의 여행을 축복처럼 여기고 있었고, 그를 진정한 친구처럼 받아들였다. 가치관이 서로 다른 두 사람은 서로에게 자신이 해보았지만, 상대방은 하지 못하는 것들을 권유하기 시작한다.

세상의 모든 **나들**

에드워드가 카터에게 권유한 것은 '바람피우기'였다. 여행 도중 에드워드는 미모의 승무원과 섹스를 하기도 했는데, 이러한 섹스를 '치료'라고 칭했다. 어떠한 의미에서 에드워드는 네 번이나 이혼하고 가족을 갖지 못한 상실감을 이러한 방식으로 해결하는지도 모른다. 에드워드는 이러한 자신의 방식을 카터에게 시행해보라고 권유한다. 하지만 카터의 대답은 "집으로 가겠다"였다.

집으로 간다는 것은 여행의 궁극적인 의미를 찾았거나 여정을 마무리할 때가 되었다는 뜻이다. 여행은 모험과 달리 집으로 돌아올 것을 전제한 떠남이다. 모험 역시 언젠가는 집으로 돌아오는 과정을 겪겠지만, 그 자체의 목적에서는 귀환보다는 출발이 우선인 떠남이라고 하겠다.

카터의 떠남은 모험에 가까웠다(에드워드는 그러한 측면에서 처음부터 여행을 꿈꾸고 있었다). 그─카터는 집과 아내 그리고 평생의 자신으로부터 도망치거나 떠나려는 심산이었다. 귀가를 촉구하는 아내의 전화에도 꿋꿋하게 일정을 계속할 수 있었던 까닭도, 적어도 그 시점에서는, 귀환의 의지와 바람이 약했기 때문이다. 그러던 그가 홍콩에서 돌연 귀환을 결심한다.

그러면서 그─카터는 또 다른 그─에드워드에게 선물을 준비한다. 에드워드가 꼭 해야 할 일 '미녀와 키스하기'를 실행시켜주려고 한 것이다. 그 미녀는 오랫동안 서로를 보지 않고 살았던 딸이었고, 그 딸이 낳은 예쁜 손녀이기도 했다. 하지만 집으로 돌아가는 길에 방문한

딸의 집 앞에서 카터는 이러한 재회를 거부한다. 그리고 에드워드에게 항변하듯 말한다.

대통령에게 조언을 하고 숱한 회사를 만들어내는 내가 나의 수치스러운 과거를 뒤로하고, 죽음 앞에서 딸을 찾을 수 있느냐고. 내가 혼자 죽기 싫어 자식을 구한다는 불명예를 뒤집어써야 하느냐고. 너(카터)가 나(에드워드)에 대해 도대체 무엇을 알고 있느냐고. "내가 누구인지 알기냐 하냐"고.

에드워드의 오만한 독설은 어쩌면 그의 본성에 더욱 가까운 발언이었을지 모른다. 버킷리스트 여행에서 보여준 에드워드가 어쩌면 본래의 에드워드에서 멀어진 모습이었을지 모른다는 뜻이다. 그는 오랫동안 성공한 사업가로 주변의 칭송과 관심을 받아왔고, 엄청나게 높은 사회적 지위를 누려왔다. 대신 외로웠고, 가족이 없었고, 그나마 하나 남은 딸과는 의절한 상태였다. 가정의 소중한 가치를 모르고 살았고, 그러한 자신을 숨기기 위해서 자신의 권위로 세상을 짓누르려는 태도로 일관했다.

에드워드의 항변은 물음을 간직하고 있다. 내가 누구인지 아느냐는 이 질문은 아마도 카터에게도 동일하게 작용했을 것이다. 그는 죽음 앞에서 버킷리스트를 작성하고 또 이를 해결해 나가면서 자신이 누구인지를 물어야 했을 것이다. 카터는 자신이 누구이기를 바라기보다는, 자신이 타인에게 누구여야 했는지를 먼저 생각하는 인생을 살았기 때문일 수도 있다.

세상의 모든 **나**들

역사 선생님이고 싶었지만 대학을 다닐 수 없었고, 평생 소원했던 차가 있었지만 죽기 직전까지 꿈으로만 남겨두어야 했다. 가족과 가정을 위해 자신을 버렸지만 죽음 앞에서는 그 허울을 벗어버리고 싶었고, 진정한 나를 찾고자 했다. 카터의 어떠한 대사에도 이러한 심리를 구체적으로 드러내지는 않았지만, 아내의 만류에도 불구하고 버킷리스트 여행을 떠나고 숱한 여정 속에서도 죽음과 정리에 대한 끈을 놓지 않는 것(피라미드와 샤자한의 타지마할에서 그가 했던 대사를 보면)은 이 때문이었을 것이다.

그러자 물음이 점차 바뀌었다. 그-카터는 자신-나가 누구로 살아왔는지를 떠나 자신-나가 누구로 죽어야 하는지에 대해 고민하기 시작했다. 그리고 그는 홍콩에서 매력적인 여인과의 하룻밤 정사(원나잇 스탠딩)를 거부하면서, 자신이 평생을 이룩한 것이 가족 안에 있음을 상기한다. 그에게 아내와 자식은 자신의 삶과 분리시킬 수 없는 존재였다. 그 답에 이르자 돌아갈 수 있었다, 집으로.

하지만 에드워드는 아직 집으로 돌아갈 준비가 되어 있지 못했다. 그-에드워드는 삶의 여정에서 남은 앙금으로 가족으로 돌아갈 길을 찾지 못하고 있었다. 그래서 그-카터는 자신이 집을 찾을 수 있도록 도와준 보답으로 그-에드워드에게 그 길을 갈 것을 권유한다. 에드워드가 찾아간 딸의 집에서 그-에드워드는 세상에서 가장 아름다운 미녀의 키스를 받는다.

4. '장엄한 것'에 대하여

버킷리스트 채우기 중에서 카터와 에드워드는 장엄한 것을 찾기 위해서 피라미드에서 산으로 간 적이 있었다. 히말라야 산맥 바로 밑에서 그들은 좌절에 휩싸인다. 폭풍우가 오고 있고 그로 인해 내년 5월까지 산을 오를 수 없다는 비보가 전해진 것이다.

그들에게 남은 시간은 내년 5월까지의 삶을 장담하지 못하기에 그들은 그곳에서 발길을 돌린다. 이집트 피라미드에서도 느끼지 못했던 장엄함을 찾기 위해 일부러 방문한 산이었다는 점에서 그들의 실망은 절대 작지 않다. 그렇다면 장엄한 것을 보아야 한다는 버킷리스트의 목록은 달성되지 못하는가.

산을 보지 못한 대신 카터는 산을 본 여인과 대화를 나누게 되고, 그녀와의 하룻밤을 제안받는다. 이 여인과의 하룻밤은 카터에게 거부되지만, 카터는 이 대화를 통해 자신이 가야 할 곳을 찾게 된다. 그곳은 가정이었고 집이었다. 그 집은 인생 내내 초라한 곳이었고, 버킷리스트 여행을 떠나기 전에는 장엄함과는 거리가 먼 것이었지만, 세계를 돌아 느낀 것은 그곳이 장엄한 곳이었고, 그것에 자기 삶의 장엄함이 묻어 있다는 소박한 진실이었다. 자신이 평생에 걸쳐 이룩한 것이 곧 장엄한 것이었던 셈이다. '장엄한 것을 바라보기'라는 소원은 버킷리스트의 첫 행을 차지하는 마지막으로 달성되는 소원이지만, 사실은 그들의 삶 속에 이미 존재했던 것인지도 몰랐다.

영화는 이 장엄한 것을 그들이 오르지 못했던 고산의 풍경으로 이어받고 있다. 두 사람의 유골은 커피 통에 담겨 고산의 정상에 묻힌다. 아이러니하게도 이들의 무덤을 정성껏 만든 이는 에드워드의 신경질을 받아내던 젊은 비서 토머스였다. 회장의 횡포 밑에서 간신히 버티는 듯 싶었던 이 젊은 비서는 두 사람의 무덤을 고산 한가운데 만들고 그들이 평생 보지 못했다고 믿었던 장엄한 풍경을 보도록 배려했다(하지만 기실 두 사람은 이미 자신의 인생에서 장엄한 것을 경험했고 목도한 바 있다).

하지만 이 젊은 비서의 눈에 보이지 않았던 장엄한 것은 이미 있었다. 그리고 아직은 죽음 앞에 선 적이 없는 젊은 비서는, 이미 고산에서의 장엄한 광경에 못지 않은 광경을 그들(에드워드와 카터 모두)이 보았다는 사실을 모르고 있었다.

5. 사족: 눈물 나게 웃기

두 사람이 작성한 버킷리스트에는 흥미로운 것도 있었고 그렇지 않은 것도 있었다. 이 리스트를 보는 이들이라면 개인적으로 공감이 가는 목록도 있을 것이고, 그렇지 않은 것도 있을 것이기 때문이다.

개인적으로, 문신하기나 아름다운 레스토랑에서 음식 먹기(그것도 남자끼리)는 흥미로운 버킷리스트가 아니었다. 스카이다이빙이나 카레이싱도 공감은 가지만 흥미롭다고는 할 수 없는 목록이었다. 하지만 각자의 취향과 기호가 다르므로 그러한 목록이 존재할 수 있다는 점에 대해서는 이견이 없다.

하지만 눈물 나게 웃기는 매우 충격적인 버킷리스트의 한 목록이었다. 눈물 나게 웃는 것은 매우 힘든 일이다. 세상에서 그렇게 웃을 만한 일을 접하는 것도 좀처럼 만나기 힘든 행운인데, 그러한 웃음을 힘껏 터뜨릴 수 있는 시간과 공간을 허용받는 것도 여간 어려운 일이 아니기 때문이다. 눈물 나도록 웃긴 일을 만났지만, 시간과 공간이 웃음을 허락하지 않음으로써 멈추어야 하는 순간도, 이 세상에는 분명 존재하고 있다.

사실 〈버킷리스트〉에서 에드워드와 카터가 웃는 순간은 실제로는 웃기 어려운 순간이었다. 카터는 죽음(마지막 수술)을 목전에 두고 있었고, 에드워드 역시 친구를 떠나보낸 후 자신의 처지를 기다려야 하는 입장이었기에 괴롭기는 마찬가지였다. 무엇보다 두 사람은 짧지만 강렬했던 인연을 마무리해야 하는 순간에 있다고 생각했다. 이처럼 평온하기 힘든 상황에서 그들은 용기를 낸다. 커피 루왁은 사향고양이의 배설물과 위액이 결합되면서 만들어지는 혐오스러울 수도 있는 상품이었다. 하지만 에드워드는 그 사실에는 관심이 없고 그 결과 어떠한 가치(상품 가치)를 현세에서 보장받느냐에만 관심이 있었다. 역사와 상식에 능한 카터는 이를 알고 있었고, 차라리 '인스턴트커피'를 먹는 선택을 고수하고 있었다.

세상의 모든 **나**들

두 사람의 가치관은 차이를 보인다. 에드워드에게는 물질적인 가치가 승한 것이 필요한 것이었다. 그가 먹고 토하는 고급 음식이 이를 보여준다. 카터에게는 정신적인 가치가 우선시되었지만, 이러한 가치관은 일정 부분 물질적 여유가 없는 현실에서 어쩔 수 없이 생겨난 점도 부인할 수 없는 사실이다. 분명 그ㅡ카터가 커피 루왁을 먹지 않는 것은 금액 때문만은 아니었지만, 평생에 소원하던 차를 갖지 못한 것은 물질적 여유가 부족했기 때문이다.

두 사람은 서로 다른 가치관을 가지고 있었고, 그로 인해 상반되기까지 한 삶을 살아야 했다. 그러니 두 사람의 삶은 서로 조금씩은 부족하고, 또 조금씩은 넘치고 있었다고 해야 한다. 두 사람은 여행을 통해 부족한 부분을 나눌 수 있었고, 남는 부분을 덜어줄 수 있었다. 가족의 가치를 일깨우는 대목은 그중에서도 압권이다. 하지만 동시에 그로 인해 서로 다른 약점을 공격받기도 했다. 에드워드는 카터의 배려에 모욕에 가까운 질문으로 응수한다.

함께 웃는 시간은 그 이전의 갈등과 모색의 시간을 함께 흘려보낸다는 의미까지 포함한다. 에드워드가 고집했던 커피는 사실 에드워드에게 맞지 않은 음식일 수도 있었다. 반대로 카터가 멀리했던 커피 루왁은 이론적인 설명에만 의존하여 배척한 인생의 다른 가치일 수도 있다. 그들은 이러한 두 사람의 실책과 어리석음까지 인정할 수 있게 된다. 그리고서야 마음껏 웃을 수 있었다.

이 웃음은 죽음으로 넘어가는 카터에게 한 가지, 아니 두 가지 위안을 줄 수 있었을 것이다. 자신이 인생에서 기쁨을 찾았으며(큰 소리로 웃고 있는 자신을 보라), 남에게도 인생의 기쁨을 찾아주었다는(역시 큰 소리로 웃고 있는 상대를 보라) 위안이었다.

〈버킷리스트〉가 던져주고 있는 내용과 의미는, 절박하지 않는 자들에게는 온전히 보이는 것들이 아닐 수 있다. 쉽게 말해서 죽음 앞에 서 있지 않은 이들에게는 공상이나 허상이 될 수도 있을 것이다. 죽음이라는 것은 어떻게 해서든 현실에서 멀리 놓여야 하는 것이기 때문이다. 하지만 영화는 이러한 현실에서의 부정을, 새로운 방식으로 바라보기를 권유한다. 우리 주변에는 분명 죽음이 있다고 말하고, 그 죽음 앞에서 어떻게 나를 찾아야 하는지를 종용하면서 말이다. 이 점은 동시에 어떠한 방식으로든, 죽음 앞에 서야 하는 나에 대한 점검이자 물음이기도 했다. 우리는 우리의 삶에서 즐거움을 얻었는가라는, 본연적 물음 말이다.

세상의 모든 **나**들

에필로그

이야기의 **중심**과, 그 중심으로서의 **나**

이 책은 서사의 구조와 핵심을 밝히는 미학적 근원으로서 '나'를 찾는 일종의 모험이자 시도이다. 서사체의 핵심을 밝히려는 시도는 몇 가지로 분리할 수 있다. 모든 이야기의 형태를 유형화하려는 시도가 그중 하나이고, 형식미학적 요소를 낱낱이 분해해서 분해한 요소를 일일이 분석하는 시도가 그중 하나이며, 이야기의 문법과 규칙을 통해 창작 전략을 유추하는 시도가 또한 그중 하나이다.

이 책은 이러한 서사체의 구조와 비밀에 대한 종래의 접근법을 존중하면서 출발한다. 서사의 보편성을 믿는 관점에서 보면, 세상의 모든 이야기로서의 서사에 공통점이 존재한다는 입장까지 수용해야 한다. 그렇다고 장르별 혹은 양식별 요소에서 차이를 보인다는 주장까지 물리칠 도리는 없어 보인다. 그러니까 이야기의 독자성을 인정하면서도, 동시에 그 안에 담긴 핵심 전략으로서의 구조 또한 수용할 수밖에 없다.

이러한 고민은 서사(체)의 출발점을 재고하도록 만들었고, 그곳에 아주 단순한 사실이 적시되어 있다는 짐을 발견하도록 만들었다. 모든 이야기는, 결국 '나'에 관한 이야기이다. 그리고 그 이야기의 요체는 그 나를 해명하고, 세상을 이루는 나를 확인하는 작업과 다르지 않다. 그 나가 다종다양한 얼굴과 위장으로 서사체 내에 철저하게 숨어 있다고 해도, 서사가 발화를 시도하는 순간 그 정체를 드러내기 마련이다.

독자(혹은 관객) 역시 마찬가지이다. 문자로서의 서사이든, 상연된 서사이든(연극이나 공연 예술), 혹은 영상으로 변형(가감)된 서사이든 간에, 서사는 읽는 이(혹은 보는 이)의 존재를 의식하지 않을 수 없다. 여타의 수용자들도 결국 서사체의 본질을 나로 수용할 수밖에 없다. 우리는 세상의 서사체에서, 만드는 이에서 보는 이로 변환하고 창작한 이에서 수용하는 이로 나아가는 통로에서 결국 나를 만나는 셈이다.

이러한 나는 문면文面에서 활동해도 그 존재감을 강하게 드러낸다. 그-나는 끊임없이 상대로 하여금 생각하도록 종용하고 있으며(좋은 문학과 예술일수록 이러한 생각의 비중과 중요성이 크다고 해야 한다), 듣거나 읽거나 보는 이로 하여금 그 생각에 동참(혹은 비판)하도록 유도하고 있다. 좋은 문학과 예술은, 그리고 진정성 있는 서사는, 결국 창작자를 비롯하여 수용자를 포함하는 전 독서와 관람의 과정에서, 기존의 인식을 무너뜨리고 그 자리에 새로운 인식(생각)의 가능성을 부여하는 데에 역점을 두고 있다.

문학은 우상을 섬기지 않는다. 절대적 선과 만고불변의 진리를 강조하지도 않는다. 만일 그런 것이 있다면, 인간은 생각해야 하며 그 생각을 통해 정체된 모든 것(그것이 선일지라도)에 대해 의심해야 한다는 기본 입장 정도가 아닐까 싶다. 생각하고 의심하는 존재만이 유일하게 변하지 않는 것이며, 그 이외의 것은 늘 정체되고 변질되고 심지어는 위선으로 오염될 수 있다고 가르쳐야 하니 말이다.

나에 대한, 나의 접근 역시 마찬가지가 아닐까. 우리는 우리 안의 내가 반드시 고정된 실체가 아님을 알고 있다. 솔직하게 말하면 우리는 우리 안의 내가 하나라거나 변하지 않는다는 확신을 버린 지 오래가 아닐까. 이야기는 결국 그러한 나의 궤적이며, 그 궤적을 집요하게 쫓아 확인하는 작업은 아니었을까. 세상의 모든 나를 찾아, 많은 이야기를 뒤지는 것도, 그래서 어쩌면 문학과 예술에서 말하는 모험이 아닐까 싶다.

작품목록

가나다 순. 우측은 본문에서 언급된 장을 가리킨다.